Der tote Keiler

Der tote Keiler

Ein Münsterlandkrimi

Norbert Kampelmann

 tredition

© 2021 Norbert Kampelmann

Buchsatz von tredition, erstellt mit dem tredition Designer

ISBN Softcover: 978-3-347-48031-5
ISBN Hardcover: 978-3-347-48032-2
ISBN E-Book: 978-3-347-48034-6

Druck und Distribution im Auftrag des Autors:
tredition GmbH, Halenreie 40-44, 22359 Hamburg, Germany

Das Werk, einschließlich seiner Teile, ist urheberrechtlich geschützt. Für die Inhalte ist der Autor verantwortlich. Jede Verwertung ist ohne seine Zustimmung unzulässig. Die Publikation und Verbreitung erfolgen im Auftrag des Autors, zu erreichen unter: tredition GmbH, Abteilung "Impressumservice", Halenreie 40-44, 22359 Hamburg, Deutschland.

Inhaltsverzeichnis

Kapitel 1 ············7
Kapitel 2 ············26
Kapitel 3 ············45
Kapitel 4 ············68
Kapitel 5 ············72
Kapitel 6 ············76
Kapitel 7 ············86
Kapitel 8 ············93
Kapitel 9 ············100
Kapitel 10 ············108
Kapitel 11 ············115
Kapitel 12 ············123
Kapitel 13 ············133
Kapitel 14 ············143
Kapitel 15 ············157
Kapitel 16 ············165
Kapitel 17 ············173
Kapitel 18 ············183
Kapitel 19 ············192
Kapitel 20 ············198
Kapitel 21 ············207
Kapitel 22 ············212
Kapitel 23 ············225
Kapitel 24 ············231
Kapitel 25 ············241
Kapitel 26 ············252
Kapitel 27 ············263
Kapitel 28 ············278
Kapitel 29 ············283

Kapitel 30···287
Kapitel 31 - Epilog·····································305
Anmerkung des Autors·····························314

Kapitel 1

Bislang war alles gut gegangen. Wenn man bei all dem, was ihm in den letzten Stunden widerfahren war, überhaupt von gut sprechen konnte.

Unruhig ließ er seinen Blick schweifen, beobachtete aufmerksam, was um ihn herum passierte. Unauffällig sein, so wenig Aufmerksamkeit wie möglich auf sich ziehen, das war für ihn das Gebot der Stunde.

Deswegen hatte er sein Porsche-SUV auch nicht an einer Autobahntankstelle betankt, sondern war bei der Ausfahrt Ziesar, 50 Kilometer hinter Potsdam in Richtung Magdeburg von der A 2 abgefahren.

An dem Autohof mit Tankstelle am Ortsrand von Ziesar stand nur ein einziger grauer Kombi, der gerade von einer kleinen rundlichen Frau mittleren Alters betankt wurde. Im Inneren des Kombis saß auf dem Beifahrersitz ein alter Mann mit schütteren Haaren und einer dicken Brille. Er schien der Einzige zu sein, der ihn beobachtete. Jedenfalls schaute er interessiert zu ihm herüber.

Doch Lothar Krogmann ließ sich von den Blicken des Greisen nicht aus der Ruhe bringen. In knapp vier Minuten hatte er vollgetankt und am Schalter

Kapitel 1

drinnen bezahlt. In bar, denn man wusste ja nie, wer einmal einen neugierigen Blick in seine Kreditkartenabrechnungen werfen würde.

Er hatte absichtlich die hintere Zapfsäule gewählt, die vom Platz der Kassiererin drinnen nicht direkt einzusehen war.

So war ihr auch nicht die hässliche Delle aufgefallen, die auf der Motorhaube seines erst sieben Monate alten SUV zu sehen war. Zudem war auch die Frontschürze seines Autos beschädigt – das Nummernschild verbogen. Nur noch das WAF und die Zahl 100 waren zu lesen – die Zwischenbuchstaben waren in einer tiefen Einkerbung verschwunden. Zudem waren an der ganzen Front dunkele Flecken zu sehen: Blut.

Es floss einmal durch den Körper eines rund fünfzig Kilogramm schweren Wildschweins, das Lothar Krogmann angefahren hatte. Der Wildunfall hatte sich auf einer abgelegenen Gemeindestraße nahe dem polnischen Ort Gniekowo ereignet. Keine fünf Stunden waren seither vergangen.

Gegen Mitternacht hatte sich Krogmann von seiner Geliebten Anna Zorka verabschiedet. Wie schon beim letzten Mal, als er geschäftlich in Polen weilte, nutzte er die Gelegenheit, sie in Torun zu besuchen.

Er hatte Anna erst vor wenigen Monaten auf einer Holzauktion in Torun kennengelernt. Sie war

Kapitel 1

die neue Sekretärin des Auktionators und hatte die Aufgabe, alle versteigerten Posten zu protokollieren und für die Abwicklung der Zahlungsmodalitäten zu sorgen. Als regelmäßiger Gast bei den Auktionen war Krogmann die 37-jährige Anna sofort aufgefallen. Ihr langes dunkelblondes Haar und ihre wohlproportionierte Figur waren nicht zu übersehen. Gleich beim ersten Mal hatte sie seine Einladung zum Abendessen in ein Toruner Nobelrestaurant angenommen. Sie sprach fließend Deutsch und war ganz offensichtlich eine lebenslustige Frau im besten Alter, die einem Flirt mit einem deutschen Geschäftsmann nicht abgeneigt schien.

So landeten sie schon bei ihrem zweiten Treffen im Bett und hatten hemmungslosen, heißen Sex, wie ihn Krogmann lange nicht mehr erlebt hatte. Seitdem hatten sie sich dreimal getroffen. Immer dann, wenn Krogmann in Polen war, um für sein Bauunternehmen im münsterländischen Warendorf Holz einzukaufen.

Und das passierte alle paar Wochen. Zum einen deshalb, weil sein Bauunternehmen, das sich auf die Fertigung von noblen Holzhäusern und Chalets spezialisiert hatte, sehr erfolgreich lief und deshalb ständig Nachschub an Bauholz notwendig war. Und zum anderen natürlich auch wegen Anna, deren heiße Liebesspiele seine Geschäftsreisen auf das Angenehmste bereicherten.

Kapitel 1

So war es auch am gestrigen Nachmittag gewesen. Den hatten sie beide nämlich bei Champagner und dem einen oder anderen Glas Wodka in seiner Hotelsuite im Toruner Grand Hotel verbracht. Wie so oft hatte Anna ihn mit Liebesspielen überrascht, die er von zuhause nicht kannte.

Nicht dass er sich über den Sex mit seiner Frau beklagen konnte. Auch nach achtundzwanzig Ehejahren war er immer noch gern mit seiner Irene intim. Doch die Leidenschaft der ersten Zeit war im Laufe der Jahre immer mehr zurückgegangen.

Nach einem gemeinsamen Abendessen mit einer guten Flasche Rotwein hatte sich Anna verabschiedet und war wieder ins warme Hotelbett zurückgekrochen, deren Matratzen sie am Nachmittag so ausgiebig getestet hatten.

Krogmann hatte schon vorher ausgecheckt um noch in der Nacht heim zu fahren. Denn am nächsten Tag wollte er sich noch im heimischen Warendorf mit Sven Huber treffen, einem Geschäftspartner aus der Schweiz, mit dem er ein Chaletprojekt im Kanton Uri plante.

Natürlich hatte er eigentlich zu viel getrunken, um sich noch hinters Steuer zu setzen. Er dachte an den Wodka und Champagner am Nachmittag und an den Wein zum Abendessen. So an die 0,8 Promille dürfte er im Blut haben. Immerhin galt in

Kapitel 1

Polen - anders als in Deutschland - die 0,2-Promille-Grenze. Ab 0,5 Promille im Blut galt der Verstoß sogar als Straftat und neben einer saftigen Geldbuße drohten Gefängnis und mehrjähriger Führerscheinentzug.

Aber aus seinen vielen Besuchen in Polen wusste er, dass nachts so gut wie nie Polizeikontrollen stattfanden. Und wenn überhaupt, dann nur auf der Autobahn. Und Krogmann kannte inzwischen gut ausgebaute Schleichwege bis zur Grenze.

Gegen 22 Uhr war er von Torun aus losgefahren.

Vorher hatte er noch kurz zum Handy gegriffen und die heimische Nummer gewählt. Bereits beim dritten Klingeln hörte er die Stimme seiner Frau.

„Hallo Lothar, das ist ja schön, dass du auch mal wieder ein Lebenszeichen von dir sendest. Wo steckst du?" hörte er Irenes Stimme, wie so oft in letzter Zeit mit einem vorwurfsvollen Unterton gepaart.

„Ich bin unterwegs und will die Nacht durchfahren. Morgen zum Frühstück bin ich zuhause. Hat sich wieder mal alles hingezogen mit den Holzgeschäften. Du kennst ja die Polen, ohne ein großes Palaver mit ein paar Wodka hinterher ist kein Abschluss möglich", versuchte Krogmann zu erklären und gleichzeitig zu beschwichtigen.

„Okay! Dann sieh zu, dass du gegen neun Uhr hier bist. Und bitte bring Brötchen mit, wenn du

Kapitel 1

schon unterwegs bist."

„Mach ich, mein Schatz. Sag mal, haben wir noch den leckeren Primitivo im Haus? Den trinkt der Huber doch so gern. Du denkst ja daran, dass er am Abend bei uns vorbeischauen will?" fragte Krogmann.

„Trinken nennst du das! Der kippt den runter, als wenn es Wasser wäre. Aber ja, eine Kiste ist noch davon da", antwortete Irene.

„Das dürfte selbst für Huber reichen", schmunzelte Krogmann.

„Also bis morgen früh. Drück die Daumen, dass es um Hannover und Bad Eilsen diesmal keinen Riesenstau gibt wie beim letzten Mal. Dann schlafe mal schön!"

Krogmann hatte aufgelegt, ohne noch eine Antwort seiner Irene abzuwarten.

Er war rund zwei Stunden unterwegs und schon kurz vor der deutsch-polnischen Grenze, als es passierte. In einem der riesigen Waldgebiete war das Wildschwein quasi aus dem Nichts heraus auf die Straße gelaufen.

Krogmann hatte im letzten Moment noch aus einem Reflex heraus eine Vollbremsung hingelegt. Er erwischte das Tier in der Mitte des Kühlers frontal. Der Aufprall verursachte einen ohrenbetäubenden Knall. Krogmann schloss die Augen und hielt verkrampft das Lenkrad fest. Es rumpelte

Kapitel 1

kräftig. Nach gut 30 Metern kam er direkt vor einem Straßenschild zum Stehen.

Ein wenig wunderte er sich: Wieso hatte der Airbag in seinem teuren SUV nicht ausgelöst? Doch dann dachte er: Besser so – dann kann ich vielleicht weiterfahren.

Krogmann schnallte sich ab und stieg aus. Noch bevor er sich dem überfahrenen Wildschwein zuwandte, warf er einen Blick auf die Vorderseite seines Autos. Beide Scheinwerfer waren intakt, nur der Frontspoiler und die Kühlerhaube hatten eine deutliche Beule abbekommen. Auch die Frontscheibe seines Boliden war oben an der Beifahrerseite leicht eingerissen. Nur das Verbundglas hatte verhindert, dass die Scheibe nicht auseinandergeplatzt war.

Der Motor hatte offensichtlich nichts abbekommen, denn die sechs Zylinder schnurrten als wenn nichts passiert war.

Dann ging er zu dem am Boden liegenden Wildschwein. Es lag auf der Seite und sah aus, als ob es friedlich vor sich hin schlummern würde.

Krogmann nahm einen am Fahrbahnrand liegenden Stock und stieß ein paar Mal gegen das Tier. Es war offensichtlich mausetot, denn es regte sich nicht mehr.

„Was mache ich jetzt", ging es ihm durch den Kopf. „Eigentlich müsste ich den Wildschaden der

Kapitel 1

Polizei melden", dachte Krogmann. Doch sein Alkoholpegel riet ihm gleich davon ab. Wenn die ohnehin wenig skrupellose polnische Polizei den Unfall aufnehmen würde, fiele seine unzweifelhaft vorhandene Fahne sofort auf. Und womöglich wanderte er gleich ins Gefängnis.

Also was tun? Ins Auto steigen und schnell verschwinden war sein zweiter Gedanke. Bislang hatte ihn kein Mensch auf der abgelegenen Straße bemerkt. Und keiner würde je erfahren, was passiert war. Sofort verschwinden wäre in seiner Situation sicherlich sehr vernünftig.

„Doch wer bezahlt dann den Schaden an meinem Auto?" ging es Krogmann durch den Kopf. Ein Wildschaden wird normalerweise von der Teilkaskoversicherung problemlos beglichen, wenn eine entsprechende ordnungsgemäße Unfallaufnahme erfolgt ist. Das wusste er noch vom Crash vor vier Jahren, als ihm ein Fasan den rechten Scheinwerfer demoliert hatte. Damals hatte eine Bescheinigung des herbeigerufenen Jagdpächters für die Schadensregulierung durch seine Versicherung ausgereicht. Die 1.350 Euro für den neuen Scheinwerfer wurden seinerzeit anstandslos übernommen.

Und der jetzige Schaden wird weitaus höher sein, dachte Krogmann. 10.000 Euro wird die Reparatur wohl locker kosten.

Kapitel 1

Da kam ihm ein scheinbar genialer Gedanke: „Ich packe mir das tote Schwein in den Kofferraum und nehme es mit nach Hause", so seine Idee. Und am Morgen, wenn er wieder absolut nüchtern wäre, würde er den Wildunfall an der Milter Straße am Ortsrand von Warendorf nachstellen.

Denn dort hatte Bauer Franz Hülsmann eine Eigenjagd. Schon vor vier Jahren hatte der Landwirt ihm bei dem Unfall mit einem Rebhuhn die Wildschadensbescheinigung ausgestellt. Und aus einem Zeitungsartikel, den er erst kürzlich gelesen hatte, wusste er, dass auch in Warendorf Wildschweine längst heimisch geworden sind. Es dürfte doch kein Problem darstellen, den Wildunfall dort so zu arrangieren, dass kein Verdacht auftritt. Aber es musste schnell gehen. Denn ganz lange dürfte sich der Tierkadaver nicht halten.

Je länger er über diese Idee nachdachte umso überzeugter war er von ihr.

Und der Blick in den Kofferraum seines SUV überzeugte ihn letztendlich. Denn dort lag eine dicke Kunststoffplane, die er eigentlich für die Abdeckung von Kaminholz in seinem Garten nutzen wollte. Ideal geeignet, um den Tierkadaver im Kofferraum zu lagern, ohne dass dieser verdreckt oder vom Tierblut im wahrsten Sinne des Wortes „versaut" wurde.

Kapitel 1

Es war schon eine mächtige Anstrengung für ihn, das schwere Tier auf die ausgebreitete Plane in den Kofferraum zu hieven. Krogmann kam dabei mächtig ins Schwitzen. Doch nach ein paar Minuten war das Tier verstaut und mit der restlichen Folie abgedeckt.

Noch immer war kein Fahrzeug auf der einsam gelegenen Straße entlanggekommen. Sein Unfall würde unbemerkt bleiben. Und die Beulen am Auto waren jetzt in der Nacht sowieso kaum zu erkennen.

Und in weniger als einer halben Stunde wäre er bereits über die grüne Grenze hinweg. Im kleinen Örtchen Görzyka war er schon öfter mal nach Deutschland eingereist. Noch nie war er dort angehalten oder gar kontrolliert worden. Das Risiko gehe ich ein, dachte Krogmann.

Er startete seinen Wagen und fuhr los, als sein Handy klingelte. Auf dem Display sah er, dass es Anna war.

„Hallo Anna, was willst du?"

„Na, das ist ja eine nette Begrüßung. Ist dir eine Laus über die Leber gelaufen?" fragte Anna.

„Nein, ein Wildschwein vors Auto!" antwortete Krogmann und bereute gleichzeitig seine spontane Äußerung.

„Ist dir was passiert?"

Kapitel 1

„Nein, alles o.k", beschwichtigte Krogmann, „nur ein paar kleine Beulen am Auto und ein Straßenschild ist halb umgeknickt."

„Wo ist das denn passiert?", wollte sie wissen.

„Kurz vor der Grenze - auf dem Schild stand, dass es noch acht Kilometer bis Görzyka sind. Aber vergiss den kleinen Crash. Weshalb rufst du an?"

„Schatz, du hast im Hotelzimmer deinen Aktenkoffer stehen lassen." sagte Anna.

„Mist. Da sind die Unterlagen drin von der letzten Auktion, die brauche ich. Kannst du mir den Koffer bitte zuschicken."

„Na klar, mach ich. An deine Büroadresse?"

„Ja, und wenn möglich bitte per Express. Das wäre sehr lieb von dir!" sagte Krogmann.

„Du weißt ja, ich bin immer lieb, Schatz. Ich bringe den Koffer gleich morgen früh zur Post. Fahr vorsichtig, ich muss jetzt schlafen!" sagte Anna.

„Und träum von mir", antwortete Krogmann und beendete das Gespräch.

„Auch das noch – heute läuft alles schief", ging es ihm durch den Kopf, „jetzt vergiss den Koffer und konzentriere dich". Immer schön vorsichtig und vorschriftsmäßig fahren. Dann müsste alles klappen. Ohne, dass irgendjemand etwas von seinem Malheur mitbekommen würde.

Kapitel 1

Und wenn er erst mal auf der deutschen Autobahn Richtung Berlin unterwegs wäre, hätte er das Schlimmste hinter sich.

Bislang war alles glattgegangen. Wie erwartet, gab es keine Grenzkontrollen am Übergang im kleinen Örtchen Görzyka.

Und auch auf der Autobahn war in den nächtlichen Stunden wenig Verkehr. Am liebsten wäre er ohne anzuhalten weitergefahren. Doch einmal musste er tanken.

Also war er in Ziesar abgefahren und hatte dort vollgetankt. Bis auf den Greis hatte auch dort keiner von ihm oder seinem demolierten Auto Notiz genommen. Bis nach Hause waren es nur noch rund gut drei Stunden Fahrzeit.

„Wenn ich Gas gebe bin ich am Morgen in Warendorf", rechnete Krogmann. Die passende Zeit, um den Unfall nachzustellen.

Er schaute auf seine Breitling – es war kurz nach halb vier Uhr in der Nacht.

Er startete seinen Wagen und war keine fünf Minuten später wieder auf der Autobahn. Der Regen hatte aufgehört und Krogmann gab Gas. Bei Tempo 180 bis 200 verlief die weitere Fahrt reibungslos. Auch die Baustelle bei Bad Eilsen war diesmal kein Problem. Bereits gegen sieben Uhr fuhr er bei der Ausfahrt Rheda-Wiedenbrück ab.

Kapitel 1

Über die B 64 waren es noch knappe dreißig Minuten bis Warendorf.

Natürlich fuhr er auf der Bundesstraße absolut vorschriftsmäßig. Und er dachte auch an den neuen stationären Blitzer kurz vor Beelen, bei dem er sich in den letzten Monaten schon zweimal ein Knöllchen eingehandelt hatte.

Gegen acht Uhr war er bereits hinter Warendorf auf der Landstraße nach Milte. Von dort bog er rechts ab auf einen Wirtschaftsweg und machte nach gut 300 Metern eine Vollbremsung, um auf der Straße Reifenspuren zu hinterlassen.

Dann sprang er aus seinem Wagen, hob in Windeseile das Wildschwein aus dem Kofferraum und schleppte es seitlich neben seinen Wagen an den Straßenrand.

Geschafft! Krogmann schaute sich um – ganz offensichtlich hatte niemand sein Manöver bemerkt. Er schloss den Kofferraum, nachdem er die Plane dort wieder verstaut hatte.

Dann griff er zum Telefon, suchte im Internet die Nummer von Franz Hülsmann, und ließ sich gleich verbinden.

„Hier Hülsmann, mit wem spreche ich?" meldete sich Franz Hülsmann. „Hallo Herr Hülsmann, hier ist Lothar Krogmann. Vielleicht erinnern Sie sich noch an mich? Vor ein paar Jahren hatte ich einen Wildunfall in ihrem Revier."

Kapitel 1

„Ach ja, Herr Krogmann. Klar erinnere ich mich. Was kann ich für Sie zu dieser frühen Stunde tun?"

„Ich rufe Sie an, weil mir gerade wieder so etwas passiert ist. Auf dem Wirtschaftsweg links von Lippermanns Knäppe ist mir ein Wildschwein vors Auto gelaufen", meldete sich Krogmann.

„Oje, hoffentlich ist Ihnen nichts passiert", sorgte sich Hülsmann.

„Nein mir nicht", so Krogmann. „Aber mein Auto hat einen schönen Bums abbekommen. Aber dafür gibt's ja die Versicherung. Können Sie kommen und das Schwein abholen? Es ist doch in Ihrem Revier, oder?"

„Wenn es noch vor der Verlobungsbuche in den Knäppen ist, ja! Dahinter beginnt die Eigenjagd von Graf Ostholz."

Krogmann war erleichtert: „Nein, zur Verlobungsbuche geht's erst in rund 300 Metern rechts in den Wald. Also, können Sie kurz kommen und die Formalitäten erledigen und den Kadaver entsorgen?"

„Wieso entsorgen? Ist das Tier so zugerichtet, dass man es nicht mehr als Braten nutzen kann?" wunderte sich Hülsmann.

„Nein, das Schwein ist noch ganz. Für einen Spießbraten dürfte es allemal gut sein", gab sich Krogmann locker.

Kapitel 1

„Bleiben Sie dort, ich bin in 10 Minuten bei Ihnen!" Nach diesem Hinweis hatte Franz Hülsmann aufgelegt.

Klappt doch alles wie am Schnürchen, dachte Krogmann. Und jetzt hat es auch gerade noch angefangen zu regnen. „In wenigen Minuten bin ich mein Problem los. Und wenn der Hülsmann mir die Unfallbescheinigung ausgestellt hat, dürfte auch die Abwicklung der Reparatur keine Schwierigkeiten bereiten."

Keine fünf Minuten später sah Krogmann die Scheinwerfer von Hülsmanns Geländewagen mit einem kleinen geschlossenen Anhänger im Schlepptau näherkommen. Direkt hinter seinem SUV kam er zum Stehen.

„Da haben Sie aber noch mal Schwein gehabt. Das hätte viel böser ausgehen können. So wie es aussieht hat nur der Spoiler und die Motorhaube war abgekriegt. Läuft der Motor noch?" fragte Hülsmann, nachdem er sich Krogmanns Wagen angesehen hatte.

„Der scheint nichts abbekommen zu haben. Gewundert habe ich mich allerdings, dass der Airbag nicht ausgelöst hat. Bei dem Bums hätte ich das eigentlich erwartet Ich werde in der Werkstatt die Fachleute mal darauf ansprechen", erwiderte Krogmann.

Kapitel 1

Inzwischen war Hülsmann an den am Boden liegenden Wildschwein-Kadaver herangetreten. „Mensch Krogmann. Einen jungen Keiler dieser Größe habe ich bislang in meinem Revier noch nicht gesehen", erklärte Hülsmann. „Zuletzt war nur eine Rotte mit einer Bache und ihren acht Frischlingen hier unterwegs. Ein Keiler dieses Kalibers ist mir bislang nie aufgefallen."

„Na ja, in Ihren Knäppen ist es wohl am Schönsten", versuchte Krogmann zu erklären.

„So wird es wohl gewesen sein", erwiderte Hülsmann und schaute sich um zur Milter Straße.

„Warten Sie noch auf wen?" fragte Krogmann den das Verhalten verunsicherte.

„Ich halte Ausschau nach dem Streifenwagen. Der müsste allmählich auftauchen," erwiderte Hülsmann und löste dadurch bei Krogmann eine mittlere Panikattacke aus, die dieser nur schwer unterdrücken konnte. „Ich habe die Warendorfer Wache bereits kurz nach Ihrem Anruf informiert. Ein Streifenwagen kommt, sobald eine andere Unfallaufnahme an der B 64 abgeschlossen ist, hat man mir gesagt", erläuterte Hülsmann.

„Was haben Sie gemacht", entfuhr es Krogmann. „Warum mussten Sie denn die Polizei rufen? War das denn erforderlich?"

„Bei einem Wildschaden mit Haarwild ist immer die Polizei zu beteiligen. Das ist Vorschrift", erklärte

Kapitel 1

Hülsmann. „Ohne polizeiliche Unfallaufnahme wird in diesem Fall ihre Versicherung nicht mitspielen!"

Krogmann wurde mulmig im Magen. Damit hatte er nun wahrlich nicht gerechnet. Sollte sein schöner Plan durch die Polizei auffliegen? Jetzt heißt es Ruhe bewahren, dachte Krogmann.

Im gleichen Moment bog bereits ein Streifenwagen von der Milter Straße ab und hielt wenige Sekunden später hinter den beiden Fahrzeugen.

Zwei Beamte stiegen aus und stellten sich als Oberkommissar Berger und Hauptwachtmeister Blum vor.

Noch bevor die Beamten ihre Fragen stellen konnten, trat Krogmann an die Beamten heran und erläuterte ausführlich, dass ihm der Wildschaden passiert sei.

„Dann zeigen sie mal ihre Fahrzeugpapiere und den Führerschein, Herr Krogmann", forderte der Oberkommissar, während sein Kollege die Personalien Hülsmanns als Jagdpächter notierte. Da der nasskalte Regen inzwischen stärker geworden war, beeilten sich die Uniformierten mit den Formalitäten der Unfallaufnahme. Keiner schaute sich das am Boden liegende Tier näher an. Und auch dank etlicher Pfefferminzbonbons hatte keiner von seinem Alkoholkonsum Notiz genommen.

Kapitel 1

Die Aufnahme des Wildschadens dauerte keine 15 Minuten. Hülsmann wurde nicht weiter befragt. Irgendwelche Unstimmigkeiten fielen den beiden Beamten nicht auf. Der Landwirt wurde aufgefordert, das Tier ordnungsgemäß zu entsorgen und auch die zuständige Veterinärbehörde zu informieren.

Nachdem dieser das zugesagt hatte, setzten sich die beiden Polizeibeamten wieder in ihr Fahrzeug und rauschten davon.

Krogmann war erleichtert und schaute den roten Rücklichtern des Streifenwagens nach. Dann wandte er sich zu Hülsmann. „Kann ich Ihnen noch schnell helfen, das Schwein aufzuladen?" fragte Krogmann.

Hülsmann war dankbar für das Angebot. Auch er wollte schnell aus dem Sauwetter heraus.

Nachdem sich beide dicke Arbeitshandschuhe angezogen hatten, packten sie gemeinsam den Kadaver bei den Beinen und hievten Ihn auf den kleinen Anhänger hinter Hülsmanns Wagen.

„So das war`s. Das Schwein bringe ich jetzt gleich zum Meier. Der bricht es aus der Decke und kümmert sich auch um die Trichinenschau. Vielleicht taugt es ja noch für einen leckeren Braten", verabschiedete sich Hülsmann.

Geschafft! Krogmann setzte sich in seinen Wagen und fuhr nach Hause. Vorher hielt er noch kurz

Kapitel 1

beim Bäcker: Drei Dinkelbrötchen und zwei Croissants waren jetzt genau das richtige Frühstück.

Und wer weiß? Vielleicht lag ja seine Irene noch im warmen Bett. Gegen ein bisschen Aufwärmen unter ihrer Bettdecke hätte er jetzt nichts einzuwenden.

Kapitel 2

Wie an jedem zweiten Dienstag im Monat hatte sich Markus Pieper gegen 18.45 Uhr aus der Redaktion des „Emsecho" verabschiedet, um pünktlich bei Porten, seiner Stammkneipe an der Freckenhorster Straße, zu sein. Ines, seine langjährige Freundin und Lebensgefährtin, verzichtete an diesen Abenden auf ihn. Wie der Zufall es so wollte hatte Sie immer am gleichen Tag ihren „Mädelsabend" und ging mit zwei Freundinnen aus.

Vom Redaktionsgebäude am Marktplatz waren es nur knapp 500 Meter Fußweg bis dorthin. Aber aus langjähriger Erfahrung wusste er, dass er dafür wenigstens eine gute Viertelstunde einplanen musste. Denn Markus war in Warendorf bekannt wie der sprichwörtliche „bunte Hund". Und so wurde er auch an diesem Abend von etlichen Bekannten und Freunden gegrüßt und angesprochen. Markus hatte sich längst daran gewöhnt, ja, er liebte es, mit Menschen zu reden und sich auszutauschen. Zudem war er auf diese Art und Weise immer auf dem Laufenden, was Neuigkeiten und Gerüchte innerhalb der Stadt und darüber hinaus anging.

Auch diesmal erfuhr er Interessantes. Ein ehemaliger Nachbar, den er an der Ecke zur

Kapitel 2

Münsterstraße traf, erzählte ihm, dass bei Ebbers, dem größten Bekleidungsgeschäft in Warendorfs Fußgängerzone, am Nachmittag ein Ladendieb geschnappt worden war. Es handelte sich angeblich um eine über 80jährige Frau die wohl einen roten String Tanga mit passendem BH mitgehen lassen wollte. Man habe sie nach Feststellung der Personalien laufen lassen, wusste der Ex-Nachbar und schüttelte sich dabei vor Lachen. „Das ist doch eine tolle Geschichte für deine Kolumne auf der zweiten Lokalseite", regte er an, bevor er sich auf seinen weiteren Heimweg machte.

Das Schmunzeln über diese Geschichte stand Markus noch im Gesicht, als er die Eingangstür von Porten erreichte. Dort fand bereits seit fast vier Jahren alle zwei Wochen sein Doppelkopfabend statt. Immer bei Porten, immer am gleichen Tisch in der linken Ecke des Schankraums, immer ab 19 Uhr und natürlich immer in derselben Besetzung.

Neben Markus war das Felix Burger, den er bereits aus Kindertagen kannte. Sie hatten in derselben Nachbarschaft an der Südstraße gewohnt und schon als Knirpse im nahen Schützenpark zusammen Fußball gespielt. Später besuchten Sie ebenfalls zusammen die Overberg-Grundschule und drückten dort sogar ein Jahr lang nebeneinandersitzend die Schulbank.

Auch auf dem Laurentianum waren beide anfangs zusammen in derselben Klasse. Doch Felix

Kapitel 2

konnte schließlich ein Jahr früher sein Abitur machen. Markus musste in der 10. Klasse eine „Ehrenrunde" einlegen. Mathe und Physik waren schon damals nicht seine Stärken gewesen.

Dafür hatte er in Deutsch immer „eine 2" gehabt, und zeichnete sich auch in der Theater-AG als begnadeter Schauspieler aus.

Schließlich hatte Markus auch sein Abitur mit Note 3,2 in der Tasche und anschließend in Münster ein Lehramtsstudium begonnen. Nach vier Semestern hatte er dann das Studium abgebrochen und war als Redakteur beim Emsecho angefangen, wo er bereits vorher als freier Mitarbeiter tätig gewesen war. Seit nunmehr bereits gut zehn Jahren gehörte Markus Pieper mittlerweile zur Stammbesetzung der sechsköpfigen Redaktion.

Felix Burger hingegen hatte nach dem Abitur eine Ausbildung beim Kreis Warendorf begonnen und dort im Rahmen eines dualen Studiums die Fachhochschule besucht.

Mittlerweile war Felix, genauso wie Markus 36 Jahre alt, und hatte es bereits zum Kreisverwaltungsrat gebracht. Wie beim Kreis üblich, hatte Burger zunächst während der Ausbildung zahlreiche Stationen innerhalb der Kreisverwaltung durchlaufen. So war er im Straßenverkehrsamt, Bauamt, Jobcenter und schließlich im Haupt- und Personalamt tätig gewesen. Vor fünf Jahren war er

Kapitel 2

ins Büro des Landrates gekommen und mit der Funktion des Pressesprechers betraut worden und hatte seither mit seinem alten Schulfreund Markus wieder täglich Kontakt.

Felix wohnte mittlerweile nicht mehr in Warendorf. Bei einem Discobesuch hatte er seine Romy aus Sassenberg kennen gelernt und sich unsterblich in die dunkelhaarige Schönheit verliebt. Schon zwei Jahre nach ihrem ersten Kuss hatten sie geheiratet und waren in Romys Heimatort Sassenberg gezogen, wo sie als Kindergärtnerin in der Kita Kunterbunt arbeitete. Die beiden hatten ein Kind, die vierjährige Fenja, die morgens ihre Mama in den Kindergarten begleitete.

Zur Doppelkopfrunde gehörten neben den beiden Schulfreunden auch drei weitere Männer.

Zum einen war da Franz Auf der Landwehr, der von allen nur Zöpfchen genannt wurde. Mit seinen 42 Jahren war Franz immer noch Junggeselle und wies schon eine ausgesprochen hohe Stirn auf. Nur der verbliebene Haarkranz war noch recht üppig und lang, insbesondere im Nacken. Dort wurde das lange Haar mit einem Gummiband zu einem kleinen Zopf zusammengehalten. Zöpfchen eben!

Zum andern trug er seinen Spitznamen natürlich auch wegen seines Berufs. Denn Franz Auf der Landwehr führte einen kleinen Herren-Friseursalon an der Oststraße, den schon sein Vater und davor

Kapitel 2

sein Großvater betrieben hatten. Zöpfchen war eine Institution in Warendorf. Zu seinen Kunden gehörten zahlreiche „Poahlbürger" in Warendorf wie Bürgermeister Dickebohm, der Pfarrer von St. Laurentius und auch viele Ratsmitglieder und Geschäftsleute.

Der vierte Mann der Doppelkopprunde war Franz Hülsmann, ein 41jähriger Landwirt, der seinen Hof in der Bauerschaft Velsen nur wenige hundert Meter vor den Toren Warendorfs hatte.

Franz war mächtig stolz auf seine 210 Bullen im Stall, die 30 Hektar Land, seinen nagelneuen Claas-Traktor - aber genauso natürlich auf seine drei Kinder Hubert, Inge und Bernd sowie seine bessere Hälfte, die Ingrid.

Der fünfte Mann am Doppelkopftisch und zugleich der Jüngste der Runde war der erst 29jährige Paul Anders. Paul wohnte in einem kleinen Appartement im Dachgeschoss des Pfarrheims von Sankt Georg. Sehr praktisch für ihn, denn so war er als Diakon ebendieser Kirchengemeinde immer schnell zur Stelle, wenn es darum ging, zum Beispiel in den Messen als Lektor für das Verkünden des Evangeliums oder auch zum Verteilen der Hostien einzuspringen.

Denn Pastor Krawinkel war schon ein wenig älter und seine Knie waren von Arthrose geplagt. Deshalb blieb er auch schon mal gern bei der

Kapitel 2

Kommunion oben am Altar sitzen, und ließ Paul die Laufarbeit machen.

Paul war erst vor drei Jahren von Münster nach Warendorf gezogen. Dass er sich gleich hier wohl fühlte, lag auch an Petra Zumbült, der 22jährigen Gemeindeschwester, die auch im Pfarrheim, und zwar im Appartement nebenan, wohnte. Beide waren sich von Anfang an sympathisch und verbrachten viel Zeit miteinander. Aus der gegenseitigen Zuneigung war schnell Liebe geworden, die beide jedoch nicht öffentlich zelebrierten. So schlich Paul fast regelmäßig in den frühen Morgenstunden die paar Schritte aus Petras Schlafzimmer zurück in sein Appartement nebenan. Wie das für den werdenden katholischen Priester auf Dauer weitergehen sollte, wussten beide noch nicht. Sie genossen einfach die Gegenwart.

Heute Abend jedoch genoss Paul den Doppelkopfabend mit seinen vier Freunden. Er saß schon am Tisch, vor sich ein leckeres Veltins, als Markus zur Tür hereinkam. Fast zur gleichen Zeit betraten auch Zöpfchen und Franz Hülsmann durch die Hintertür das urige Lokal.

Zöpfchen war zu Fuß von der Oststraße gekommen, Franz mit dem Rad, das er im Innenhof abgestellt hatte.

Beim Doppelkopf wurde Bier getrunken, da war es ratsam, das Auto in der heimischen Garage zu

Kapitel 2

lassen.

Bestellen brauchten die fünf Freunde das kühle Blonde nicht. Dafür sorgte Lisbeth, die freundliche Kellnerin. So alle 30 Minuten, am Anfang natürlich in kürzeren Abständen, kam sie unaufgefordert mit einem Tablett, darauf fünf „Veltins-Pfiff", an ihren Tisch. Die kleinen 0,2 Liter-Gläser waren längst in der Gastronomie eine Seltenheit. Es gab sie aber in Warendorf noch bei Porten - und sie wurden vom Wirt und Inhaber des gemütlichen Gasthauses höchstpersönlich mit viel Liebe gefüllt.

Auch Markus, Zöpfchen und Franz brauchten nicht lange zu warten, bis vor ihnen das erste Glas stand.

„Habt ihr schon gehört, was unserem Paul morgen in seinem Beichtstuhl zugeflüstert wird?" warf Markus im Plauderton in die Runde. „Habe ich gerade auf dem Weg hierher erfahren".

„Unser Blitzreporter. Na erzähl schon, was Sensationelles passiert ist", lockte Franz.

„Bei Ebbers hat man eine 80jährige Oma beim Klauen erwischt. Und ratet mal, was sie mitgehen lassen wollte? Darauf kommt ihr nie," fragte Markus mit einem strahlenden Blick in die Runde.

„Ach Markus. Ich sag es ja immer wieder gern: Nichts ist so alt, wie deine Zeitung von morgen. Einen roten String Tanga mit passendem BH wollte sie klauen", erklärte Zöpfchen und erntete dafür ein

Kapitel 2

breites Grinsen bei Paul und Franz, während Markus ihn erstaunt anschaute. „Übrigens: In Größe 36," setzte Zöpfchen noch eins drauf.

„Das gibt`s doch nicht. Dein Frisörladen ist schlimmer als die Kaffeeklatschrunde von unserer Mama. Wer hat dir das denn schon wieder erzählt?" wollte Markus wissen.

„Du weißt doch: Mein Salon ist aktueller als die News von DPA. Und lieber Markus, du kennst doch das Motto meines Hauses: Willst du ´nen Haarschnitt auf die Schnelle, bei Zöpfchen bist du an der Quelle!" erwiderte Zöpfchen.

„Sagt mal, wollt ihr heute nur quatschen oder spielen wir endlich auch mal Doppelkopp?" erinnerte Franz an den eigentlichen Grund ihres Treffens.

„Felix fehlt noch. Sollen wir denn nicht auf ihn warten?" fragte Paul. „Ach, unser Sassenberger. Der ist doch fast immer zu spät. Als Beamter hat er vielleicht wieder mal den Feierabend verschlafen", lästerte Franz.

„Ich habe seine Stimme heute früh noch im Radio gehört. Hat da irgendetwas von höheren Kosten für die Kitas erzählt. Der Kreis muss wohl mal wieder die Gebühren erhöhen. Mich betrifft es ja nicht, aber Ihr könnt ihn ja gleich mal danach fragen", wusste Zöpfchen.

Kapitel 2

„Auch das noch. Ich habe drei Kids, die mir nicht nur die Haare vom Kopf wegfuttern. Zwei davon gehen auch noch in den Kindergarten. Wer soll das denn alles noch bezahlen? Die Bullenpreise sind seit Wochen im Keller. Wir Bauern haben immer die Arschkarte!" brummelte Franz und nahm dabei einen kräftigen Schluck aus seinem Glas.

„Och, du armer Kerl. Ihr Bauern habt immer was zu meckern. Wir lassen gleich mal für dich den Hut rundgehen, damit du noch die Pacht für deine Jagd und den Sprit für deinen mistneuen Trecker und den Landrover bezahlen kannst", erwiderte Markus. „Komm, ich spendiere eine Runde Brotbällchen, damit du nicht vom Fleisch fällst."

Er gab Lisbeth ein Zeichen, die kurz darauf mit einem großen Teller Brotbällchen, einer kulinarischen Spezialität des Hauses, an den Tisch kam.

„Ich lass euch den Teller mal hier stehen. Macht euch selbst einen Strich auf den Deckel. Senftöpfchen bringe ich noch", sagte Lisbeth und war schon wieder verschwunden.

Genussvoll griffen alle vier Doppelkopfbrüder zu. „Ich muss immer wieder sagen: Die haben es hier voll drauf mit ihren Brotbällchen", sagte Markus.

Bei Portens Brotbällchen handelte es sich eigentlich um nichts anderes als um tiefbraun

Kapitel 2

gebratene Hackfleisch-Frikadellen. Bei einer Kontrolle der Lebensmittelüberwachung vor einigen Jahren bereits wurde jedoch festgestellt, dass der gesetzlich vorgeschriebene Hackfleischanteil in den Frikadellen zu niedrig war. Portens Frikadellen bestanden nämlich zum großen Teil aus alten Brötchen, die dem Hack untergemischt wurden und für die einzigartige, fluffige Konsistenz sorgten, die die Gäste so liebten.

Porten durfte daraufhin seine beliebten Frikadellen nicht mehr verkaufen. Aber da er nicht bereit war, die Rezeptur seiner „Frikadellen" dem Gesetz anzupassen, strich er das Wort Frikadellen kurzerhand von seiner Speisekarte.

Seitdem standen Brotbällchen drauf, was wiederum die Lebensmittelbehörde nicht beanstanden konnte. Von Brotbällchen stand halt nichts in der Hackfleischverordnung!

Auch an dieser unbürokratischen Regelung hatte die fünfköpfige Doppelkopfrunde mitgewirkt, nachdem sich Porten bei Felix beschwert hatte. Als Pressesprecher des Kreises war er in Portens Augen halt für alles mitverantwortlich, was seine Behörde, in diesem Fall das Amt für Lebensmittelüberwachung, entschied. Nach ein paar Bierchen war dann der Doppelkopfrunde die Idee mit den Brotbällchen gekommen, die Porten mit einem breiten Grinsen gerne aufgenommen und umgesetzt hatte.

Kapitel 2

Und Markus hatte drei Tage später auf der ersten Lokalseite des Emsecho über die Verwandlung von Frikadellen zu Brotbällchen berichtet. Natürlich mit einem großen Foto von Porten und Lisbeth, die stolz die Brotbällchen in die Kamera hielten. Seitdem hatte sich der Umsatz dieser Spezialität verdoppelt.

Inzwischen hatte sich Franz das Kartenspiel gegriffen und angefangen, die vierzig Spielkarten zu mischen. „Lasst uns schon mal eine Runde spielen. Wer weiß, wann Felix auftaucht. Oder hat er sich für heute kurzfristig abgemeldet?" fragte Franz.

Markus blickte kurz auf sein Handy und warf einen Blick in die WhatsApp-Gruppe ihrer Doppelkopfrunde, die sie vor einem Jahr bereits eingerichtet hatten. Die WhatsApp-Gruppe hatte sich längst als hilfreiche und aktuelle Plattform ihres Clubs bewährt.

„Ja, Felix hat sich gerade gemeldet. Er ist noch im Büro und wird erst gegen zwanzig Uhr hier sein. Wir sollen schon mal anfangen, hat er geschrieben", informierte Markus die anderen.

„Ja, dann mal los. Auf ein gutes Blatt uns allen", sagte Franz und verteilte die Karten.

Doppelkopf wird in der Regel zu viert gespielt, möglich ist es aber auch zu fünft. Die Freunde hatten sich aber von Anfang an darauf geeinigt, nur zu viert zu spielen. Reihum setzte also immer einer

Kapitel 2

am Tisch für ein Spiel aus. Die Pause wurde dann genutzt um schnell mal zur Toilette zu gehen oder auch draußen vor der Tür eine schnelle Zigarette zu rauchen.

Und wenn einer der fünf „Dokobrüder" mal verhindert war, konnte der Abend trotzdem wie gewohnt stattfinden.

Während der Spiele wurde, bis auf kurze Ansagen, nicht gesprochen und konzentriert gespielt. Aber sobald die letzte Karte auf dem Tisch lag, begann regelmäßig das kontroverse Fachsimpeln über das gerade beendete Spiel.

„Warum hast du denn nicht im zweiten Stich bereits die Pik-Dame gezeigt. Dann hätte ich weiter abgelassen!" kritisierte Franz seinen Mitspieler, in diesem Fall Paul, der noch dabei war, die Augen zu zählen und nur mit halbem Ohr zugehört hatte. „Ihr habt keine 90", erwiderte Paul schließlich und an seinen Mitspieler Franz gewandt: „Außer der Pik-Dame hatte ich nichts auf der Hand. Dass du so stark bist, konnte ich doch nicht riechen.".

„Keine Neun, zwölf, Re – drei Schlag, macht 30 Cent", rechnete Markus vor und schob die Münzen bereits Paul zu, während Franz seinen Gewinn von Zöpfchen entgegennahm.

Gleich im nächsten Spiel klopfte Franz auf den Tisch. Er hatte „Klöppe", also beide Kreuz-Damen auf der Hand. In diesem Fall konnte er sich einen

Kapitel 2

Mitspieler auswählen und bekam zudem von allen am Tisch 10 Cent zugschoben.

„Das fängt ja gut bei dir an", meinte Zöpfchen, „wer geht denn mit?"

„Erster Fehlstich in fremder Hand – und ich komme selbst raus", erklärte Franz und spielte daraufhin eine Kreuz Zehn aus. Paul und Zöpfchen mussten bedienen – nur Markus konnte schlagen und spielte fortan mit Franz zusammen.

Es entwickelte sich ein sehr einseitiges Spiel, bei dem Franz und Markus am Ende als klare Gewinner dastanden und jeweils 50 Cent kassieren konnten.

„Übrigens. Ich habe heute einen starken Witz gehört. Hört mal zu! Was grenzt an Dummheit?" fragte Markus und schaute in die Runde.

„Mexiko und Kanada!" kam es ganz spontan und betont lässig von Zöpfchen.

„Es gibt wohl gar nichts, was du nicht weißt", entgegnete Markus, der ein wenig sauer darüber war, dass ihm Zöpfchen die Pointe mit dem Stich gegen Ex-Präsident Trump weggeschnappt hatte, während sich die anderen beiden Freunde vor Lachen kräuselten.

Dabei hatte keiner bemerkt, dass inzwischen auch Felix ins Lokal gekommen war und seine dicke Winterjacke nebst Pudelmütze bereits an den Kleiderständer gehängt hatte.

Kapitel 2

„Da bist du ja endlich. Wir hatten uns schon Sorgen gemacht, dass du mal wieder im Büro eingeschlafen bist!" lästerte Franz und begrüßte Felix mit einem freundschaftlichen Klaps auf die Schulter.

Felix ließ sich mit einem tiefen Seufzer auf seinem Stammplatz zwischen Franz und Markus nieder, während ihm Lisbeth bereits ein kleines Pils kredenzte.

Noch bevor Felix ein Wort sprach griff er zum Glas und trank es in einem Zug aus.

„Poh, du hast ja `nen Brand", entfuhr es Paul, „hast wohl `nen schweren Tag gehabt?"

„Das kannst du wohl laut sagen," entgegnete Felix. „bei uns im Kreishaus brennt die Luft!"

„Erzähl, was ist denn passiert?" Zöpfchen hatte sich vorgebeugt und schaute Felix erwartungsvoll an. „Sieh an, unser Friseur weiß offensichtlich doch noch nicht alles", sagte Markus, der natürlich genauso gespannt war auf die Neuigkeiten, die Felix zu berichten hatte.

„Wir haben Schweinepest im Kreis! Vor zwei Stunden hat uns das Veterinäruntersuchungsamt in Münster angerufen. Bei einem getöteten Wildschwein hier in Warendorf hat man den Erreger der Afrikanischen Schweinepest festgestellt", berichtete Felix mit leiser Stimme.

Kapitel 2

„Ach du Scheiße! Das hat uns gerade noch gefehlt!" entfuhr es Franz, während Paul fragend in die Runde blickte.

„Was ist denn daran so schlimm?" wollte er wissen.

„Der Ausbruch der Schweinepest hier bei uns ist eine Katastrophe für die Schweine haltenden Betriebe im Kreis – ja es so ziemlich der Super-Gau überhaupt!" erklärte Felix. „Bislang gab es die Schweinepest nur in Osteuropa - bis vor zwei Stunden hatten wir in ganz Deutschland noch keinen einzigen Fall. Und jetzt der erste - ausgerechnet bei uns im Kreis Warendorf!"

„Der Kreis Warendorf ist ein Schweinekreis! Hier bei uns stehen über eine Million Mastschweine in den Ställen!", ergänzte Franz.

„Stimmt, Franz! Und jetzt kommt es: Das Tier, bei dem die Pest festgestellt worden ist, stammt aus deinem Jagdrevier!" sagte Felix.

Dem Landwirt blieb vor Schreck der Mund offenstehen und jegliche Farbe war aus seinem Gesicht gewichen.

„Aber, aber – das kann nicht sein!" stammelte er.

„Leider doch. Es wurde am letzten Samstag bei einem Wildunfall bei dir an der Milter Straße angefahren. Bei der Trichinenschau hat man die Schweinepestviren festgestellt! Das Labor in Münster hat extra noch einmal eine zweite Probe

Kapitel 2

geholt und die Untersuchung wiederholt. Es gibt keinen Zweifel!" erklärte Felix.

„Ihr habt ja heute ´nen mächtigen Durst!" Lisbeth war an den Tisch gekommen und brachte frisch gezapftes Pils. „Lisbeth, bring uns bitte fünf Wacholder dazu, die brauchen wir jetzt", orderte Franz.

Lisbeth sah in die Runde und bemerkte gleich die dicke Luft am Tisch. „Kommt sofort", sagte sie, drehte sich um und ließ die Männer schnell wieder allein.

„Unser Veterinäramt hat vor einer knappen Stunde bei dir zuhause angerufen, um dich zu informieren und um weitere Informationen von dir zu bekommen", sagte Felix zu Franz. „Deine Ingrid sagte, du seiest gerade mit dem Rad abgefahren zum Doppelkopfabend. Ich habe unserem Kreisveterinär Dr. Klaus gesagt, dass wir uns gleich hier treffen. Er bittet darum, dass du morgen früh um 8 Uhr zu ihm ins Büro kommst."

„Na klar, mache ich. Aber ich kann ihm auch nicht erklären, wie das Wildschwein an die Pest gekommen ist. Es war ein Wildunfall, wie er alle paar Wochen vorkommt. Das Tier ist dem Lothar Krogmann am frühen Morgen vor den Kühler gelaufen. Der hat mich dann direkt angerufen", erklärte Franz Hülsmann.

Kapitel 2

„Wie, der Mann der den Unfall mit dem Schwein hatte, hat bei dir zuhause angerufen? Normalerweise ruft man doch die Polizei, oder?" fragte Felix.

„Ein bisschen gewundert hat mich das auch. Aber dem Krogmann ist vor gut drei Jahren fast an der gleichen Stelle mal ein Fasan vors Auto geflogen, der ihm den Scheinwerfer am Auto kaputt gemacht hat. Damals war ich zufällig ganz in der Nähe. Ich habe mich ihm seinerzeit als zuständiger Jagdpächter vorgestellt und dem Krogmann bei den Formalitäten geholfen. Die Polizei hatten wir seinerzeit bei dem kleinen Bagatellschaden nicht dabei", erklärte Franz Hülsmann. „Daran hat er sich wohl erinnert."

„Ah, verstehe. Und dann war die Polizei diesmal auch nicht dabei?" fragte Felix.

„Doch, ich hatte die Warendorfer Wache angerufen. Zwei Beamte waren dann auch vor Ort und haben den Unfall aufgenommen. Der ganze Spuk war in einer Viertelstunde erledigt. Ich erinnere mich noch genau – es hat in Strömen geregnet und es war saukalt am Samstagmorgen."

Franz berichtete weiter, dass dem Krogmann selbst nichts passiert sei – nur sein Auto hätte einige Beulen abbekommen. „Der Wagen war aber noch fahrtüchtig. So schlimm war es dann auch wieder nicht".

Kapitel 2

„Und ihr habt an dem Schwein nichts Auffälliges bemerkt?" wollte Paul wissen.

Franz schüttelte den Kopf. „Nein. Nachdem die Streife weg war, haben wir das Schwein auf meinen Anhänger geladen und ich bin mit dem Kadaver direkt zu unserem Schlachter Meier gefahren. Der wollte dann das Tier gleich verarbeiten – was er ja wohl auch gemacht hat."

„Und sonst war nichts?" hakte Felix nach.

„Nee, da war nichts weiter. Das heißt: Ich hatte mich nur darüber gewundert, dass der Krogmann bei uns einen jungen Keiler erwischt hat. Der hatte wohl gut und gerne 40 Kilo oder noch mehr. Einen Keiler dieses Kalibers war mir in den letzten Wochen bei uns nicht unter die Augen gekommen."

Die Doppelkopfbrüder schauten ihn fragend an.

„Aber das will nichts heißen. Wildschweine können eine Strecke von 30 Kilometer und mehr pro Tag zurücklegen. Wer weiß, woher das Tier kam."

„Kennt jemand von Euch den Krogmann persönlich? Ich weiß nur, dass der ein großes Bauunternehmen besitzt und sich wohl auf Holzhäuser spezialisiert hat. Ich war mal in einem seiner Musterhäuser in Everswinkel. Ganz edel, muss ich sagen", so die Bemerkung von Felix.

„Ich kenne den. Der kommt ab und zu auch mal in meinen Salon. Ist so Mitte 50, muss wohl ziemlich wohlhabend sein. Ich habe da einen Blick für: Teure

Kapitel 2

Klamotten, Maßanzug, Budapester Schuhe. Und am Handgelenk eine Uhr, die wir uns zumindest nicht leisten können", wusste Zöpfchen.

„Wenn ihr mich fragt: Der macht auf dicke Hose. Auch wenn sein Trinkgeld immer üppig ausfällt – mir ist der nicht sonderlich sympathisch."

„Na ja, ich werde ihn ja morgen früh auch kennenlernen. Den haben wir auch ins Kreishaus bestellt. Und Franz, bitte sei du auch pünktlich. Wir wollen zu 11 Uhr zu einer Pressekonferenz einladen. Bis dahin müssen wir noch einige offene Fragen geklärt haben", sagte Felix. „Du Markus kannst dir den PK-Termin ja schon mal vormerken. Dann spar ich mir die obligatorische Mail und den Anruf morgen früh bei dir."

„Wie wäre es denn, wenn wir trotzdem jetzt weiterspielen", forderte Zöpfchen. „Wir lassen uns doch von so einem bisschen Schweinepest nicht den Abend vermiesen!"

Nach dem einen oder anderen Wacholder extra wurde es noch ein ganz netter Abend.

Kapitel 3

Im Gegensatz zu seinen Freunden hatte sich Felix am Abend bei den Wacholderrunden zurückgehalten und nur die ersten zwei „Kurzen" mitgetrunken.

Das kam ihm jetzt zugute, denn seine obligatorischen Kopfschmerzen nach einem Doppelkopfabend hielten sich in Grenzen. Nur ein leichtes Pochen an der Schläfe erinnerte ihn daran.

Er war schon sehr früh mit dem Rad über den Tatenhauser Weg von Sassenberg zum Kreishaus nach Warendorf gefahren.

Kurz nach sieben betrat er sein Büro in der fünften Etage. Während er seinen Rechner hochfuhr, sah er auf dem Speichertableau des Telefons, dass einige Anrufe bei ihm aufgelaufen waren.

So hatte gestern Abend gegen 20.45 Uhr sein Chef, Landrat Dr. Herbert Schwarz, vergeblich versucht, ihn im Büro zu erreichen.

Da er keine Nachricht hinterlassen und später auf seinem Handy ebenfalls nicht angerufen hatte, musste es wohl keine ganz besondere Eile gehabt haben. Außerdem sehe ich ihn ja gleich bei der Bürobesprechung um neun, dachte Felix.

Kapitel 3

Der zweite „Anruf in Abwesenheit", so blinkte es auf dem Display seiner Telefonanlage, stammte von Dr. Ferdinand Klaus, dem Leiter des Veterinär- und Lebensmittelüberwachungsamtes.

„Ruf' mich bitte an, wenn du im Büro bist. Wir müssen noch ein paar Dinge für die Pressekonferenz besprechen. Die ist doch für elf Uhr vorgesehen, richtig?" so lautete seine Sprachnachricht, die er um 23.20 Uhr am gestrigen Abend hinterlassen hatte.

Felix griff gleich zum Telefon und wählte seine Nummer an. Schon beim zweiten Klingeln nahm er ab.

„Guten Morgen Ferdinand, hier Felix. Hast du im Kreishaus übernachtet? Gestern kurz vor Mitternacht hattest du noch angerufen."

„Hallo Felix. Schön, dass du dich so früh meldest. Ja, bei uns ist es richtig spät geworden. Meine ganze Mannschaft war wohl bis zwei Uhr in der Frühe im Büro. Wir haben gestern noch die Datenbank ausgewertet und die ganzen Vorbereitungen für die Sperrmaßnahmen getroffen. Du kannst dir nicht vorstellen, was das für eine Arbeit ist," erklärte der leitende Kreisveterinärdirektor. „Hast du ein paar Minuten Zeit? Ich möchte mit dir besprechen, was wir den Medien sagen werden – und was nicht."

Kapitel 3

„Klar hab` ich Zeit. Soll ich gleich zu dir kommen?"

„Ehrlich gesagt wäre es mir lieber, wenn ich kurz zu dir ins Büro kommen kann. Hier geht's zu wie im Taubenschlag. Bei dir haben wir mehr Ruhe. Außerdem ist der Kaffee bei Euch oben besser."

„Natürlich, den Kaffee besorge ich inzwischen schon mal", sagte Felix und ging daraufhin gleich in die Teeküche um die Ecke, um die Kaffeemaschine anzuwerfen.

Mit zwei dampfenden Kaffeebechern kehrte er keine drei Minuten später wieder zurück in sein Büro. Die Tür ließ er offen, denn er hatte Dr. Klaus bereits auf dem Flur gesehen, als der mit einem Stapel Papier unter dem Arm aus dem Aufzug kam.

„Lass mich kurz erklären, was Sache ist", begann Dr. Klaus. „Danach sprechen wir über die PK."

Der Kreisveterinär rollte einen großen Plan aus, auf dem das nördliche Kreisgebiet um die Kreisstadt Warendorf herum zu sehen war. Zudem waren übereinander zwei unterschiedlich große Kreise eingezeichnet sowie etliche farbige Punkte. In der Mitte war der Fundort des Wildschweins markiert.

„Wir haben ja gestern Abend schon über die notwendigen Maßnahmen gesprochen. Nach Feststellung der Afrikanischen Schweinepest müssen wir sofort eine Sperrzone rund um den

Kapitel 3

Herd des Ausbruchs einrichten. Das ist der kleine Kreis – der hat einen Radius von genau drei Kilometern. Für alle Schweine haltenden Betriebe in dieser Drei-Kilometer-Sperrzone gilt ein absolutes „Stand still". Wenn sich der Verdacht auf ASP dort bestätigt, müssen alle Schweine sofort getötet werden. Das gilt auch für eventuelle Kontaktbetriebe. Ob es wirklich zur Keulung der Schweine kommt, hängt also von den Untersuchungen ab. Die haben wir in der Nacht noch vorgenommen. Bei einem Betrieb haben wir einige Schweine entdeckt, die Fieber aufwiesen und Fressunlust zeigten. Das sind typische Symptome für ASP. Klarheit bringt aber nur eine Blutuntersuchung. Ob wir zunächst die Ergebnisse dieser Untersuchungen und Proben aus den Betrieben in der Sperrzone abwarten, entscheidet das Landwirtschaftsministerium in Düsseldorf. Wir stehen mit denen in Verbindung und warten auf deren Rückruf", erklärte Dr. Klaus mit ernster Miene. „Wir haben aber großes Glück im Unglück. Da sich der Fundort des Wildschweins am Stadtrand von Warendorf befindet, liegt auch der Großteil des Sperrbezirks im bebauten Stadtgebiet. Und da gibt's keine Schweine – zumindest keine vierbeinigen!" Der Kreisveterinär hatte trotz der Krise seinen Humor offensichtlich nicht verloren.

„Wir haben festgestellt, dass sich Gott sei Dank nur zwei Schweine haltende Betriebe im Sperrbezirk

Kapitel 3

befinden. Das sind die beiden roten Punkte hier. Es handelt sich zudem um relativ kleine Betriebe. Der erste hat nur 300, der andere 120 Mastschweine. Meine Mitarbeiter sind gestern Abend noch zu den beiden Höfen rausgefahren und haben die betroffenen Schweinehalter informiert und die Bestände überprüft. Heute früh sind sie wieder `raus, um die Schweinebestände noch einmal genau zu untersuchen und weitere Proben zu nehmen. Die Zufahrten zu den Höfen sind von der Polizei abgesperrt. Wenn gekeult werden muss, könnten die Tötungstrupps sofort damit beginnen."

„Mist! Und was ist mit dem größeren Kreis, der auf der Karte zu sehen ist?"

„Das ist das sogenannte Beobachtungsgebiet. Das hat einen Radius von 10 Kilometern. Und in diesem Gebiet gibt's immerhin 98 Schweinebetriebe mit annähernd 190.000 Schweinen. Zumeist sind das große Mastbetriebe, aber es sind auch eine Reihe von Zuchtbetrieben dabei mit ganz wertvollen Beständen", erklärte Dr. Klaus. „Für diese Betriebe gilt zunächst ebenfalls ein „Stand-Still", was natürlich ein riesiger wirtschaftlicher Schaden ist. Das heißt nämlich, dass in den nächsten Wochen erst einmal kein Handel stattfinden darf – alle Schweine bleiben bis auf weiteres in den Ställen. Geschlachtet werden dürfen Tiere nur mit einer ausdrücklichen Ausnahmegenehmigung von uns.

Kapitel 3

Es geht darum, dass sich das Schweinepestvirus auf keinen Fall weiterverbreiten kann."

„O.k. Was können bzw. dürfen wir den Medien sagen?"

„Im Prinzip alles. Bis auf die Namen der betroffenen Höfe im Sperrbezirk. Und es wäre gut, die Nachricht von der Keulung der Tiere, wenn es denn dazu kommt, zunächst zurückzuhalten", sagte Dr. Klaus.

„Ich verstehe, Ferdinand. Aber es wird sich überhaupt nicht verhindern lassen, dass die beiden Höfe im Sperrbezirk bekannt werden. Wenn die Polizei vor den Zufahrtswegen steht, spricht sich das in Windeseile herum. Ich würde mich nicht wundern, wenn die ersten Fotografen bereits vor Ort sind."

„Das ist mir klar. Aber es wäre schon gut, wenn keine Bilder von der möglichen Tötung der Tiere an die Öffentlichkeit gelangten. Glaub mir: Das ist kein schöner Anblick!"

„Bei den Lokalredakteuren ist das kein Problem. Die würden solche Fotos sowieso nicht veröffentlichen. Ich denke da eher an die Sensationsmedien, die mit Teleobjektiven und neuerdings auch Drohnen auf Bilderjagd gehen. Wo würde denn die Tötung der Tiere stattfinden?"

„Wahrscheinlich in den Ställen direkt. Die Kadaver würden dann in große Container geladen

Kapitel 3

und direkt zur Tierkörperbeseitigungsanstalt nach Belm-Icker gebracht."

„Das Fleisch wird also nicht in den Handel kommen?"

„So ist es! Zwar ist die Afrikanische Schweinepest für den Menschen ungefährlich. Auch das Fleisch infizierter Tiere wäre im Prinzip ohne weiteres genießbar. Aber man will sichergehen, dass keine weitere Übertragung der Viren, wie auch immer, passiert. Deshalb werden die Tiere in Belm-Icker entsorgt."

„O.K., das ist wichtig. Die Schweinepest ist also für die Verbraucher ungefährlich, für die Schweine aber tödlich."

„Genauso ist es!"

„Wir haben gestern eine andere Frage bereits kurz angesprochen, die gleich mit Sicherheit auch gestellt wird. Warum wir? Wie kommt die Seuche hier in unseren Kreis?" wollte Felix wissen.

„Wenn wir das wüssten! Bislang gibt's massive Ausbrüche von ASP nur in den Ostblockstaaten, insbesondere in Polen. Zuletzt habe ich von einem Ausbruch gelesen, der 25 Kilometer von der deutsch-polnischen Grenze registriert wurde. Dass jetzt die Seuche bei uns auftritt, ist schon sehr ungewöhnlich."

„Gibt es denn eine mögliche Erklärung dafür?

Kapitel 3

„Eigentlich nur eine. Das Wildschwein muss mit dem ASP-Virus kontaminierte Lebensmittel gefressen haben. Schweine sind Allesfresser. Deshalb sind auch zum Beispiel die Parkplätze an der Autobahn nach Polen alle eingezäunt. Damit die Wildschweine nicht an die Papierkörbe kommen!"

In diesem Moment summte das Handy in Dr. Klaus Hosentasche.

Es war Ministerialrat Dr. Fechte vom Verbraucherministerium in Düsseldorf. Ferdinand stellte sein Handy auf Mithören.

Man habe entschieden, so erklärte er dem Kreisveterinär, dass alle Schweine der beiden Betriebe im Sperrbezirk vorsorglich getötet werden sollen.

„Es sind nur gut 400 Schweine, die gekeult werden müssten. Das Risiko, noch einen oder zwei Tage auf die Ergebnisse der Proben zu warten, ist uns zu groß. Brüssel würde uns an die Wand nageln, wenn sich später herausstellt, dass wir hier zu zögerlich waren und sich deshalb das Virus weiterverbreitet hat. Außerdem haben wir das Vorgehen mit der Tierseuchenkasse einvernehmlich geklärt. Die Bauern werden eine Entschädigung für die getöteten Tiere erhalten", sagte Ministerialrat Dr. Fechte und forderte Dr. Klaus abschließend auf, unverzüglich zu handeln.

Kapitel 3

„Ich habe es geahnt", sagte Dr. Ferdinand Klaus. „Du hast es mitbekommen: Die Keulung ist angeordnet. Ich kümmere mich gleich darum. Wenn wir ganz schnell sind, könnten bereits die Tötungstrupps in ein bis zwei Stunden mit ihrer Arbeit beginnen".

„Das heißt: Während unsere Pressekonferenz läuft, würde die Keulung bereits im vollen Gange sein. Was schätzt du: Wie lange dauert die Aktion?"

„Na ja. Wir haben jetzt halb acht. Gegen 9, halb 10 Uhr könnte angefangen werden. Bei dem größeren Bestand dauert das ganz sicher gute 3 bis 4 Stunden."

„Gut. Dann lade ich die Medien erst zu 12 Uhr ins Kreishaus ein. Wenn alles so läuft wie du sagst, wäre die Keulungsaktion bereits abgeschlossen, wenn die Pressekonferenz zu Ende ist. Das Problem mit den schlimmen Bildern hätten wir dann schon nicht mehr."

„Gute Idee. So machen wir das. Ich muss jetzt `runter ins Büro und alles organisieren. Wir sprechen später weiter."

Mit diesen Worten eilte der Leiter des Veterinäramtes aus dem Zimmer.

Gleichzeitig öffnete sich die Verbindungstür zum Nachbarbüro und Felix` Kollegin Susanne Meier kam herein.

Kapitel 3

„Guten Morgen Felix, so früh schon hier? Hattest du nicht gestern Doppelkopp? Dann hast du doch meistens einen dicken Kopf und kommst erst so um neun!"

Felix ging nicht näher auf die Bemerkung ein.

„Hallo Susi, schön dich zu sehen. Du warst ja gestern schon früh aus dem Büro und hast nicht mehr mitbekommen, was los ist. Gegen halb sechs bekamen wir die Info, dass wir einen Fall der Afrikanischen Schweinepest im Kreis haben. Peter war noch hier, der weiß Bescheid", setzte Felix seine Kollegin ins Bild und erläuterte ihr in kurzen Worten den Sachstand.

Sein zweiter Kollege in der Pressestelle, Kreisinspektor Peter Kilian, war inzwischen auch eingetroffen und hatte sich nach einer wortlosen Begrüßung ebenfalls zu Felix und Susanne an den Besprechungstisch gesellt.

„Susi, ich formuliere gleich sofort den Text für die Einladung zur Pressekonferenz. Du kümmerst dich dann bitte um die Verteilung an die Medien und um die weitere Vorbereitung der Pressekonferenz. Du weißt schon: Kaffee bestellen usw. Ich rechne mit einem größeren Ansturm von Medienvertretern. Wir gehen mit der PK in den großen Sitzungsraum."

„Peter, du bereitest die Infomappe für die Medien vor. Wir brauchen eine kurze

Kapitel 3

Presseerklärung, in der nur die Fakten und der Sachstand genannt werden – ohne die Namen der betroffenen Bauern zu nennen. Dazu vielleicht diese Karte hier", sagte Felix und übergab seinem Kollegen die Karte mit den Angaben über den Sperrbezirk und das Beobachtungsgebiet. „Wenn du den Text der Erklärung fertig hast, stimme den bitte direkt mit Dr. Klaus ab."

„Mach` ich. Außerdem kümmere ich mich um die Amtliche Bekanntmachung. Der Ausbruch der ASP und die Anordnung der Sperrmaßnahmen müssen ganz offiziell öffentlich bekannt gemacht werden. Die Verordnung dazu wird im Veterinäramt bereits erarbeitet – das hat mir Miro gestern noch gesagt", erklärte Peter.

Peter Kilian war am Vorabend noch ins Veterinäramt im Erdgeschoss hinuntergegangen, um mit Miro Franzke, dem dortigen Verwaltungsleiter, zu sprechen. Der 60jährige Franzke war, wie man so sagt, ein „Urgestein" und schon über 30 Jahre im Veterinäramt. Er hatte schon eine Menge Erfahrungen mit Seuchen aller Art gesammelt.

So war er schon im Amt, als vor Jahren zum ersten Mal die Maul- und Klauenseuche ausbrach. Auch die Blauzungenkrankheit bei Rindern, die Aujetzkysche Krankheit bei Schweinen, die Geflügelpest oder zum Beispiel die fast alljährlich wiederkehrende Faulbrut bei Bienen hatte er während seiner Amtszeit kennengelernt.

Kapitel 3

„Wir sind bislang mit allen Seuchen fertig geworden. Da wird uns auch so ein Wildschwein mit ASP nicht umwerfen", hatte Franzke gesagt und seinem jungen Kollegen über die rechtlichen und verwaltungstechnischen Abläufe eines Seuchenausbruchs informiert.

„Der Miro Franzke arbeitet schon an den Verordnungen. Ich treffe mich mit ihm gegen 10 Uhr", sagte Peter.

Felix freute sich über die engagierte und vorausschauende Arbeit seines jungen Kollegen. „Prima Peter, mach das. Ich kümmere mich jetzt erst um die Einladung zur PK. Außerdem wollte ich später kurz mit den beiden Landwirten telefonieren. Und ich bin dann gleich beim Landrat. Der muss noch „gebrieft" werden für die PK."

In weniger als 10 Minuten hatte Felix einen kurzen Text in seinen Rechner getippt, mit dem die Medien zu 12 Uhr zu einem Pressegespräch zum Thema „Ausbruch der Afrikanischen Schweinepest im Kreis Warendorf" ins Kreishaus eingeladen werden sollten.

Den Text druckte er sich gleich aus, um ihn mit zum Landrat zu nehmen.

Bevor er sich auf den Weg zu seinem Chef machte, schaute er noch kurz bei Susi rein. „Susi, der Text für die PK ist im System abgespeichert. Warte bitte mit dem Rausmailen, bis ich von Dr.

Kapitel 3

Schwarz zurück bin. Wir sollten die Einladung sowieso nicht früher als 9.30 Uhr herausgeben. Denn danach steht bei uns das Telefon nicht mehr still. O.K.?"

„Alles klar. Ich kümmere mich drum", sagte Susi.

Landrat Dr. Schwarz war noch nicht im Büro. Felix erinnerte sich daran, dass ja sein Freund Franz Hülsmann und auch Lothar Krogmann heute ins Veterinäramt kommen sollten.

Kurz entschlossen eilte er die Treppe ins Veterinäramt hinunter.

Er traf die beiden vor dem Büro von Miro Franzke an, der sich gerade von ihnen verabschiedete. Die Befragung war wohl bereits gerade zu Ende.

„Hallo Franz", begrüßte Felix seinen Freund und auch Krogmann stellte er sich noch kurz vor, bevor beide das Kreishaus verließen.

„Die zwei waren ziemlich geschockt, konnten uns aber auch nicht weiterhelfen", sagte Miro Franzke. „Aber es scheint so, dass beide keinen weiteren Kontakt mit dem kontaminierten Tier hatten. Hülsmann hat direkt geduscht, nachdem er nach Hause kam und ist mit keinem anderen als Metzger Meier in Kontakt gekommen. Gleiches gilt für Krogmann", erklärte Franzke.

Kapitel 3

„Es hatte kräftig geregnet und beide waren wohl ziemlich durchgefroren. Ich habe Krogmann auch nach seinem Auto gefragt, das wir uns wegen möglicher Viren und Blutspritzer noch ansehen wollten. Das Auto habe er aber noch am gleichen Vormittag in die Werkstatt nach Münster gebracht, nach dem er vorher den Wagen an einer Waschstraße mit einem Hochdruckreiniger abgespritzt hatte. Selbst wenn da kontaminiertes Blut dran geklebt hat, ist das jetzt mit Sicherheit kein Problem mehr."

Landrat Dr. Herbert Schwarz war mittlerweile ins Büro gekommen und telefonierte seit einigen Minuten bereits mit Kreisveterinär Dr. Klaus. Annette Obermeier, seine Sekretärin, winkte Felix zu, dass er trotz des Telefonats direkt ins Büro des Chefs durchgehen sollte.

Schwarz war erst vor drei Jahren zum Landrat gewählt worden.

Der 39jährige Volljurist aus Münster war vorher Bürgermeister einer kleinen Stadt im Westmünsterland gewesen. Im Wahlkampf hatte er sich nicht zuletzt durch seine offene und sympathische Art gegen zwei Mitbewerber um den Posten des Landrates durchgesetzt. „Ich möchte, dass die Menschen in diesem Kreis gut und sicher leben können" – das war seine Botschaft, für die er sich einsetzen wollte. Und auch sein Slogan „Tue recht und scheue niemand" war offensichtlich bei

Kapitel 3

den Wählerinnen und Wählern gut angekommen, denn er bekam auf Anhieb die absolute Mehrheit der Stimmen.

Felix, der auch schon bei seinem Vorgänger im Amt des Landrates Pressesprecher war, hatte sich sofort mit Dr. Schwarz prima verstanden – sie waren von Anfang an „auf einer Wellenlänge". Deswegen wunderte es keinen im Kreishaus, dass Felix auch bei dem neuen Chef im Kreishaus weiterhin diese Vertrauensstellung ausübte.

Als Dr. Schwarz den Hörer aufgelegt hatte, wandte er sich direkt an Felix.

„Morgen Felix. Sie wissen schon von der geplanten Keulung?" fragte er.

„Ja. Dr. Klaus war bei mir, als der Anruf aus Düsseldorf kam."

„Verdammter Mist! Warum musste dieses blöde Viech ausgerechnet uns die Pest in den Kreis bringen? Aber es ist nun mal so wie es ist! Wie gehen wir jetzt damit um? Haben die Medien schon Wind von der Sache bekommen?" fragte der Landrat.

„Nein, bislang hat keiner bei uns angerufen. Aber das ist natürlich nur eine Frage der Zeit. Und es werden sich nicht nur die örtlichen Medien auf die Sache stürzen. Heute Abend wird das ganz sicher ein Thema in der Tagesschau werden", sagte Felix.

Kapitel 3

„Na ja, das ist ja wohl leider nicht zu ändern. Also, wie gehen wir mit den Medien um?"

„Wir müssen sofort in die Offensive gehen und unverzüglich zu einem Pressegespräch einladen", sagte Felix. „Wir müssen zeigen, dass wir das Heft des Handelns in der Hand halten und alles tun, um die Seuche einzudämmen", sagte Felix.

Er berichtete dem Landrat, dass er bereits einen Einladungstext vorbereitet habe und reichte ihm den ausgedruckten Entwurf.

„Wenn das Pressegespräch erst um 12 Uhr beginnt, dürfte die Tötungsaktion schon fast abgeschlossen sein", erklärte er.

„Verstehe! Dann haben die Kamerateams und die Fotografen nichts mehr Spektakuläres für ihre Linsen. Wer sollte denn von unserer Seite an dem Pressetermin teilnehmen?"

„Neben Ihnen und Dr. Klaus als verantwortlicher Kreisveterinär eventuell noch ein Vertreter der Polizei, die für die Absperrungen und Kontrollen zuständig sind. Schön wäre es aber auch, schon einen Vertreter der Tierhalter dabei zu haben. Der könnte über die Auswirkungen des Seuchenausbruchs und die damit verbundenen Probleme und Schäden für die Landwirte berichten", sagte Felix.

„Gute Idee, mit Polizeidirektorin Kurz habe ich schon gestern Abend gesprochen. Und Warendorfs Bürgermeister Dickebohm habe ich ebenfalls bereits

Kapitel 3

informiert. Und gleich wollte ich mit unserem Kreislandwirt und dem Vorsitzenden des Landwirtschaftlichen Kreisverbandes telefonieren. Sicher werde ich einen oder vielleicht sogar beide überzeugen können, bei dem Pressetermin dabei zu sein. Auf was müssen wir noch achten?" fragte Dr. Schwarz.

„Sie sollten bei dem Pressetermin zwei Dinge besonders hervorheben. Zum einen, dass die Afrikanische Schweinepest nicht auf Menschen übertragen wird. Die Seuche ist kein Problem für die Verbraucher, auch nicht für andere Tiere, sondern nur für die Schweine. Und zum Zweiten: Da wir aber einer der größten Ballungsräume für Schweinemast in Deutschland sind, ist das ein großes wirtschaftliches Problem. Zu beiden Aussagen könnten dann die Fachleute Dr. Klaus und der Kreislandwirt Näheres sagen,"

„O.K., so machen wir das. Gibt's sonst noch was?"

„Ich werde versuchen, einen der beiden Tierhalter zu überreden, nach der Tötungsaktion mit den Medien zu sprechen. Alle Journalisten werden scharf darauf sein, einen betroffenen Bauern vors Mikrofon zu bekommen. Wenn wir das steuern und den Medien ein Gespräch mit einem Betroffenen anbieten könnten, wäre das gut, und weniger stressig für den Landwirt, weil wir ihn darauf vorbereiten könnten", sagte Felix.

Kapitel 3

„Mach Sie das. Wir sollten uns um 11.30 Uhr mit allen Teilnehmern der PK kurz treffen, um letzte Infos auszutauschen und uns abzusprechen. Also halb zwölf bei mir im Büro. Bis später!"

Felix erhob sich und ging zurück in sein Büro. Susi wartete dort schon auf ihn.

„Der große Sitzungssaal wird für die PK vorbereitet. Reichen 30 Sitzplätze für die Journalisten? Für die Filmkameras haben wir hinter den Stühlen und an der Seite Platz vorgesehen. Hinten bauen wir eine kleine Bar mit Kaffee und Wasser auf – da kann sich jeder selbst bedienen. Wie viele sitzen auf dem Podium? Reichen da sechs Plätze? Was ist mit Präsentationen via Beamer? Müssen wir da noch etwas vorbereiten?" fragte Susi.

„Den Beamer brauchen wir auf jeden Fall. Die Karte mit dem Sperrbezirk und dem Beobachtungsgebiet können wir gut zeigen. Ich spreche mit Ferdinand, ob es weitere Dinge gibt, die man präsentieren kann. Sonst ist alles o.k. Hast du die Einladung mit der Bitte um kurze Rückmeldung bzw. Anmeldung fertig? " fragte Felix.

„Ja ist fertig, bleibt es bei 12 Uhr?"

„Ja! Jetzt ist es 9.30 Uhr. Dann drück auf deine Entertaste und schick die Einladung `raus. Um 11.30 Uhr ist noch mal eine kurze Vorbesprechung beim

Kapitel 3

Landrat. Bis dahin brauche ich die Teilnehmerliste", sagte Felix.

Susi nickte ihm zu und verschwand in ihrem Büro. In den nächsten Minuten würden nicht nur wie üblich insbesondere die heimischen Zeitungsredaktionen, Radio WAF und das WDR Studio in Münster eine Mail aus dem Kreishaus bekommen. Diesmal ging die Einladung auch alle einschlägigen Presseagenturen, die überregionalen Medien und Sender von Rundfunk und Fernsehen.

Keine zehn Minuten, nachdem die Einladung abgeschickt worden war, kamen schon die ersten Anmeldungen zur Pressekonferenz zurück. Der erste Anruf zur Einladung kam von einer großen Boulevard-Zeitung.

„Können wir schon Näheres erfahren? Wir schicken jetzt gleich einen Reporter los zu euch. Wir brauchen Bilder!" so lautete das Anliegen des Anrufers, der offenbar bereits im Auto saß und sich auf dem Weg gemacht hatte.

Auch in der nächsten Stunde stand das Telefon nicht mehr still. Alle Anrufer wurden auf 12 Uhr vertröstet. Erst dort sollte es nähere Informationen geben.

Felix hatte sich zwischenzeitlich die Namen und Telefonnummern der beiden Schweinehalter besorgt, deren Tiere vorsorglich geschlachtet werden mussten. Zudem hatte er im Veterinäramt

Kapitel 3

erfahren, dass die Tötung der Tiere bereits begonnen hatte.

Gleich beim Bauern Bernhard Buller war er erfolgreich. Buller hatte nach dem plötzlichen Tod seines Vaters erst vor zwei Jahren den Hof übernommen.

„Bevor die ganzen Reporter mich einzeln nerven, bin ich bereit, mir heute Nachmittag eine Stunde dafür frei zu halten. Aber ich erwarte von Ihnen, dass sie mich mit den Presseleuten nicht allein lassen. Gut wäre es auch wenn unser Kreislandwirt dabei sein könnte", sagte Buller. Felix versprach, sich darum zu kümmern. Als Treffpunkt mit den Medienvertretern vereinbarten sie den Bildstock der heiligen Maria, der etwa 100 Meter vor der Hofeinfahrt stand.

Bis 11.30 Uhr hatten sich 28 Zeitungen, Agenturen sowie Radio- und Fernsehsender zur PK angemeldet. So ein Interesse an einem Kreisthema hatte es lange nicht mehr gegeben. Wenn man mal von dem dreifachen Mord absah, der vor einigen Jahren in Telgte passierte und von der Warendorfer Kreispolizeibehörde mit dem Landrat an der Spitze aufzuklären war. Damals gab es auch einen riesigen Presserummel.

Dr. Schwarz nahm die Nachricht gelassen entgegen. Bei ihm hatten sich schon der

Kapitel 3

Kreislandwirt Uwe Teckentrup und Polizeidirektorin Eva Kurz eingefunden.

„Wir müssen schnell handeln und hoffen, dass sich die Seuche nicht schon weiterverbreitet hat", sagte Dr. Schwarz gerade, als Felix eintrat. Dr. Klaus berichtete kurz, dass die Keulungsaktion in den beiden Betrieben liefe – bis 13 Uhr seien alle Schweine getötet.

Auch die Bereitschaft von Bauer Bernhard Buller, gleich im Anschluss an die Pressekonferenz mit den Journalisten zu sprechen, wurde sehr begrüßt. Kreislandwirt Uwe Teckentrup erklärte sich bereit, nach der PK zusammen mit Felix zu Buller zu fahren, um dort für Statements zur Verfügung zu stehen. Dr. Schwarz selbst hatte um 15 Uhr einen Termin in der Düsseldorfer Staatskanzlei.

„Ich kann da selbst nicht mitkommen – der Termin in Düsseldorf ist sehr wichtig. Wir müssen die PK möglichst so straffen, dass wir nach einer knappen Stunde fertig sind", erklärte er an Felix gewandt.

Pünktlich um 12 Uhr betraten Landrat Dr. Schwarz zusammen mit Kreisveterinär Dr. Klaus, Kreislandwirt Uwe Teckentrup, Polizeichefin Eva Kurz und Felix den bis auf den letzten Platz gefüllten Sitzungssaal.

Nach exakt 48 Minuten bedankte sich der Landrat bei den Medienvertretern für das

Kapitel 3

Erscheinen. Die Pressekonferenz war gelaufen. Auch wohl deshalb, weil Felix die Möglichkeit angeboten hatte, vor Ort einen Betrieb zu besuchen, der von der Keulung betroffen war.

Zusammen mit Kreislandwirt Teckentrup fuhren sie anschließend direkt zum Buller- Hof nach Velsen. Im Schlepptau Kamerateams von drei TV-Sendern sowie etliche weitere Journalisten.

Buller stand schon am Bildstock vor einem Hof. Die drei Container-Lkw mit den getöteten Schweinen fuhren gerade vom Hof und konnten von den Kameras so gerade noch eingefangen werden.

Bei dem anschließenden Interview machten Buller und Teckentrup noch einmal deutlich, welchen immensen Schaden die Afrikanische Schweinepest für die Betroffenen Schweinehalter anrichtete.Um 14.15 Uhr wurden die Kameras eingepackt und in die Autos verstaut. Einige Minuten später war am Bildstock der Heiligen Maria wieder Ruhe eingekehrt.

„Uwe, kommst du noch mit rein, meine Frau wollte Kaffee kochen und einen frischen Apfelkuchen backen. Es gibt noch einiges, was ich mit dir besprechen möchte, u.a. auch, wie ich an die Entschädigung von der Tierseuchenkasse komme", sagte Buller zu Kreislandwirt Teckentrup. „Wenn

Kapitel 3

Sie Zeit haben, dürfen Sie gern mitkommen", wandte er sich an Felix, der aber dankend ablehnte.

Felix war froh, dass der Tag trotz Stresses bislang reibungslos und ohne Komplikationen abgelaufen war. Außerdem wollte er schon mal einen Blick ins Netz werfen, wie die ersten Reaktionen waren....

Kapitel 4

Lothar Krogmann war aus allen Wolken gefallen, als ihn Miro Franzke vom Kreisveterinäramt am Dienstagabend angerufen hatte. Dass ausgerechnet bei dem von ihm angefahrenen Wildschwein die Afrikanische Schweinepest festgestellt worden war, konnte nun wirklich keiner ahnen. Sein ansonsten robuster Magen begann merklich zu rumoren.

Franzke hatte ihn am Telefon insbesondere auch nach dem Unfallauto gefragt. Ob er mit dem Wagen noch herumgefahren sei - womöglich noch damit auf einen Bauernhof gefahren sei. Und ob er Haustiere halte, etwa einen Hund oder eine Katze. Der Beamte schien aber erleichtert gewesen zu sein, als er hörte, der Wagen sei direkt in eine Werkstatt gekommen.

„O.K. Darüber müssen wir noch genauer sprechen. Können Sie morgen früh gegen 8 Uhr kurz in mein Büro kommen?" hatte Franzke gefragt.

Im Kreishaus hatte er dann erst von der Gefährlichkeit der Tierseuche für die Schweinebetriebe erfahren. Und dass eventuell ganze Bestände getötet werden müssten, um den weiteren Ausbruch zu stoppen.

Franzke hatte sich die Adresse und Telefonnummer der Werkstatt in Münster notiert,

Kapitel 4

wo Krogmanns Auto zur Reparatur stand.

Dorthin hatte er seinen demolierten Wagen noch am Samstagmittag gebracht. Natürlich hatte er sich nicht die Mühe gemacht, das Fahrzeug vorher noch zu waschen.

Dies zu behaupten war ihm beim Gespräch mit Franzke im Kreishaus spontan eingefallen. Krogmann hatte gehofft, damit weitere Nachforschungen des Veterinäramtes zu unterbinden.

Aber wer weiß, vielleicht sollte er selbst noch einmal nach Münster in die Werkstatt fahren, um nach dem Rechten zu sehen. Anfang der Woche sollte der Schaden zunächst von einem Gutachter geschätzt werden um die weitere Abwicklung dann mit der Versicherung abzustimmen.

Darum wollte sich die Werkstatt kümmern. Die Reparatur mit anschließender Lackierung würde aber wohl mindestens eine Woche dauern.

Man hatte ihm am Samstag für die Dauer der Reparatur ein Leihfahrzeug gegeben. Ein gleichwertiges Auto wie sein beschädigter Wagen war auf die Schnelle nicht verfügbar gewesen – eventuell Anfang nächster Woche, hatte man ihm gesagt.

Natürlich hatte er auch seiner Irene vom Unfall erzählt. Die zeigte sich erleichtert, dass ihm nichts passiert war. Wenn es nur Blech ist, das kann man

Kapitel 4

ersetzen, hatte sie gesagt. Und gefragt, was er denn so früh am Morgen an der Milter Straße verloren hätte. Er wäre doch von der Autobahn direkt aus Polen gekommen.

Daraufhin hatte Krogmann herumgedruckst, und von einem kleinen Umweg wegen der Brötchen erzählt. Er war froh, dass Irene nicht nachgehakt hatte.

Gleich nach dem Termin am Mittwochmorgen im Kreishaus war Krogmann direkt Richtung Münster gefahren. Ihm war eingefallen, dass er die Plane im Kofferraum seines Porsche nicht entsorgt hatte, auf der er das tote Wildschwein gelagert hatte.

Wenn tatsächlich weitere Nachforschungen vom Veterinäramt erfolgten, durfte keiner die schmutzige Plane zu Gesicht bekommen.

Der Werkstattmeister begrüßte Krogmann mit einem freundlichen Händedruck und berichtete, dass der Gutachter den Schaden auf genau 11.350 Euro beziffert hätte.

Die Versicherung hätte sich gestern Nachmittag gemeldet und das Gutachten akzeptiert. Der Wagen stände jetzt in der Werkstatt, man sei gerade dabei, die kaputten Teile abzumontieren.

Lothar Krogmann bat den Meister, kurz einen Blick in den Wagen werfen zu können. Er vermisse ein paar Unterlagen, die wohl noch im

Kapitel 4

Handschuhfach oder im Kofferraum des Autos lägen.

Der Werkstattmeister begleitete ihn zu seinem Auto, an dem gerade zwei Monteure die eingedellte Fronthaube abhoben.

Krogmann setzte sich kurz in den Wagen und tat so, als durchsuche er die Mittelkonsole. Dann ging er zum Kofferraum und kramte auch dort herum.

„Ach, die alte Plane. Die nehme mit, die kann ich heute Nachmittag gut im Garten gebrauchen", sagte er mehr zu sich selbst und hob sie aus dem Kofferraum.

„Sagen Sie, kann ich vielleicht jetzt doch einen SUV gleichen Typs als Leihwagen bekommen?" fragte er den Meister, der auf Krogmann mit der verschmutzten Plane unter dem Arm schaute.

„Sie haben Glück. Ein entsprechendes Fahrzeug ist vor einer Stunde zurückgegeben worden."

Eine Viertelstunde später saß Krogmann in seinem neuen Leihfahrzeug. Die Plane hatte er in den Kofferraum geworfen.

„Wieder eine Sorge weniger", dachte er.

Kapitel 5

Seitdem Radio WAF knapp eine Stunde nach der Pressekonferenz am Mittwochnachmittag die erste Meldung über den Ausbruch der Schweinepest gebracht hatte, verbreitete sich die Neuigkeit wie ein Lauffeuer in der Emsstadt.

In Franz Auf der Landwehrs alias „Zöpfchens" Herrensalon war immer der örtliche Lokalsender eingeschaltet. Nur wenn er seinen nostalgischen schwarzen Fön auf Stufe 3 schaltete oder er mit einem Kunden in ein angeregtes Gespräch vertieft war, trat die Musik oder die Moderation aus dem Radio in den Hintergrund.

„Sag mal Zöpfchen, dürfen wir jetzt kein Schnitzel mehr essen wegen der Pest?" fragte Bernhard Borgmann, ein alter Stammkunde. Er kam regelmäßig in den Salon, um seinen verbliebenen Haarkranz mithilfe des Rasierers auf fünf Millimeter zu stutzen. Eigentlich eine Arbeit, die Zöpfchen in drei Minuten erledigen konnte. Doch Zöpfchen ließ sich bei ihm immer viel Zeit. Denn er wusste, dass der 76jährige Bernhard nach dem Tod seiner Frau kaum noch Menschen hatte, mit denen er reden konnte.

„Nein Bernhard, die Schweinepest ist nicht auf Menschen übertragbar und nur für die Schweine gefährlich. Außerdem kommt das Fleisch von

Kapitel 5

kranken Tieren nicht in den Handel", erklärte Zöpfchen. „Dein Schnitzel kannst du dir getrost weiter schmecken lassen. Aber ich finde es schon komisch, dass die Seuche ausgerechnet bei uns hier im Westen auftritt. Bislang gibt's die meines Wissens nur in den osteuropäischen Ländern wie Weißrussland und Polen."

„Vielleicht hat ja der Krogmann die Pest aus Polen mitgebracht", mutmaßte Borgmann.

„Wie kommst du denn darauf?" fragte Zöpfchen erstaunt.

„Der fährt doch andauernd nach Polen! Der kauft doch dort das Holz ein für seine Firma. Die bauen doch so tolle Holzhäuser!" sagte Borgmann.

„Woher hast du das denn gehört?"

„Von Karl Maier, der wohnt in unserer Straße und arbeitet schon seit zehn Jahren bei Krogmann. In Polen ist das Holz um die Hälfte günstiger als hier, sagt der. Krogmann kauft das dort wohl immer auf irgendwelchen Auktionen. Die geschnittenen Bretter und Bohlen werden dann per Sattelschlepper direkt aus Polen nach Everswinkel geliefert, wo Krogmann seine Fabrik hat."

„Das wusste ich nicht. Aber klar: Wenn man dort das Holz günstiger bekommt, würde ich das auch machen", sagte Zöpfchen. „Aber wie sollte Krogmann denn die Schweinepest hierhin gebracht haben? Der Unfall ist doch in Lippermanns Knäppe

Kapitel 5

in der Jagd von Franz Hülsmann passiert und wurde von der Polizei aufgenommen. Der Kreis geht davon aus, dass sich das Schwein die Seuche wohl durch kontaminierte Lebensmittel eingefangen hat."

„Ja, du hast Recht. Aber komisch ist es doch. Aber mal was anderes: Wogegen spielen deine Schalker eigentlich am Wochenende? Die Zeiten, in denen deine Königsblauen im Derby gegen meine Zecken spielen, sind ja leider erst einmal vorbei. Dafür dürft ihr jetzt gegen Sandhausen und Aue ran. Dann habt Ihr endlich auch mal wieder eine Siegchance!"

„Komm, hör auf. Sonst schneide ich dir noch `ne Klinke in deine Sturmfrisur". Damit war das Thema Schweinepest ad acta gelegt. Von da an wurde nur noch über Fußball gefachsimpelt. Unter anderem darüber, wie lange wohl Dortmund seinen Superstar Haaland noch halten kann. „Ohne den wär´t ihr auch schon in der 2. Liga", sagte Zöpfchen, der sich im Fußball bestens auskannte.

Zöpfchen fand, dass es nun aber wirklich genug war. Er legte seine Schere beiseite und fegte mit seinem Haarpinsel letzte Spuren von imaginären Haaren aus Bernhards Nacken.

„Macht zehn Euro, wie immer, Vorzugspreis für arme schwarz-gelbe Rentner". sagte Zöpfchen. Bernhard zog einen Zehner aus seiner Geldbörse

Kapitel 5

und legte noch ein 50 Cent-Stück drauf. „Kleines Schmerzensgeld für blau-weiße Träumer", erwiderte er.

Blöde Zecken, dachte Zöpfchen, müssen immer das letzte Wort haben. Gut, dass in dem Augenblick mit einem freundlichen „Hallo Zöpfchen" der nächste Kunde seinen Salon betrat.

Kapitel 6

Romy hatte sich inzwischen daran gewöhnt, dass ihr Felix regelmäßig ein wenig später nach Hause kam als eigentlich geplant.

Obwohl beim Kreis Gleitzeit galt und die meisten Beschäftigten dies nutzten, um freitags pünktlich ab 13 Uhr ins wohlverdiente Wochenende zu gehen, kam Felix nie vor 15 Uhr nach Hause.

Es war schon fast 16 Uhr als er endlich die Haustür öffnete.

„Tut mir leid, Schatz. Du weißt doch: Die Schweinepest! Alle Tests waren übrigens negativ! Und dann brauchte der Landrat auf dem letzten Drücker noch ein paar Infos zur morgigen Ausstellungseröffnung in der Abtei Liesborn", entschuldigte Felix sein spätes Eintreffen.

„Ist ihm das erst heute Mittag eingefallen? Und ist es nicht eigentlich Peters Job, solche Infos zusammenzustellen? Du weißt doch, dass wir heute Abend Gäste haben und du noch einkaufen musst", klang Romys Stimme vorwurfsvoll.

„Ja du hast Recht. Aber Peter war schon weg als Dr. Schwarz vor zwei Stunden anrief. Er wollte eigentlich auch gar nicht nach Liesborn. Doch dann hatte er am Mittag erfahren, dass sich die Regierungspräsidentin zur Ausstellungseröffnung

Kapitel 6

angemeldet hat. Sie kennt die Künstlerin gut. Deshalb hat es sich der Landrat kurzerhand anders überlegt und wollte nun doch hinfahren", erklärte Felix. „Ist doch auch egal, oder? Jetzt bin ich ganz für dich da", versuchte er das Thema zu wechseln. Er nahm Romy in die Arme und gab ihr einen Kuss.

„Wo ist eigentlich unser kleiner Sonnenschein?" fragte Felix und sah sich nach der kleine Fenja um.

„Die ist nebenan bei Nela und Peet, die wollten zusammen mit deren neuen Kaufladen spielen", sagte Romy.

Nela und Peet waren die Kinder von Karl und Anni Sandforth, die vor einem Jahr das Nachbarhaus gekauft hatten.

Für Romy und Felix waren die neuen Nachbarn ein echter Glücksfall. Vor allem natürlich, weil sie mit Nela und Peet zwei Kinder mitbrachten, die fast im gleichen Alter wie ihre Fenja waren. Die drei Kinder waren von Anfang an ein Herz und eine Seele. Gleiches galt für die Eltern. Karl war Tischlermeister und arbeitete in Warendorf, während Anni halbtags beim Landgericht in Münster tätig war.

„O.K. Dann sag mir, was ich für den Abend noch besorgen muss. Wer kommt denn eigentlich alles zum Kaminabend?" fragte Felix.

Der „Kaminabend", wie sie ihn schlicht nannten, war eine Idee von Romy. An dem Tag im Jahr, an

Kapitel 6

dem der erste Schnee fällt, laden wir spontan einige Freunde zu einem Kaminabend zu uns nach Hause ein, so ihre Idee.

Und da am Freitagmorgen eine zwar dünne, aber durchaus geschlossene weiße Schneeschicht die Sassenberger Landschaft verzaubert hatte, war nun heute der Kaminabend.

„Anni und Karl und Ines und Markus werden ganz sicher kommen. Und ich habe Paul heute Mittag auf dem Markt getroffen. Der wird auch kommen. Vielleicht bringt er auch die Petra mit!" sagte Romy.

„Das wäre ja toll", freute sich Felix.

„Sag mal Felix, was ist das eigentlich mit den beiden? Die sind doch ein Paar, oder?"

„Na klar, so schwer verliebt, wie die beiden sind! Aber du kennst doch die katholische Kirche. Deshalb halten sich beide in der Öffentlichkeit zurück und tun so, als seien sie nur die besten Freunde", so Felix. Er habe mal mit Paul darüber gesprochen. „Aber der weicht immer aus und hat mich gebeten, die Frage nicht in der Gegenwart anderer zu thematisieren. Er und Petra leiden wohl sehr darunter, ihre Liebe nicht öffentlich zeigen zu können. Beide hoffen darauf, dass mit dem neuen Papst das Zölibat vielleicht doch mal gelockert wird."

Kapitel 6

„Ich finde es einfach schlimm, dass eine Kirche, die Nächstenliebe predigt, ihre eigenen Leute so einengt", antwortete Romy.

„Daran werden wir heute auch nichts ändern können. Lass uns den beiden einfach zeigen, dass sie in unserem Kreis als Paar herzlich willkommen sind", so Felix, der zwischenzeitlich einen großen Korb mit Holz von der Terrasse ins Wohnzimmer getragen hatte und nun das Herdfeuer entzündete.

In einer Stunde würde es im Wohnzimmer mollig warm sein. Beim Kaminabend bei Burgers trug man am besten T-Shirt.

Dann machte sich Felix auf dem Weg zum Getränkemarkt, um noch eine Kiste Bier und ein paar Flaschen Glühwein und Eierpunsch zu besorgen. Selbstgemachter Aufgesetzter mit Kirschen vom eigenen Baum aus dem Garten stand noch im Schrank. Und den leckeren Marillenbrand, den sie aus Ellmau vom letzten Skiurlaub mitgebracht hatten, lag ebenfalls im Kühlfach.

Romy wollte sich währenddessen um einen kleinen Imbiss kümmern: Überbackene Mettbrötchen.

Als Felix mit den Getränken zurückkam, erwartete die kleine Fenja ihren Papa bereits an der Haustür. Die Spuren von Kakao und Schokolade waren deutlich um ihren Mund herum zu sehen.

Kapitel 6

„Papa, Papa wir haben mit Nelas neuem Kaufladen gespielt und ich habe drei Schokomuffins gefuttert", sprudelte es aus ihr heraus.

„Man sieht es, mein Schatz", sagte Felix und nahm seine kleine Tochter auf den Arm. „Dann brauchst du ja heute Abend nicht mehr viel zu essen."

„Stimmt, aber ich möchte noch mit Mama und dir vor dem Herdfeuer kuscheln. Mama sitzt schon da. Kommst du?" Fenja war längst ins Wohnzimmer gelaufen und hatte sich neben ihrer Mama auf die Couch gelegt.

„Ich habe uns einen Tee gemacht. Kannst du noch eben ein paar Chips und Süßigkeiten auf den Tisch stellen", bat Romy „und dann komm auch zu uns aufs Sofa."

Der Tee tat gut nach dem bislang recht hektischen Tag. Romy und Felix genossen es, einfach mal abzuschalten und ins prasselnde Herdfeuer zu blicken, während ihre Kleine gespannt die Abenteuer von Feuerwehrmann Sam am Fernseher verfolgte.

Gegen 20 Uhr schellte es an der Haustür und Anni und Karl kamen herein. Um Karls Hals hingen zwei Babyphone, aus denen noch schwach das eine oder andere Kindergebrabbel zu hören war.

Kapitel 6

„Schläft die kleine Fenja etwa schon?" fragte Anni. „Unsere beiden waren noch so aufgekratzt. Die hören sich gemeinsam noch eine Musik-CD an."

„Fenja sitzt noch im Wohnzimmer. Sie wollte auf jeden Fall noch alle Gäste begrüßen und ihren neuen Schlafanzug präsentieren."

Fenja war gleich nach ihrem Eintreten auf Karls Schoß geklettert und hielt interessiert ihr Ohr an die Lautsprecher.

Felix hatte den Nachbarn gerade Getränke serviert, als Ines und Markus eintraten. Beide kannten Anni und Karl von verschiedenen gemeinsamen Feiern und begrüßten sich mit einem freundlichen Hallo.

Kurze Zeit später war Fenja in ihr Bettchen verschwunden und wollte so wie Peet und Nela ebenfalls noch Musik hören. Keine halbe Stunde später war sie eingeschlafen und bekam nicht mehr mit, als Paul und Petra eintrafen.

Die beiden fühlten sich sichtlich wohl und bald schon entwickelte sich ein anregendes Gespräch. Während sich die Männer über Fußball und die Aussichten der Nationalmannschaft bei der anstehenden Weltmeisterschaft unterhielten, sprachen die Frauen über die neuesten Filme, die in den Kinos zu sehen waren. Erst kürzlich waren in Hollywood die Oscars verliehen worden. Petra hatte bereits einen der preisgekrönten Filme mit

Kapitel 6

Leonardo DiCaprio in der Hauptrolle gesehen und war ganz begeistert.

„Den müsst ihr Euch unbedingt ansehen", hatte sie geschwärmt. „Paul und ich haben den letzte Woche im Kino in Münster gesehen".

Als das Tablett mit den überbackenen Mettbrötchen rundgereicht wurde, die Romy frisch aus dem Backofen geholt hatte, griffen alle gern zu.

„Die sind noch leckerer als Portens Brotbällchen", meinte Markus. „Apropos Porten, was ist eigentlich mit unseren anderen Doko-Brüdern? Hatten die keine Zeit, heute zu kommen?"

„Ne, Zöpfchen ist heute auf der Geburtstagsfeier seines Bruders in Billerbeck. Da bleibt der auch über Nacht. Und der Franz musste heute auf Wildschweinjagd", informierte Felix.

„Gibt's eigentlich etwas Neues in Sachen Schweinepest? Ich habe deine Presseinfo von heute Morgen gesehen. Ihr habt keine weiteren ASP-Fälle gefunden?" fragte Markus.

„So ist es! Von den gut 400 getöteten Schweinen sind etliche Proben genommen worden. Keine einzige war positiv. Alle Schweine waren kerngesund!" sagte Felix.

„Und trotzdem mussten alle geschlachtet werden und dürfen nicht weiter verwertet werden?" wollte Paul wissen.

Kapitel 6

„Ja, das stimmt", bestätigte Felix und erklärte noch einmal die äußerst strengen Vorgaben zur Bekämpfung der Seuche.

Auf der einen Seite sei das natürlich schlimm für die Tiere und für die betroffenen Halter.

Aber zumindest der wirtschaftliche Schaden für die Bauern halte sich in Grenzen, so Felix. Die Tierseuchenkasse zahle eine Entschädigung für die getöteten Tiere. Aber die sei nicht ganz so hoch wie der eigentliche Wert der Tiere. Zudem müssten die Ställe jetzt erst einmal gründlich gereinigt und desinfiziert werden bevor neue Schweine aufgestallt werden dürften. Unter dem Strich kämen aber die betroffenen Bauern mit einem blauen Auge davon.

Dass man bei den getöteten Schweinen keinen weiteren Seuchenfall entdeckt habe, sei aber natürlich erst einmal sehr positiv. Ganz offensichtlich habe die ASP von dem Wildschwein noch nicht gestreut und sei noch nicht auf einen Hausschweinebestand übergetragen worden, erklärte Felix weiter.

Es sei jetzt müßig zu fragen, ob die vorsorgliche Tötung der Tiere nötig gewesen sei oder vielleicht doch voreilig.

„Die EU hat da wohl in Düsseldorf mächtig Druck gemacht. Im Fall einer Übertragung der Seuche auf die Hausschweine hat man mit einer

Kapitel 6

Ausfuhrsperre für ganz Deutschland gedroht", sagte Felix.

„Vor diesem Hintergrund wollte man seitens der Landesregierung in Düsseldorf kein Risiko eingehen und hat die vorsorgliche Tötung der beiden Bestände im unmittelbaren Umkreis des Fundortes des Seuchen-Wildschweins angeordnet."

„Und wie geht's jetzt weiter?" wollte Markus wissen.

„Na ja. Wir müssen jetzt erst einmal abwarten, ob bei der Jagd auf die Wildschweine im betroffenen Gebiet noch weitere kontaminierte Tiere erlegt werden. Deshalb ist übrigens der Franz heute Abend auch nicht gekommen. Der ist mit seinen Jagdgenossen im Revier unterwegs auf Wildschweinjagd. Auch das hat das Landwirtschaftsministerium angeordnet. Alle Wildschweine im Umkreis von zehn Kilometern rund um den Fundort müssen erlegt und beprobt werden", erklärte Felix.

„Erst wenn auch da keine weiteren Seuchenfälle entdeckt, kann Entwarnung gegeben werden. Die Sperrmaßnahmen bleiben erst einmal noch für weitere acht Tage bestehen."

„Dann wollen wir mal die Daumen drücken, dass der Franz mit seinen Jägern erfolgreich ist. Aber ich bin sicher: Die werden trotz des ernsten Hintergrunds auch ihren Spaß haben und nach der

Kapitel 6

Jagd das eine oder andere Schnäpschen trinken", meinte Markus. „Was ist übrigens mit einem Kurzen? Den könnte ich jetzt wohl gebrauchen!" fragte er und schaute Felix dabei an.

Während Ines ihren Markus mit einem abfälligen Kopfschütteln bedachte, stand Felix schon auf und holte den Marillenbrand aus dem Kühlschrank. „Wer möchte einen Klaren, wer lieber einen Süßen?" fragte er in die Runde.

Es blieb an dem Abend nicht bei einem Schnaps. Während bei Markus und Felix zur späteren Stunde leichte Sprechprobleme auftraten, erwiesen sich Petra und Paul als ausgesprochen trinkfest.

Kapitel 7

Anna Zorka hatte die letzte Nacht genossen. Sie räkelte sich mit einem Lächeln im Gesicht und schob den Arm, der ihren nackten Körper umschlungen hielt, vorsichtig beiseite.

Sie hatte Lukasz erst vor einer Woche nach Lothars Abfahrt nach Deutschland beim Frühstück im Grand Hotel in Torun kennengelernt. Er saß gleich am Nebentisch und unterhielt sich angeregt mit einem anderen älteren Mann. Wohl ein Geschäftspartner, denn aus den wenigen Gesprächsbrocken, die Anna aufschnappen konnte, war von Verträgen und von Terminen die Rede.

Der Ältere hatte dann mit nur einem Aktenkoffer in der Hand nach einer halben Stunde das Hotel verlassen. Anna konnte von ihrem Fensterplatz aus sehen, wie der Mann ein Taxi rief und wegfuhr.

Nachdem Anna ihr zweites Croissant mit Marmelade und zudem eine Riesenportion Rührei mit Speck verputzt hatte, war sie mit ihrer Tasse Kaffee in der Hand in den Raucherbereich im beheizten Wintergarten des Hotels gegangen.

Als sie sich eine Zigarette aus der Schachtel an ihre Lippen führte, stand er plötzlich neben ihrem Sessel und reichte ihr Feuer an.

Kapitel 7

„Danke, nett von ihnen", sagte Anna und bedachte den aufmerksamen Kavalier mit einem Lächeln.

Dieser hatte sich mit einem „Darf ich?", das vom Anna mit einem Kopfnicken beantwortet worden war, neben sie gesetzt und sich ebenfalls eine angesteckt.

„Das schönste am Frühstück ist die Zigarette danach", hatte er mehr zu sich selbst gesagt und sich dabei entspannt zurückgelehnt.

„Sind sie auch geschäftlich in Torun?" hatte er kurz danach Anna gefragt.

„Ja, aber mein Geschäftsfreund ist gestern Abend schon abgereist", hatte sie geantwortet.

Er stellte sich ihr als Lukasz Worzak vor. Im weiteren Verlauf des anregenden Gesprächs erfuhr Anna, dass Lukasz eine Weinhandlung in Danzig und zudem mehrere Filialen besaß – unter anderem eine in Torun.

„Da ich sozusagen vom Fach bin – darf ich uns ein Glas Champagner bestellen?" hatte Lukasz gefragt.

„Gern! Ich habe heute frei und muss auch kein Auto mehr fahren", hatte sie geantwortet.

Es blieb nicht bei einem Glas Champagner. Lukasz erwies sich als charmanter Unterhalter, der zudem mit seinen 185 cm und dem schwarzen kurz-

Kapitel 7

geschnittenen Haaren ausgesprochen attraktiv aussah.

Nach dem Frühstück hatte er sie zu einem Spaziergang eingeladen. Zum Mittagessen waren sie in ein kleines Restaurant in der Innenstadt eingekehrt.

Gegen 3 Uhr am Nachmittig hatten sie sich vor dem Restaurant mit einem Kuss verabschiedet. Lukasz gab vor, noch einen wichtigen Geschäftstermin wahrnehmen zu müssen.

Anna fuhr mit dem Bus zurück in ihre Wohnung, die in einem Vorort von Torun lag. Zuhause nahm sie erst einmal ein Bad und ließ die zurückliegenden Stunden Revue passieren.

Der gestrige Nachmittag mit Lothar Krogmann war zwar nett gewesen, aber auch die Stunden heute mit dem attraktiven Lukasz hatte sie ebenfalls sehr genossen. Er hatte heftig mit ihr geflirtet, ohne aber plumpe Annäherungsversuche zu starten.

Bis auf den Kuss auf die Wange beim Abschied war es zu keinen Zärtlichkeiten gekommen.

Ich bin mal gespannt, ob er sich wieder bei mir meldet, dachte sie bei sich. Nein, Anna war sich sicher, dass sie früher oder später wieder von ihm hören würde.

Am Abend hatte sie es sich vor dem Fernseher gemütlich gemacht und war danach früh schlafen gegangen. Da das Wochenende bevorstand, hatte

Kapitel 7

sie keinen Wecker gestellt und stand erst spät am Samstagvormittag auf. Sie hatte sich um 13 Uhr mit ihrer Freundin Dana zum Shoppen in der Fußgängerzone verabredet.

Dana war im Gegensatz zu Anna dunkelhaarig und arbeitete im Toruner Tourismusbüro als Sekretärin. Sie war bereits 42 und hatte einen 20ährigen Sohn, den sie nach der Trennung von ihrem Mann allein großgezogen hatte. Peter, ihr Sohn, war vor wenigen Monaten ausgezogen und hatte in Warschau ein Bauingenieurstudium begonnen.

Anna bewunderte an ihrer Freundin, wie souverän sie Beruf und Familie unter einen Hut bekommen hatte. Vor zwei Jahren hatte Dana ihren neuen Lebensgefährten Pawel kennengelernt. Pawel war Lehrer für Physik und Mathematik an einem Toruner Gymnasium und hatte es offensichtlich geschafft, nicht nur Danas Herz zu erobern. Auch mit ihrem Sohn Peter hatte sich Pawel von Anfang an prima verstanden.

„Na was macht die Liebe?" hatte Dana gefragt, als sie sich nach dem Bummel durch die Boutiquen in einem der gemütlichen Straßencafés niedergelassen hatten.

„Na ja, im Gegensatz zu dir habe ich den Mann fürs Leben leider noch nicht gefunden. Aber wer weiß, vielleicht kommt der Prinz ja bald schon auf

Kapitel 7

seinem großen Schimmel auf mich zugeritten...", hatte Anna geantwortet.

Und ihrer Freundin anschließend von Lukasz erzählt, den sie tags zuvor kennengelernt hatte. Lothar Krogmann erwähnte sie hingegen mit keinem Wort.

„Ich drück dir die Daumen, dass er sich wieder meldet. So wie du strahlst, muss der ja bei dir ziemlichen Eindruck hinterlassen haben." Kaum hatte Dana dies gesagt, als Annas Handy klingelte.

Es war Lukasz, der sich am Abend gern mit Anna treffen wollte. Sie verabredeten sich für 20 Uhr in der Bar des Grand Hotels.

Anders als am Vortag trug Lukasz am Abend keinen Anzug, sondern eine Jeans mit einem weißen Hemd.

„Hast du Lust auf Pizza und Pasta? Ich für meinen Teil habe mächtig Hunger", hatte Lukasz gefragt.

Im italienischen Restaurant des Hotels hatten sie gegessen und waren anschließend wieder an die Bar gewechselt. Im Verlauf des Abends waren sie sich dann nähergekommen und schließlich in Lukasz` Hotelzimmer übereinander hergefallen.

Das alles ist erst eine Woche her, dachte Anna, als sie leise in ihr Bad schlich, um Lukasz nicht zu wecken.

Kapitel 7

Sie hatten sich seither täglich gesehen, zumindest nachts. Für Anna war die Beziehung längst viel mehr geworden als nur ein harmloser Flirt. Sie hatte sich schwer in Lukasz verliebt und war sicher, dass er ebenso empfand. Sie konnten miteinander lachen, aber auch über alle möglichen Dinge diskutieren.

Sie hatten in vielen Dingen den gleichen Geschmack, nicht nur, was kulinarische Genüsse betraf. Sie sprachen viel über Reisen und Orte, die sie beide bereits besucht hatten.

Lukasz selbst redete wenig über sich selbst. Er hatte Anna erzählt, dass er seit gut einem Jahr geschieden sei und eine fünfjährige Tochter habe, die bei seiner Ex in Danzig lebe. Seither habe er keine feste Beziehung mehr gehabt.

Nachdem Anna geduscht hatte, ging sie in ihre Küche, um einen Cappuccino zu trinken und einen Blick in die Wochenendzeitung zu werfen. Im überregionalen Teil stand ein Artikel über die Afrikanische Schweinepest, die nun auch den Westen Deutschlands erreicht hatte. Bislang hätte man die Seuche jedoch nur bei einem einzigen Wildschwein feststellen können. Das Tier sei vor einer Woche in der Nähe von Warendorf in Nordrhein-Westfalen bei einem Autounfall getötet worden. Bei den vorsorglich getöteten Hausschweinen sei die Schweinepest bislang nicht nachgewiesen worden.

Kapitel 7

Als Anna den Ort Warendorf las, wurde sie stutzig. War das nicht die Stadt, aus der ihr Lothar stammt? Und hatte Lothar nicht auch etwas von einem Wildunfall erzählt, der ihm auf den Rückweg passiert sei?

Anna hatte seit dem Anruf bei Lothar nicht mehr an den Unfall gedacht – und nachdem sie Lukasz getroffen hatte, auch nicht mehr an Lothar. Nur noch das Paket mit dem Aktenkoffer hatte sie gleich am Montag auf die Post gegeben und an seine Büroadresse in Everswinkel geschickt.

Annas Interesse war geweckt. Sie griff zu ihrem Laptop, um nähere Informationen zu dem Schweinepestfall in Deutschland zu suchen. Schon bald wurde sie auf den Seiten einer Warendorfer Tageszeitung fündig.

Das „Schweinepest-Wildschwein" war von einem Porsche SUV eines Warendorfer Geschäftsmannes überfahren worden. Den Namen des Unfallfahrers hatte die Zeitung nicht abgedruckt. Nur das Kürzel stand dort: L.K.

Das ist ja ein dicker Hund, dachte sich Anna. Wie ist das möglich? Hatte denn Lothar Krogmann in derselben Nacht gleich zwei Wildunfälle gehabt?

Kapitel 8

„Lisbeth, bring uns bitte fünf Brotbällchen", rief Zöpfchen der netten Bedienung zu, die seinen Zuruf mit einem freundlichen Kopfnicken quittierte.

„Hast du eigentlich schon gemerkt, dass die Lisbeth auf dich steht?" fragte Paul und schaute dabei Zöpfchen grinsend an. „Wie die dich immer anschaut!"

„Wie kommst du denn da drauf?" entgegnete Zöpfchen und wurde ein wenig rot dabei. „Die ist einfach nur freundlich. Und zwar jedem gegenüber. Oder hat dir dein eiliger Geist das etwa eingeflüstert?"

„Aber Zöpfchen, du alter Casanova. Jetzt tu nicht so, als hättest du das nicht schon längst gemerkt! Ich frage mich allerdings die ganze Zeit: Was findet sie an unserem Zöpfchen eigentlich so toll, was wir nicht haben?" griff nun auch Franz das Thema auf.

„Jetzt haltet mal alle eure Klappe, das ist Schwachsinn. Sonst bekommt die Lisbeth euer dummes Gelaber noch mit", reagierte Zöpfchen merklich ungehalten. Gleichzeitig fühlte er sich aber auch in seinem Innersten ein wenig geschmeichelt. Sollten seine Freunde am Ende vielleicht doch Recht haben?

Kapitel 8

Zumindest riskierte er einen schüchternen Blick auf Lisbeth, die gerade am Tresen ein volles Tablett mit Getränken entgegennahm.

„Konzentriert euch lieber mal aufs Kartenspiel. Wer muss geben?" fragte er, um vom Thema abzulenken.

„Felix hat beim letzten Spiel gesessen. Paul hatte das Ausspiel, also muss Paul jetzt geben und sitzen", stellte Markus fest und schob die Karten Paul zu.

„Wie war überhaupt euer Kaminabend am letzten Wochenende in Sassenberg? Wir wären gern dabei gewesen", wollte Franz wissen.

„Es war ganz nett. Wenn nur die vielen Marillen nicht gewesen wären. Ich hatte am nächsten Morgen einen leichten Brummschädel", antwortete Markus.

„Dabei warst du doch derjenige, der unbedingt Kurze trinken wollte", ergänzte Paul, der dabei die Karten mischte.

„Ich wusste gar nicht, dass Petra und du so einen Stiefel vertragen könnt. Euch war trotz der vielen Marillen nichts anzumerken", ergänzte Markus und hob schon mal die ersten Karten auf, die Paul verteilt hatte.

„Ja, ich fand den Abend auch schön. Obwohl wir natürlich Zöpfchen und dich sehr vermisst haben",

Kapitel 8

meinte Felix und schaute dabei Franz an, der bereits dabei war, seine zehn Karten zu ordnen.

„Na ja, wir wären ja gekommen, aber ich musste schließlich für den Kreis arbeiten!" antwortet Franz.

„Du hast für den Kreis gearbeitet? Was war denn los?" fragte Zöpfchen neugierig.

„Ich war, wie vom Kreis angeordnet, am Samstag mit zehn Jagdkollegen auf Wildschweinjagd. Wir haben dabei eine ganze Rotte erlegt. Das war`s denn erst mal mit Wildschweinen in meinem Revier." Franz schaute dabei nicht besonders glücklich aus.

„Ich bezweifele, dass diese systematische Bejagung der Wildschweine und auch die Tötung aller Hausschweine hier in der Gegend überhaupt notwendig gewesen wäre", kritisierte Franz und war merklich angefressen „Die haben ja sogar unsere Agnes nicht verschont! Meine drei Jungs waren schon echt traurig!"

„Wer ist den Agnes? Davon habe ich ja noch gar nichts gehört?" Felix hatte seine Karten weggelegt und schaute Franz an, der böse dreinschaute und in einem Zug sein Glas leer getrunken hatte, bevor er antwortete.

„Agnes ist, oder besser, war unser Hausschwein. Neben meinen Bullen halten wir auf dem Hof immer auch ein Schwein, für das meine Jungs verantwortlich sind. Zum Eigenbedarf sozusagen. Da wissen wir, dass es tiergerecht gehalten wird.

Kapitel 8

Aber wir wissen bis heute nicht, wer das dem Veterinäramt gesteckt hat. Auf jeden Fall stand Anfang letzter Woche ein Amtstierarzt auf unserem Hof und fragte speziell nach Agnes. Trotz allen Flehens von den Jungs kannte der Doktor kein Erbarmen. Auch Agnes fand in Belm-Icker ihr Ende. Und alles wohl umsonst! Denn bei keinem einzigen getöteten Hausschwein hat man die Schweinepest feststellen können!"

„Du hast ja Recht", antwortete Felix. „Aber du weißt auch, wie rasend schnell sich das Virus unter den Schweinen verbreiten kann und wie verheerend dann die Auswirkungen sind. Man wollte einfach die Seuche im Keim ersticken."

„Der Plan scheint ja aufgegangen zu sein. Aber es tut einem in der Seele weh, wenn Tiere unnötig sterben müssen. Am Wochenende mussten allein in unserem Revier 14 kleine Frischlinge dran glauben. Ich kann euch sagen: Das war kein schöner Anblick, die toten Ferkelchen dort im Gras liegen zu sehen", sagte Franz. „Im Übrigen bekomme ich für meine Agnes keinerlei Entschädigung. Die Tierseuchenkasse zahlt nur dann, wenn die Tiere auch als Nutztiere dort angemeldet worden sind."

In diesem Moment kam Lisbeth mit den Brotbällchen an ihren Tisch. „Frisch aus der Pfanne, sie sind noch heiß. Greift zu, Jungs".

Kapitel 8

„Sag mal Felix, werden denn jetzt alle Wildschweine im Kreis systematisch geschossen und auf das Virus hin überprüft?" wollte Franz wissen.

„Nein, soviel ich weiß, sollten alle Reviere im Umkreis von 10 Kilometern um den Fundort des kontaminierten Schweins herum bejagt werden. Die Aktion sollte am letzten Wochenende abgeschlossen werden. Die Ergebnisse der Untersuchungen sollen im Laufe der Woche vorliegen."

„Und dann? Was passiert dann?" Paul schaute Felix interessiert an.

„Nun ja. Wir rechnen schon damit, dass noch bei weiteren Wildschweinen die Schweinepest nachgewiesen wird. Es wäre schon sehr ungewöhnlich, wenn tatsächlich nur ein einziges Tier betroffen war oder ist. Aber je nach dem Ergebnis wird dann eine erneute Risikoabschätzung vorgenommen und darüber entschieden, ob und wie lange der Sperrbezirk und das Beobachtungsgebiet noch aufrechterhalten werden müssen."

„Und wenn es tatsächlich nur das eine Tier war?" wollte Franz wissen.

„Ich schätze, dass dann die Sperren zum kommenden Wochenende aufgehoben werden," erklärte Felix.

„Menschenskinder, was dieser Krogmann mit seinem Wildschaden da alles ausgelöst hat", meinte

Kapitel 8

Markus.

„Ja schon. Aber wenn der Unfall nicht passiert wäre, würde das infizierte Tier immer noch frei herumlaufen und die Seuche weiterverbreiten. So gesehen war es eigentlich Glück im Unglück", meinte Franz.

„Ja du hast recht, Franz. Aber irgendwie kommt mir die ganze Geschichte komisch vor. Krogmann wäre dann ja so etwas wie der ungewollte Held in der ganzen Sache." Markus schüttelte dabei unwillig den Kopf.

„Den Krogmann kann ich mir beim besten Willen nicht als Held vorstellen. Einer meiner Kunden meinte neulich sogar, dass der uns vielleicht sogar die Seuche aus Polen eingeschleppt hätte", warf Zöpfchen in die Runde.

„Wie kommt der denn darauf?" Felix hatte sein Brotbällchen gerade verputzt und wischte sich mit der Serviette den Mund ab.

„Nun, der Krogmann soll regelmäßig in Polen sein und dort sein Holz kaufen. Auch vor dem Unfall soll er in Polen gewesen sein", erklärte Zöpfchen.

„Das mag ja sein. Aber das erklärt nicht das tote Schwein bei uns in Lippermanns Knäppe", entgegnete Franz.

„Ich werde der Geschichte mal nachgehen. Ich spreche mal mit Krogmann. Vielleicht gefällt der

Kapitel 8

sich ja in der Rolle als Held, der uns vor der weiteren Ausbreitung der Schweinepest bewahrt hat", sagte Markus. „Jetzt sei du ein Held und spiel endlich aus……."

Kapitel 9

„Hallo, meine Schöne! Warum hast du mich in deinem großen Kuschelbett so sträflich allein gelassen?" Mit diesen Worten war Lukasz in die Küche gekommen, wo Anna immer noch vor ihrem Laptop saß.

„Ach Lukasz, ich konnte nicht mehr schlafen und wollte dich nicht wecken. Möchtest du einen Kaffee?"

„Zuallererst möchte ich einen Guten-Morgen-Kuss von dir. Vorher bin ich für gar nichts zu begeistern!" antwortete Lukasz und umarmte Anna, die sich immer noch nicht von ihrem Laptop losreißen konnte.

Lukasz schaute ihr dabei über die Schulter und blickte auf den Bildschirm des Laptops.

„Seit wann interessierst du dich denn für Schweinepest?" fragte er verwundert.

„Die ganze Geschichte ist sehr seltsam! Weißt du, ein guter Kunde von mir aus Deutschland, der regelmäßig Holz bei uns ersteigert, scheint in seiner Heimatstadt einen Autounfall mit einem Wildschwein gehabt zu haben. Und bei diesem Tier hat man dann die Schweinepest festgestellt! Der erste und bislang auch wohl einzige Fall in ganz Deutschland", sagte Anna.

Kapitel 9

„Ja und?! Einmal ist immer das erste Mal! Was ist daran seltsam?" fragte Lukasz.

„Nun, dieser Kunde hatte in der Nacht vor seinem Unfall in Deutschland bereits einen Wildunfall hier bei uns in Polen! Das finde ich seltsam!" antwortete Anna.

„Das ist in der Tat seltsam! Aber woher weißt du das denn? Hast du etwa den Unfall mitbekommen?" fragte Lukasz verdutzt.

„Na ja, also direkt nicht. Aber der Lothar Krogmann, so heißt der Kunde, hat mir davon am Telefon erzählt", erklärte Anna. „Am frühen Abend vor dem Unfall war ich mit Herrn Krogmann noch zusammen zum Essen in Torun. Direkt nach dem Essen ist er dann los, um nach Hause zu fahren. Später habe ich dann bemerkt, dass er seinen Aktenkoffer im Restaurant vergessen hatte. Ich habe ihn daraufhin im Auto angerufen. Und das war wohl kurz nachdem ihm der Wildunfall passiert war. Denn er hat mir davon erzählt, dass ihm gerade ein Wildschwein vor das Auto gelaufen sei, es aber nur einen Blechschaden gegeben habe."

Anna verschwieg gegenüber Lukasz bewusst ihr intimes Verhältnis zu Krogmann. Sie wollte ihre neue Liebe nicht mit einem alten, abgelegten Liebhaber belasten.

„Und das mit dem Unfall war also definitiv noch in Polen?" wollte Lukasz wissen.

Kapitel 9

„Ja. Ich erinnere mich noch genau an den Anruf. Es mag vielleicht 23 Uhr oder etwas später gewesen sein. Der Krogmann war also gerade einmal zwei Stunden unterwegs. Ach ja, er hat mir erzählt, dass er bei seinem Bremsmanöver ein Hinweisschild umgefahren hätte. Lass mich mal überlegen: Da stand drauf, dass es noch acht Kilometer bis Görzyka sind", erinnerte sich Anna. „Und jetzt schau mal auf diesen Zeitungsbericht hier!" Anna deutete auf den Bildschirm ihres Laptops, wo sie einen Bericht des Emsecho aufgerufen hatte.

„Dort wird von einem Unfall berichtet, der dem Krogmann offensichtlich am Morgen danach am Ortsrand von Warendorf passiert ist. Das kann doch bald nicht sein, oder?"

Lukasz konnte den Zeitungsartikel nur bruchstückhaft erfassen – seine Deutschkenntnisse hielten sich in Grenzen. Doch er erkannte, dass in dem gesamten Artikel der Name des Unfallfahrers nicht erwähnt wurde. „Woher weißt du, dass es sich bei dem Mann, der in Warendorf den Unfall hatte, um diesen Krogmann handelt? Ich sehe hier keinen Namen in dem Bericht."

„Die haben nur das Kürzel genannt: L.K. wie Lothar Krogmann. Und das Fahrzeug wird beschrieben, ein schwarzer Porsche-SUV, ein der von einem Warendorfer Geschäftsmann gefahren wurde. Das kann nur Krogmann sein. So viele Autos dieses Typs gibt es nicht, schon gar nicht,

Kapitel 9

deren Besitzer zufällig auch noch die gleichen Initialen haben", sagte Anna.

"Du hast Recht – so viele Zufälle kann es nicht geben. Da stimmt was nicht! Kennst du den Krogmann näher? Was könnte dahinterstecken?" fragte Lukasz.

Anna schloss die Augen und lehnte sich zurück. "Ich habe keine Ahnung. Aber es kann irgendwie nicht sein, dass dem in der gleichen Nacht gleich zweimal ein Wildschwein vors Auto springt".

"Warum ist der denn nicht über die Autobahn gefahren? Du sagtest etwas über ein umgefahrenes Straßenschild von Görzyka." Lukasz schaute Anna an, die inzwischen aufgestanden war, um Kaffee zu kochen.

Mit zwei dampfenden Tassen Mokka in der Hand setzte sie sich kurze Zeit später zu Lukasz an den Küchentisch.

"Du hast Recht", sagte sie. "Krogmann hatte einiges getrunken. Auf jeden Fall genug, um sich davor zu fürchten, von der Polizei angehalten zu werden. Deshalb ist er auch wohl über Land gefahren und hat die Autobahn gemieden. Du weißt ja: Wenn nachts überhaupt noch kontrolliert wird, dann auf der Autobahn."

"Und weil er getrunken hatte, hat er ganz sicher nach seinem Wildunfall hier bei uns auch keine Polizei gerufen. Ich an seiner Stelle hätte mich ganz

Kapitel 9

schnell aus dem Staub gemacht. Vorausgesetzt, mich bzw. den Unfall hat keiner gesehen." Lukasz schlürfte vorsichtig an seinem heißen Mokka.

„Aber was ist denn dann passiert?" Anna hielt ihre Mokkatasse in beiden Händen und hatte es sich ebenfalls bequem gemacht.

Lukasz schwieg eine Zeit und lehnte sich dann zurück.

„Ich weiß auf jeden Fall, dass wir hier in Polen bereits seit geraumer Zeit die Afrikanische Schweinepest haben. Immer wieder kann man in den Zeitungen davon lesen und auch im Fernsehen wird darüber berichtet. Besonders bei den Wildschweinen scheint diese Seuche weit verbreitet zu sein", berichtete Lukasz. Die EU habe deswegen auch ein Exportverbot für polnisches Schweinefleisch in andere EU-Länder verhängt. Für die polnischen Bauern sei das ein ganz großer wirtschaftlicher Schaden.

Deutschland sei bislang seines Wissens von der Schweinepest verschont geblieben.

„Und jetzt hat der Krogmann den Deutschen die Pest ins Land gebracht? Willst du das damit sagen?" fragte Anna.

„Es scheint zumindest so!" antwortete Lukasz.

„Kannst du dir erklären, wie das passiert sein soll?" Anna schüttelte noch immer ungläubig den Kopf.

Kapitel 9

„Lass uns doch mal in die Lage von Krogmann versetzen. Er fährt mit Promille im Blut kurz vor der polnischen Grenze ein Wildschwein tot. Er hat Glück im Unglück. Sein Auto ist zwar beschädigt aber noch fahrtüchtig. Und es hat keiner seinen Unfall bemerkt. Normalerweise würde man nach einem solchen Unfall die Polizei rufen, damit der Unfall aufgenommen wird. Krogmann kann aber die Polizei nicht rufen, weil er getrunken hat. Also was macht er?" Lukasz schaute Anna fragend an.

„Du meinst, er nimmt das Wildschwein mit. Und täuscht Stunden später, wenn er wieder nüchtern ist, noch einmal den Wildunfall in Deutschland vor? Warum sollte er das tun? "

Lukasz nickt. „Genau das glaube ich! Er stellt den Unfall nach, damit er den Wildschaden offiziell melden kann. Wegen der Versicherung – die verlangen immer einen offiziellen Nachweis. Wieso sonst sollte mitten in Deutschland plötzlich aus dem Nichts heraus ein einziges Wildschwein mit Schweinepest auftauchen?"

Anna nickte. „Poh, wenn das stimmt, dann steckt der Krogmann ganz schön tief im Schlamassel. Was machen wir denn jetzt? Müssen wir das nicht der Polizei melden. Du siehst ja anhand der Presseberichte, was da rund um Warendorf los ist. Der Ausbruch der Schweinepest ist längst ein Megathema in Deutschland."„Und deswegen müssen wir mit unseren Verdächtigungen ganz

Kapitel 9

vorsichtig sein. Wir können nichts beweisen. Es sind alles nur Mutmaßungen, die wir nicht belegen können", sagte Lukasz. „Lass erst mal die ganze Sache noch mal sacken. Vielleicht haben wir uns ja mit unseren Rückschlüssen und Überlegungen total verrannt."

„Du hast Recht. Wir sollten nicht voreilig handeln. Immerhin verdächtigen wir einen guten Kunden unseres Auktionshauses. Aber stell dir mal vor, unsere Vermutungen stellen sich als richtig heraus! Dann hätte Krogmann eine riesige Manipulation begangen mit kaum absehbaren Folgen", sagte Anna. „Was hältst du davon, wenn ich ihn einfach anrufe und ihn mit unserem Verdacht konfrontiere. Dann werden wir ja sehen, was er dazu sagt."

Lukasz schüttelte den Kopf.

„Davon halte ich überhaupt nichts. Ohne hieb- und stichfeste Beweise sollten wir unsere Verdächtigungen tunlichst für uns behalten. Und außerdem: Was haben wir davon, wenn wir damit an die Öffentlichkeit oder zur Polizei gehen? Ich sag es dir: Nichts als Scherereien!"

„Das stimmt, was du sagst. Aber wir können doch nicht einfach zur Tagesordnung übergehen und gar nichts tun!" Anna war aufgestanden und lief wie ein aufgeschrecktes Reh in ihrer Küche hin und her.

Kapitel 9

„Wir müssen überlegen, wie wir unsere Vermutungen beweisen können. Dann sehen wir weiter!" meinte Lukasz, dem Annas Aufregung langsam aber sicher auf die Nerven ging. Eigentlich hatte er sich den Morgen mit seiner Geliebten ganz anders vorgestellt.

„Und deswegen sollten wir jetzt mal an etwas ganz anderes denken, um unseren Kopf frei zu bekommen." Er nahm Anna in den Arm und küsste sie. „Ich habe dazu auch schon eine verführerische Idee".

„So so! Eine verführerische Idee hast du! Da bin ich ja mal gespannt, was dir gerade eingefallen ist." Nur zu gern ließ sie sich von Lukasz zurück ins Schlafzimmer tragen.

In der nächsten halben Stunde dachte keiner von den beiden mehr an Krogmann und schon gar nicht an Schweinepest! Es gibt ja so viele schöne Dinge im Leben...

Kapitel 10

Es war ein regnerischer Morgen, als Felix an diesem Donnerstag gegen halb neun ins Büro kam. Er hörte Stimmen von nebenan - Susi und Peter waren bereits da. Ohne zu klopfen öffnete er die ohnehin nur angelehnte Verbindungstür und trat ein.

„Hallo ihr zwei. Ihr seid ja schon fleißig! Na, was schreibt die Journaille?" fragte Felix als er sah, dass beide schon dabei waren, den alltäglichen Pressespiegel zu erstellen.

Bis vor einigen Jahren mussten sie dafür den großen Stapel Zeitungen Seite für Seite durchsehen und die für den Kreis Warendorf interessanten und wichtigen Berichte mit der Schere ausschneiden, um sie danach für eine eigene Kreis-Presseschau zusammenzustellen. Dieser tägliche Pressespiegel diente als wichtige Informationsquelle für Landrat, Bürgermeister und Kreispolitiker. Seitdem die Zeitungen auch als E-Paper-Versionen erschienen, wurde die Auswertung per Klick am PC-Bildschirm durchgeführt.

„In der Ahlener Ausgabe der Wersezeitung werden wir kritisiert, weil unser Bauamt die Genehmigung für einen Putenstall in Sendenhorst abgelehnt hat. Ich habe den Artikel bereits ans Bauamt geschickt. Und dann gibt's noch einen

Kapitel 10

interessanten Leserbrief vom Kreislandwirt, der über den Schaden für seine Bauern im Zusammenhang mit den neuesten EU-Beschlüssen aber auch wegen der Schweinepest klagt. Ansonsten nichts Besonderes. Ach ja, unsere gestern erst herausgegebene Presseinfo zur Entwicklung der Kfz-Zahlen im Kreis hat das Emsecho bereits gebracht", informierte Peter.

„Ich habe bislang nur die Telgter Ausgabe des Emsecho gelesen. Dort wettert der SPD-Fraktionsvorsitzende gegen die seines Erachtens viel zu hohe Kreisumlage. Der Landrat sollte mehr sparen und sorgsamer mit dem Geld der Städte und Gemeinden umgehen", zitierte Susi.

„Ihr mögt doch sicher noch einen Kaffee?" Ohne eine Antwort abzuwarten nahm er die leeren Kaffeebecher seiner beiden Mitarbeiter und ging in die kleine Etagen-Teeküche nebenan, in der ihre Büro-Kaffeemaschine stand. Da nur noch wenig fertiger Kaffee in der Kanne war, setzte er schnell Neuen auf. Fünf Minuten später kam er mit drei dampfenden Tassen zurück ins Büro.

„Felix, der Miro und auch Dr. Klaus haben schon versucht, dich zu erreichen. Du möchtest dich bitte bei ihnen melden, wenn du im Hause bist", informierte Susi.

Felix setzte zwei Tassen Kaffee ab und nahm seine eigene Tasse mit in sein Büro. Er griff gleich zum Hörer und rief den Leiter des Veterinäramtes an.

„Guten Morgen Ferdinand. Was gibt es denn Neus von der Schweinepestfront?"

„Hallo Felix, schön dass du dich meldest. Ja, ich wollte nur Entwarnung an der ganzen Front vermelden. Bei den gekeulten Schweinen in den beiden Betrieben wurde kein weiterer positiver Fall festgestellt! Die Symptome bei einigen Schweinen haben sich im Nachhinein als harmlose Infektion herausgestellt. Und auch die Proben bei den erlegten Wildschweinen waren unauffällig!" sagte Dr. Ferdinand Klaus.

„Ja super, ich hatte schon so etwas geahnt. Wie geht es denn jetzt weiter? Können denn die Sperren aufgehoben werden?"

„Gute Frage! Ich werde gleich die Bezirksregierung Münster und auch das Verbraucherschutzministerium in Düsseldorf darüber informieren. Und die wiederum werden sich mit Brüssel kurzschließen. Heute Mittag wissen wir mehr. Ich vermute aber, dass die Sperren ab der kommenden Woche nicht mehr gelten", zeigte sich Dr. Klaus optimistisch.

„Da werden sich die Bauern aber freuen. Ruf mich bitte an, sobald du Näheres erfahren hast. Dann können wir gleich die Medien informieren."

Kapitel 10

„O.K., so machen wir das. Ich melde mich", mit diesen Worten verabschiedete sich der Kreisveterinär. Felix legte auf und informierte Peter und Susi über das Telefonat. „Du kannst ja schon mal mit Miro sprechen. Der wird ja wohl dann die Amtlichen Bekanntmachungen über die Aufhebung der Sperrgebiete machen müssen", sagte Felix.

Inzwischen war der Pressespiegel fertig. Felix schaute kurz darauf. In der Tat gab es heute wenig Interessantes, worüber die Printmedien berichteten. Zwei Leserbriefe von besorgten Eltern waren noch dabei, die sich mit einer möglichen Erhöhung der Kita-Beiträge beschäftigten.

Mit einem Ausdruck der Presseschau in der Hand ging Felix rüber zum Landrat. Frau Obermeier trug gerade eine Tasse grünen Tee ins Chefbüro, als Felix eintrat.

„Felix, kommen Sie rein. Möchten Sie auch einen Tee?" begrüßte ihn Dr. Schwarz per Handschlag.

„Nein Danke, ich hatte schon Kaffee." Felix reichte den Pressespiegel an den Landrat.

„Gibt es etwas Wichtiges?" fragte dieser mit einem Blick auf die gesammelten Artikel.

„Das Übliche. Der Telgter Oppositionsführer schimpft über die zu hohe Kreisumlage und rät zu mehr Sparsamkeit. In einigen Leserbriefen von besorgten Eltern wird das Thema Kita-Beitragserhöhung angesprochen. Ja, und Kreislandwirt

Kapitel 10

Teckentrup stöhnt über die Belastungen seiner Bauern wegen der EU und auch durch die Schweinepest", berichtete Felix. „Zum letzten Thema gibt's übrigens etwas Neues: Alle, auch die letzten Tests bei den geschossenen Wildschweinen, waren durch die Bank ohne Befund. Dr. Klaus will sich heute mit Münster und Düsseldorf kurzschließen, um eine Aufhebung der Sperren zu erreichen. Bis heute Mittag rechnet er mit einer Rückmeldung."

„Das ist doch mal eine gute Nachricht. Sollten wir dazu dann zu einer spontanen PK einladen?" fragte Dr. Schwarz.

„Können wir machen. Aber ich befürchte, dass sich die überörtlichen Medien dafür nicht nach Warendorf bemühen werden. Das Ende der Pest ist längst nicht so spektakulär wie der Ausbruch."

„Trotzdem sollten wir das versuchen. Am besten morgen früh - da habe ich zwischen 10 und 11 Uhr noch Luft im Terminkalender. Bis dahin dürfte sich die Bezirksregierung und das Ministerium doch wohl zurückgemeldet haben, oder?"

„O.K. Ich melde mich. Dr. Klaus wird Sie ganz sicher sofort auch direkt informieren, wenn er etwas erfährt."

„Für mich bleibt immer noch die Frage, wieso die Schweinepest nur bei einem einzigen Tier aufgetreten ist. Und noch dazu ausgerechnet bei

Kapitel 10

uns mitten im Münsterland – weitab von den bislang bekannten Seuchenfällen in Ost- und Südeuropa", sagte der Landrat und lehnte sich in seinem Sessel zurück.

„Bislang gibt es dafür wohl nur eine einzige Erklärung. Das Wildschwein muss sich an einem weggeworfenen Lebensmittel infiziert haben, das mit dem Virus befallen war. So etwas hat es in Polen immer wieder gegeben. Deshalb sind zum Beispiel auch die Rastplätze an den deutschen Autobahnen im Grenzgebiet zu Polen komplett eingezäunt. Damit die Wildschweine nicht an die Abfalleimer kommen können", erklärte Felix. „Aber natürlich haben Sie recht. 600 Kilometer westlich der polnischen Grenze rechnet man eigentlich nicht mehr damit."

„Na ja, wie auch immer. Wenn der Spuk jetzt vorüber ist und die Sperren aufgehoben werden, wird hoffentlich schnell Gras über die Sache wachsen. Das Wort Schweineseuche kann ich im Zusammenhang mit unserem schönsten Kreis der Welt nicht mehr hören. Positiv ist nur, dass offensichtlich unser Krisenmanagement im Veterinäramt gut funktioniert hat. Ich werde das Dr. Klaus und seinen Mitarbeitern noch mal gern persönlich sagen."

„Und ein Dankeschön an die Bauern und Jäger für das Verständnis käme sicherlich auch gut an",

Kapitel 10

ergänzte Felix, der sich gleichzeitig erhob, um in sein Büro zurückzugehen.

Am frühen Nachmittag kam dann die erlösende Nachricht aus Düsseldorf: Alle Sanktionen dürfen ab dem Wochenende aufgehoben werden.

Die Pressekonferenz am Folgetag verlief dann auch wie erwartet ruhig. Anders als bei dem großen Medienrummel beim Ausbruch der Schweinepest gut drei Wochen zuvor war nur eine Handvoll Journalisten ins Kreishaus gekommen.

Immerhin hatte der WDR noch ein Kamerateam geschickt und berichtete am Abend über das Ende der Schweinepest. Die gute Botschaft schaffte es sogar als kurze Meldung in die Nachrichten der Tagesschau und in die Nachrichtensendungen weiterer bundesweit ausgestrahlter TV-Sender.

Kapitel 11

In den ersten Tagen nach dem Unfall hatte Lothar Krogmann sehr unruhig geschlafen. In seinen Träumen tauchte immer wieder ganz plötzlich das Wildschwein von rechts aus dem Gebüsch auf und sprang mit einem grunzenden und manchmal quiekenden Geräusch vor sein Auto.

Der Knall des Aufpralls war dann in seinen Träumen so täuschend echt und realistisch, dass er jedes Mal schweißgebadet aufschreckte.

Am Anfang war seine Irene noch wach geworden und hatte beruhigend auf ihn eingeredet. Inzwischen hatte sie sich offensichtlich an seine wiederkehrenden Alpträume gewöhnt, denn sie drehte sich nur mit einem unwilligen Gebrummel um und schlief weiter. Erst in den letzten Tagen hatte er allmählich besser geschlafen.

Natürlich hatte Krogmann alle Nachrichten und Berichte über die Folgen seines Unfalls mit Spannung verfolgt. Das ausgerechnet das Mistviech, das ihm vor den Kühler gesprungen war, auch noch die Pest im Leib hatte! Damit konnte nun beim besten Willen kein Mensch rechnen! Er, Lothar Krogmann, am allerwenigsten!

Seit dem Gespräch beim Veterinäramt im Kreishaus vor knapp drei Wochen hatte sich keiner

Kapitel 11

mehr mit Fragen zum Unfall o.ä. an ihn gewandt. Auch sein Unfallauto hatte sich keiner angesehen. Inzwischen war es längst repariert. Zudem hatte Krogmann eine professionelle Grundreinigung durchführen lassen. Auch die Plane hatte er mit seinem Hochdruckreiniger gesäubert und somit alle Spuren seines „Schweinetransports" beseitigt. Auch der Kfz-Sachverständige hatte beim Taxieren des Schadens keinen Verdacht geschöpft. Die Versicherung hatte die Reparaturkosten direkt mit der Werkstatt abgerechnet. Bis auf die 150 Euro Selbstbeteiligung im Rahmen der Teilkaskoversicherung waren ihm keine Kosten entstanden. Er hatte im wahrsten Sinne des Wortes „Schwein gehabt".

Deshalb hatte er sich auch gewundert, als sich gestern ein Redakteur des Emsechos bei ihm gemeldet und um ein Gespräch gebeten hatte.

Jetzt, wo endlich nach Wochen der Sanktionen die Schweinepestbeschränkungen aufgehoben werden, wollte die Zeitung noch einmal eine kurze Rückschau halten, hatte der Redakteur ihm erklärt. Er, Krogmann, sei ja schließlich mit seinem Unfall der Auslöser gewesen.

Krogmann hatte auf diese Äußerung zunächst ein klein wenig sauer und aufgebracht reagiert. Er könne schließlich nichts dafür, dass dieses Wildschwein infiziert gewesen sei.

Kapitel 11

So sei das auch nicht gemeint, hatte ihm Markus Pieper, der Redakteur, versichert. Im Gegenteil: Wenn Krogmanns Autounfall nicht passiert wäre, hätte das Wildschwein womöglich, nein ganz sicher, weitere Tiere angesteckt und die Afrikanische Schweinepest hätte weitaus schlimmere Folgen gehabt. So gesehen sei sein Wildunfall als Glücksfall für den ganzen Kreis einzustufen.

Krogmann hatte sich schließlich einverstanden erklärt, für das gewünschte Gespräch bereit zu stehen. Auch wenn ihm dabei ein wenig mulmig im Magen war. Um 11 Uhr hatte er sich am Freitag mit Pieper im Café Schrunz an der Münsterstraße verabredet.

Als Krogmann am nächsten Morgen ins Café kam, saß Markus Pieper schon an einem Tisch in der hinteren Ecke des erst kürzlich modernisierten und vergrößerten Gastraumes, von wo aus man einen wunderschönen Blick auf den alten Turm der Warendorfer Marienkirche hatte.

„Guten Morgen Herr Krogmann. Schön, dass Sie es einrichten konnten. Darf ich Sie zu einem Kaffee oder Cappuccino einladen?", fragte Pieper, als sich Krogmann zu ihm an den Tisch setzte.

„Ich hätte gern einen doppelten Espresso und ein Glas Wasser dazu", gab Krogmann seine Bestellung der freundlichen Kellnerin mit auf den Weg.

Kapitel 11

„Aber was genau möchten Sie denn nun von mir erfahren?" kam Krogmann gleich zum Thema. „Ich kann Ihnen leider nicht mehr erzählen als die Tatsache, dass mir vor drei Wochen am Rand von Lippermanns Knäppe ein Wildschwein vors Auto gelaufen ist."

„Ja, ja, und dass es sich im Nachhinein als Auslöser des ersten Falls von Afrikanischer Schweinepest in Deutschland entpuppt hat! Waren Sie nicht auch geschockt, als Sie davon erfahren haben?" fragte Pieper.

„Natürlich war ich geschockt. Damit konnte ja nun wirklich keiner rechnen. Und ich bedaure alle Schweinehalter, die durch diesen Vorfall betroffen waren und, wie ich gelesen habe, zum Teil erhebliche finanzielle Einbußen hatten", antwortete Krogmann und nahm einen kleinen Schluck von seinem Espresso, der ihm gerade serviert worden war.

„Der Kreislandwirt hat den Schaden für die deutsche Fleischwirtschaft auf mehrere Millionen Euro beziffert. Und dass, obwohl glücklicherweise nur gerade mal um die 500 Tiere gekeult werden mussten. Es hätte viel schlimmer kommen können", präzisierte Pieper. „Aber dank ihres Wildunfalls mit dem einzig infizierten Tier ist der Ausbruch der Seuche ja quasi im Keim erstickt worden."

Kapitel 11

„Na ja, wenn sie es so sehen wollen, stimmt das ja vielleicht sogar", meinte Krogmann und entspannte sich ein wenig.

„Wieso vielleicht? Ich bin mir ganz sicher: Wäre „ihr" Wildschwein noch länger herumgestrolcht, hätte es mit tödlicher Gewissheit die Seuche weiterverbreitet. Oder sehen sie das anders?"

„Sie wollen mich deshalb aber jetzt nicht fürs Bundesverdienstkreuz vorschlagen?" versuchte Krogmann scherzhaft zu reagieren.

„Das nicht! Aber Sie waren nun mal mit Ihrem Auto zum richtigen Zeitpunkt an der richtigen Stelle. Was hatten Sie eigentlich an dem Samstagmorgen vor, als Sie so früh und bei dem Sauwetter in den abgelegenen Knäppen unterwegs waren?" fragte Pieper und schaute dabei Krogmann von der Seite an. Ihm entging nicht, dass dieser ganz offensichtlich eine Nuance blasser um die Nase wurde und er meinte auch, bei der Frage ein leichtes Flackern in seinen Augen entdeckt zu haben.

Krogmann griff zu seinem Wasserglas und nahm einen großen Schluck, bevor er antwortete.

„Nun, ich war früh wach und konnte nicht mehr schlafen. Da bin ich einfach mit dem Auto ein wenig herumgefahren. Am nördlichen Kreisverkehr der Milter Straße wollte ich mir ansehen, wie weit die Erschließungsarbeiten fürs neue Baugebiet sind.

Kapitel 11

Und da bin ich wohl in Gedanken den Bogen um die Knäppen gefahren", erklärte Krogmann und war froh, dass ihm eine hinlänglich plausible Erklärung eingefallen war.

„Ach, dann kamen Sie also direkt von Zuhause?" fragte Markus.

„Ja, genau. Ich wollte nach der kleinen Rundfahrt ja auch noch Brötchen mit nach Hause bringen. Die kaufe ich immer wieder mal bei der Bäckerei im Warendorfer Nordviertel. Auch deshalb war ich dort in der Gegend unterwegs. Hab ich nach dem Unfall ja auch noch gemacht", so Krogmann.

„Sie scheinen ja Nerven wie Drahtseile zu haben. Sie haben einen schweren Wildunfall, ihr Auto ist demoliert und sie denken trotzdem an die Brötchen für den Frühstückstisch. Ich an ihrer Stelle wäre ich so aufgeregt gewesen und hätte die Brötchen glatt vergessen", erwiderte Markus.

„Jeder geht nun mal anders mit Stress um", meinte Krogmann und bemühte sich, seinem Gegenüber den Unmut über die Bemerkung nicht anmerken zu lassen.

„Was ich noch fragen wollte: Sie betreiben ja ein Unternehmen, das exquisite Holzhäuser erstellt. Stimmt es, dass Sie ihr Holz aus Polen beziehen und Sie deshalb regelmäßig nach Polen fahren?", fragte Markus eher beiläufig und beobachtete wieder ganz genau, wie Krogmann auf seine Frage reagierte.

Kapitel 11

„Das ist richtig", erwiderte Krogmann spontan. „Holz aus Polen ist qualitativ hochwertig und zudem deutlich günstiger als aus Skandinavien. Ich verwende für meine Häuser nur europäische Hölzer und natürlich nur beste Qualität."

„Verstehe! Wann waren Sie denn das letzte Mal in Polen?" hakte Markus nach und nahm wieder dieses leichte Flackern in Krogmanns Augen wahr, den die Fragerei offensichtlich ein wenig nervte.

„Lassen Sie mich überlegen. Das muss kurz vor dem Unfall mit dem Schwein gewesen sein. Ja, ich glaube am Tag zuvor war ich aus Polen wiedergekommen." In dem Augenblick, in dem er dies gesagt hatte, ärgerte sich Krogmann bereits über die kleine Notlüge, zu der ihn dieser penetrante Journalist genötigt hatte.

„Ah, ich verstehe. Kaufen Sie das Holz dort direkt aus dem Wald? Oder wie machen Sie das?" wollte Pieper wissen.

„Nein, frisch geschlagenes Holz kann man nicht gleich verarbeiten", antwortete Krogmann, der froh war, dass sich das Gespräch wieder auf für ihn sicherem Terrain bewegte. „Das Holz muss in Brettern geschnitten und absolut trocken sein, wenn ich es für meine Holzhäuser verarbeite. Mehrere große Sägewerke tun sich dort in Polen regelmäßig zusammen und bieten dann ihr abgelagertes

Kapitel 11

Bauholz bei Auktionen an. Bei solchen Auktionen bin ich dabei und steigere mit."

„Das hört sich spannend an. Wo sind denn diese Auktionen?" wollte Markus wissen.

„Also ich fahre regelmäßig nach Lodz und nach Torun. Aber auch in verschiedenen Städten im polnischen Süden gibt es solche Auktionen. Aber dort werden vorwiegend Nadelhölzer angeboten. Ich brauche Hartholz für mein Geschäft."

„Ich verstehe. Und das Holz kommt dann per LKW direkt aus Polen zu ihnen?"

„So ist es", antwortete Krogmann inzwischen deutlich entspannter mit Blick auf den Nachbartisch, wo gerade ein leckerer Nudelauflauf serviert wurde. „Sagen Sie, haben sie auch Hunger? Ich hätte wohl Lust auf so einen Auflauf."

„Nein danke. Ich muss gleich zurück in die Redaktion und wollte vorher noch kurz auf den Wochenmarkt und ein paar Äpfel kaufen. Ich glaube auch, dass wir durch sind. Ich zumindest habe keine weiteren Fragen. Nochmals ganz herzlichen Dank für ihre Zeit", sagte Markus und rief die Kellnerin, um die Rechnung zu begleichen.

„Ich bleibe noch", sagte Krogmann und bestellte sich einen Nudelauflauf mit einem Glas Rotwein. Beides schmeckte ihm hervorragend.

Kapitel 12

Wie jeden Freitag schloss Zöpfchen seinen Salon pünktlich um 12 Uhr zur Mittagspause. Und die nutzte er regelmäßig für einen Besuch des Warendorfer Wochenmarktes, der dienstags und freitags Vormittag auf dem Wilhelmsplatz stattfand.

Hier gab es alles, was das Herz begehrte: Etliche Stände mit frischem Obst und Gemüse, Eier, Blumen, Fleisch, Käse, Backwaren oder zum Beispiel Olivenspezialitäten – und alles in Bio-Qualität und frisch aus der Region. Bis auf die Oliven natürlich – die kamen aus Griechenland und der Händler aus Münster. Und es gab auch zwei Fischstände, die es Zöpfchen besonders angetan hatten. Bei einem dieser Fischstände gab es nämlich sein Freitags-Leibgericht: Leckeren Backfisch, der in einer Fritteuse zum sofortigen Verzehr frisch zubereitet wurde.

Zöpfchen war nicht der einzige, der diese Spezialität schätzte. Er reihte sich in die Schlange ein, die sich vor dem Fischstand gebildet hatte. Die Frau vor ihm trug bereits einen Korb mit allerlei Gemüse.

Sie warf einen Blick nach hinten und erkannte ihn.

Kapitel 12

„Hallo Franz, schön dich zu sehen. Hast du auch so einen Heißhunger auf Backfisch mit Knoblauchsauce wie ich?" fragte sie ihn.

„Lisbeth, du bist es. Ich habe dich von hinten gar nicht erkannt. Ich dachte mir nur, was das denn wohl für eine attraktive Frau ist, die da vor mir steht", sagte Zöpfchen, der sich sehr darüber freute, dass er mal nicht mit Zöpfchen, sondern mit seinem richtigen Vornamen angesprochen wurde.

„Du alter Charmeur! Immer einen flotten Spruch auf den Lippen", erwiderte Lisbeth und lächelte ihn an.

„Aber du hast recht. Backfisch am Freitag gehört für mich dazu. Genauso wie die Tagesschau um acht oder zum Beispiel der Doppelkoppabend alle zwei Wochen bei Porten. Aber das weißt du ja", sagte Zöpfchen.

„Isst du deinen Backfisch gleich hier oder nimmst du ihn mit nach Hause?" fragte Lisbeth, die als Nächste dran war, um zu bestellen. „Wenn es nicht gerade in Strömen regnet, esse ich ihn immer hier."

„Da schließe ich mich dir gerne an. Dort drüben ist gerade ein Stehtisch frei geworden. Wenn du mir einen Backfisch mitbestellst, gehe ich schon mal an den Tisch und reserviere uns ein lauschiges Plätzchen", sagte Zöpfchen und drückte Lisbeth einen Zehn-Euro-Schein in die Hand.

Kapitel 12

Fünf Minuten später standen beide mit ihrem heißen Fisch und einem halben Brötchen als Beilage am Stehtisch und ließen es sich schmecken.

„Wie kommt es, dass wir uns nicht schon häufiger hier getroffen haben?" fragte Zöpfchen alias Franz Auf der Landwehr. „Ich bin eigentlich jeden Freitag um die gleiche Zeit hier".

„Ganz einfach: Mein Markttag ist der Dienstag. Freitags ist eigentlich mein Putztag. Mittags treffe ich mich danach mit meinen Mädels am Emssee zum Walken. Heute fällt das Walken aus, weil Anne und Frieda, das sind meine Freundinnen, einen zweitägigen Ausflug mit der Frauengemeinschaft nach Trier machen", erklärte Lisbeth.

„Und du bist nicht mitgefahren nach Trier?" wollte Zöpfchen wissen.

„Nein, das ist die Frauengemeinschaft von St. Georg und St. Laurentius. Da gehöre ich nicht dazu. Übrigens: Dein Doppelkopffreund Paul begleitet die Frauen. Der ist da heute der Hahn im Korb!" erzählte Lisbeth mit einem breiten Grinsen im Gesicht.

„Na, das wird dem Paul aber sicher gefallen. Wir haben nächsten Dienstag wieder Kartenabend; da werde ich ihn mal drauf ansprechen", sagte Zöpfchen und schob sich dabei seine letzte Gabel mit köstlichem Backfisch in den Mund. „Übrigens,

Kapitel 12

wo wir gerade vom Doppelkopf sprechen. Schau mal wer da steht!"

Zöpfchen zeigte mit der Hand auf den Obststand gegenüber, wo Markus Pieper gerade eine große Tüte mit Äpfeln gereicht bekam.

„Hallo Markus. Das sieht aber gesund aus, was du da kaufst", rief Lisbeth dem Redakteur zu, der daraufhin mit seiner Apfeltüte zum Fischstand herüberkam.

„Und ihr beide lasst euch den fetten Backfisch schmecken," lästerte Markus. „Meine Ines hat mir eine Apfeldiät verordnet. Sie liebt halt meinen Waschbrettbauch." Dabei klopfte er mit der Hand auf seinen Bauch.

„Ach, weißt du lieber Markus – einen Waschbrettbauch hatte ich auch mal. Aber der steht mir nicht. Ein kleines Bäuchlein sieht einfach viel besser aus. Nicht wahr, Lisbeth?!" Dabei kniff Zöpfchen Lisbeth ein Auge zu.

„Da hast du vollkommen recht. Man muss auch an schlechte Zeiten denken und dafür etwas zuzusetzen haben", stimmte Lisbeth zu.

„O.k., ich werde das meiner Ines heute Abend berichten. Ich bin gespannt, ob sie eure Meinung teilt. Ich befürchte allerdings, bei ihr auf taube Ohren zu stoßen. Übrigens, ich hatte gerade ein Gespräch mit Lothar Krogmann. Ihr könnt euch

Kapitel 12

erinnern: Der Typ mit dem Wildunfall, der Auslöser der Schweinepest war!"

„Und, gibt's was Neues in der Sache?" fragte Zöpfchen.

„Wie man es nimmt. Ihr wisst es ja vielleicht schon: Alle Sperren werden ab dem Wochenende aufgehoben", so Markus. Er berichtete, dass es bei dem einen infizierten Keiler geblieben war. Alle anderen Tests seien negativ gewesen.

Auch Krogmann hätte sich erleichtert gezeigt. Er habe ihn dann aber nach seinen beruflichen Reisen nach Polen gefragt und wann er das letzte Mal dort gewesen sei.

„Ich hatte den Eindruck, dass ihm diese Fragen, warum auch immer, unangenehm waren", sagte Markus. „Krogmann hat mir gesagt, dass er erst kürzlich in Polen gewesen und erst am Tag vor seinem Wildunfall zurückgekommen sei. Aber irgendwie hatte ich den Eindruck, dass er lügt."

„Aber das muss man doch überprüfen können. Ich meine, wie lange genau er in Polen war. Doch ich verstehe immer noch nicht, was das mit der Schweinepest bei uns hier zu tun haben könnte", sagte Zöpfchen.

„Genau weiß ich das auch nicht. Aber vielleicht gibt es ja einen Zusammenhang mit seiner Polenreise. Immerhin gibt's die Schweinepest in Polen schon längere Zeit", so Markus.

Kapitel 12

„In den Fernsehkrimis werden doch in solchen Fällen immer die Handys geortet. Die Polizei kann doch feststellen, wo und wie lange sich ein Handy in welchen Funkzellen befindet. Und meine Freundin Jutta weiß übrigens auch immer, wo ihr zehnjähriger Sohn Ferdi ist. Die nutzen so eine App, die das anzeigt", ergänzte Lisbeth.

„Das ist eine gute Idee, Lisbeth," sagte Markus. „Ich kenne einen Computerfreak, der sich da auskennt. Dann brauchen wir nur noch die Handynummer von dem Krogmann. Ich hätte ihn ja auch unter irgendeinem Vorwand direkt danach fragen können. Der sitzt übrigens immer noch bei Schrunz im Café und lässt sich einen Nudelauflauf schmecken."

„Ihr wollt seine Handynummer? Dann lasst mich mal machen! Ich bring sie euch in fünf Minuten, ohne dass der nur einen Schimmer was merkt", sagte Lisbeth. „Ihr könnt für mich in der Zwischenzeit gern schon mal einen Glühwein dort drüben am Stand bestellen."

Lisbeth ließ die beiden verdutzten Männer zurück und ging direkt zum Café Schrunz, das sich nur wenige Meter vom Marktplatz entfernt befand.

Krogmann saß immer noch allein an seinem Tisch in der Ecke und genoss offensichtlich seinen Auflauf. Lisbeth ging zielstrebig auf ihn zu und sprach ihn direkt an.

Kapitel 12

„Entschuldigen Sie wenn ich sie beim Essen störe. Ich war vorhin hier und habe an diesem Tisch gesessen. Jetzt vermisse ich mein Handy. Ich weiß, dass ich es hier noch hatte, denn meine Tante hatte mich angerufen. Darf ich kurz mal auf und unter die Bank schauen, ob ich es hier liegen gelassen oder verloren habe." Mit diesen Worten ging Lisbeth in die Knie und kroch unter Krogmanns Tisch, der verdutzt seine Gabel ablegte.

„Und, haben Sie es gefunden?" fragte er.

„Nein verdammt. Es ist ein nagelneues Smartphone. Wo habe ich es nur wieder liegen lassen!" schimpfte Lisbeth vor sich hin.

„Tun Sie mir bitte einen Gefallen?. Können Sie mich kurz anrufen? Vielleicht bimmelt es dann ja irgendwo und ich habe mein Handy wieder", bat Lisbeth.

Krogmann holte sein iPhone aus der Tasche und ließ sich von Lisbeth die Nummer sagen.

„Dann wollen wir mal schauen, ob wir Glück haben", sagte Krogmann.

Und in der Tat. Wie nicht anders zu erwarten, bimmelte es kurz darauf in Lisbeths Marktkorb, wo sie vorher ihr Handy zwischen Möhren, Äpfeln und Mandarinen versteckt hatte.

„Da ist es ja. Komisch, wie kommt das denn zwischen die Einkäufe in den Korb? Ich habe es

Kapitel 12

sonst immer in meiner Handtasche", sagte Lisbeth und täuschte große Erleichterung vor.

Sie bedankte sich bei Krogmann und verabschiedete sich. Keine fünf Minuten später war sie wieder bei Zöpfchen und Markus auf dem Marktplatz.

„Vermelde gehorsam: Auftrag ausgeführt! Ich habe die Handynummer von Krogmann!" sagte Lisbeth und griff gleichzeitig zur Glühweintasse.

„Jetzt erzähl uns erst einmal, wie du das denn angestellt hast!" wollte Zöpfchen wissen.

In kurzen Worten berichtete Lisbeth von ihrem angeblich verloren gegangenen Handy und davon, wie Krogmann beim Wiederfinden geholfen hatte.

„Ja, und jetzt habe ich seine Nummer auf meinem Handy. Wem von Euch soll ich sie denn nun weiterleiten?"

„Schick sie mir zu. Ich kümmere mich dann um die weitere Recherche", sagte Markus und hielt Lisbeth das Display seines Handys hin, wo seine Rufnummer angezeigt war.

„Danke, Lisbeth. Ich werde dir am Dienstag beim nächsten Doppelkopfabend berichten, was ich herausgefunden habe. Aber jetzt muss ich wieder an den Schreibtisch. Die Zeitung für morgen wartet nicht. Um 17 Uhr ist Redaktionsschluss für die Wochenendausgabe." Mit diesen Worten

Kapitel 12

verabschiedete sich Markus und lies die beiden am Glühweinstand zurück.

„Ich muss leider auch wieder in den Salon. Gleich ist meine Mittagspause vorbei", sagte Zöpfchen.

„Aber sag mal Lisbeth: Hast du nicht Lust, dich mal mit mir zu treffen? Ich würde dich gern einmal zum Essen einladen. Wann hast du denn mal Zeit?" fragte Zöpfchen und wunderte sich selbst über seinen Mut, nach einem Date zu fragen. Das letzte Mal, als er eine Frau zu einem Treffen eingeladen hatte, lag mehr als zwei Jahre zurück. Und er hatte sich seinerzeit einen Korb geholt. Umso erfreuter war er über Lisbeths Reaktion.

„Franz, gern würde ich mich mit dir treffen. Aber du weißt ja: Abends bin ich immer bei Porten eingespannt. Aber wie wäre es denn am kommenden Montag? Da hast du doch deinen Salon geschlossen und Porten hat ebenfalls Ruhetag", erwiderte Lisbeth.

„Tolle Idee! Wie wäre es denn, wenn wir uns schon morgens treffen? Vielleicht zum Frühstück bei Schrunz. Und danach könnten wir einen schönen Winterspaziergang machen und mittags irgendwo einkehren", wagte Zöpfchen einen Vorstoß.

Lisbeths Augen leuchteten, als sie den Vorschlag hörte. Sie verabredeten sich zu 9.30 Uhr am Montag

Kapitel 12

zum Frühstück.

Als sich Zöpfchen kurz darauf verabschiedete, gab Lisbeth ihm mit einem gehauchten „Tschüss Franz" einen Kuss auf die Wange.

„Meine Jungs könnten vielleicht doch Recht haben. Die Lisbeth scheint mich ganz gern zu haben", diese Gedanken gingen Zöpfchen auf seinem Weg zu seinem Salon durch den Kopf.

Und es fühlte sich toll an!

Kapitel 13

An diesem Wochenende hatte Lukasz sich für seine Anna etwas ganz Besonderes ausgedacht.

Bereits um 10 Uhr, für die ausgewiesene Langschläferin Anna eine fast unmenschliche Zeit, stand er vor ihrer Tür, um sie abzuholen.

„Moment noch, ich bin sofort fertig", rief sie Lukasz aus dem Bad zu, wo sie gerade noch die letzten Lidstriche erledigte. „Da bin ich ja mal gespannt, wohin du mich entführen willst. Und dann noch bis morgen Abend. Was hast du gesagt – das kleine Schwarze muss auch mit?"

„Ja genau. Hast du eigentlich schon gefrühstückt? Oder kommst du direkt aus dem Bett?" fragte Lukasz.

„Wann sollte ich denn frühstücken, wenn du mich schon zu nachtschlafender Zeit abholen kommst", erwiderte Anna.

„Dann schlage ich vor, dass wir erst einmal in ein Café gehen und uns stärken, bevor wir losfahren. Ich hatte bislang heute früh auch erst einen Kaffee. Und mein Magen knurrt schon gewaltig."

„Gute Idee. Ich bin jetzt auch fertig und startklar. Du kannst schon mal meine Reisetasche ins Auto packen."

Kapitel 13

„O.K., ich warte dann im Auto." Lukasz schnappte sich Annas Tasche und verließ die Wohnung. Vor dem Haus stand sein schwarzes Cabrio. Schade, dass es noch zu kalt ist, um offen zu fahren, dachte er, als er einstieg.

Kurze Zeit später kam auch Anna aus dem Haus. Sie sieht mit ihrer engen Jeans und dem schicken blauen Blazer einfach atemberaubend aus, dachte Lukasz und startete den Motor.

Eine halbe Stunde später saßen sie in einem kleinen Café in der Toruner Fußgängerzone und ließen sich frische Croissants schmecken.

Dabei erzählte Anna von ihrer letzten Auktion, wo ein Rekorderlös erzielt werden konnte. „Bei einer einzigen Auktion ein Umsatz von 3,3 Millionen Euro. Das hat es bei uns noch nie gegeben. Die Preise für Eiche und Buche sind im Moment extrem hoch. Das sind vielleicht auch schon die ersten Auswirkungen des Klimawandels."

„Wieso das?" fragte Lukasz interessiert.

„Die letzten Sommer waren viel zu trocken. Unsere Waldbauern stöhnen und sagen, dass bereits jeder fünfte Baum krank ist. Das betrifft in erster Linie die Nadelbäume. Aber auch die Laubbäume zeigen vermehrt Anzeichen von Trockenschäden. Zudem breitet sich der Borkenkäfer immer weiter aus", erklärte Anna.

Kapitel 13

„Vergiss heute mal deine Arbeit und genieße einfach mal die Zeit", meinte Lukasz. „Und trink deinen Kaffee aus, damit wir starten können."

„Jetzt verrate mir mal, wo es hingeht. Ich bin schon richtig gespannt!" Anna schaute Lukasz tief in die Augen. „Bitte!"

„O.K. Ich verrate es dir. Zuerst hatte ich vor, mit dir tanzen zu gehen und nach Ciechocinek zu fahren. Aber das kennst du ja. Außerdem ist das ja direkt vor der Haustür", sagte Lukasz.

„Oh, tolle Idee. Da wäre ich auch mal wieder gern. Aber was hast du stattdessen vor?"

„Wir fahren", und Lukasz zögerte ein paar Sekunden, um die Spannung zu steigern, „also wir fahren nach ….Berlin. Ich habe uns ein Zimmer im Adlon gebucht. Und heute Abend gehen wir schick essen. Na, was sagst du?" fragte Lukasz.

„Nach Deutschland, nach Berlin, ins Adlon, wow! Das ist doch das Nobelhotel direkt am Brandenburger Tor, oder? Ich war erst drei oder vier Mal in Berlin, und so ein teures Hotel konnte ich mir bei den Besuchen nie leisten. Das ist ja Luxus pur. Ich freue mich riesig", sprudelte Anna begeistert.

„Dann lass uns jetzt starten. Wenn die Autobahn frei ist, sind wir in gut drei Stunden dort", sagte Lukasz.

Kapitel 13

Die Autobahn war frei. Nach knapp einer Stunde wechselten sie bei Lodz auf die A 2 Richtung Frankfurt/Oder. Gegen 13.30 Uhr passierten sie die deutsch-polnische Grenze und um 15 Uhr fuhren sie am Adlon am Prachtboulevard Unter den Linden vor. Auch das Zimmer war luxuriös und bot einen atemberaubenden Blick auf das Brandenburger Tor.

„Mensch Lukasz, da hast du aber keine Kosten und Mühen gescheut. Das ist absolut märchenhaft. Dein Weinhandel muss wohl gut laufen", schwärmte Anna.

„Na ja, geht so. Aber ich habe gleich um 18 Uhr noch einen ganz kurzen Geschäftstermin mit dem Restaurantchef. Das Adlon ist nämlich eventuell daran interessiert, von mir Wein und Sekt zu beziehen. Du kannst ja in der Zeit ins Spa gehen und dich ein wenig entspannen", sagte Lukasz.

„Wusste ich es doch. Unser Berlinwochenende ist für dich in Wirklichkeit eine Geschäftsreise. Ich habe dich durchschaut", lachte Anna und machte dabei einen Schmollmund. „Aber klar habe ich Verständnis für deine Geschäfte. Ich drück dir die Daumen. Was meinst du, wie lange brauchst du?"

„Nicht mehr als höchstens eine Stunde. Um 19 Uhr bin ich wieder hier und dann gehen wir essen", sagte Lukasz und war froh, dass Anna so verständnisvoll reagierte.

Kapitel 13

Zum Abendessen kehrten sie in einem kleinen italienischen Restaurant am Kurfürstendamm ein, das ihnen der Taxifahrer empfohlen hatte. Sie stießen mit einem edlen Primitivo auf den erfolgreichen Geschäftsabschluss an, den Lukasz erreichen konnte.

„100 Kisten italienischen Rotwein mit einem Einkaufspreis von 18.000 Euro. Nicht schlecht für meinen ersten Einstieg beim Adlon. Darauf lässt sich aufbauen," freute sich Lukasz. „Auf jeden Fall haben wir die Kosten für unser Wochenende in Berlin mehr als raus."

„Ich würde dich auch gern mal einladen. Aber einen solchen Standard kann ich mir leider nicht leisten. Aber du magst doch auch ganz gern mal `ne Currywurst mit Pommes, oder?", scherzte Anna.

„Du könntest dir schon einiges mehr leisten, wenn du dein Wissen zu Geld machen würdest", sagte Lukasz.

„Wie meist du das? Welches Wissen kann ich denn zu Geld machen?" wollte Anna wissen.

„Na ja, ich denke da gerade an diese Schweinepestgeschichte. Warum bittest du eigentlich nicht diesen Geschäftsmann aus Deutschland um ein kleines Entgelt für deine Diskretion in der Sache?" sagte Lukasz mehr beiläufig und schaute Anna dabei an.

Kapitel 13

„Du meinst tatsächlich an der Geschichte ist etwas dran und der Krogmann hat alle getäuscht?"

„Ja, das glaube ich. Und ich habe auch mal darüber nachgedacht, wie du – oder wir – da vorgehen könnten, um diesen Krogmann zur Rechenschaft zu ziehen, ohne dass wir selbst da in Erscheinung treten müssten." Lukasz nahm einen Schluck von seinem Wein und legte die Serviette zur Seite.

„Was schlägst du vor?" fragte Anna.

„Nun, du hast mir erzählt, dass du in der Nacht des Unfalls mit diesem Krogmann telefoniert hast. Wegen dieser vergessenen Aktentasche. Und dass er dir gegenüber von einem Wildunfall gesprochen hat, der ihm gerade passiert war, stimmt das?" Lukasz schaute Anna fragend an.

„Genau so war es", bestätigte Anna. „Und weiter?"

„Dabei hat er dir doch auch gesagt, wo das genau passiert ist. Du hast da ein Straßenschild erwähnt, das er dabei umgefahren hat. Mit dem Hinweis: Noch 8 Kilometer bis Görzyka! Kannst du dich noch daran erinnern?"

„Ja, Lukasz. Das weiß ich noch ganz genau. Ich hatte mir das gemerkt, weil in diesem kleinen Örtchen Görzyka eine Tante von mir wohnt. Sonst hätte ich den Namen überhaupt nicht registriert und schon längst vergessen."

Kapitel 13

„Und genau das kommt uns jetzt zugute. Es dürfte doch keine große Schwierigkeit sein, dieses Schild zu finden. Und wie ich unsere Straßenmeistereien kenne, hat das bis heute keiner erneuert. Es wird immer noch abgeknickt an der Straße stehen", meinte Lukasz und erklärte Anna anschließend, was er vorhatte.

Denn er hatte sich überlegt, auf dem Rückweg von Berlin nach Torun die Strecke über Görzyka zu fahren, was kaum ein Umweg war. Mit etwas detektivischem Spürsinn würden sie die Unfallstelle finden und könnten davon Fotos machen.

Und mit diesen Fotos würden sie Krogmann konfrontieren, anonym, versteht sich.

„Wir könnten behaupten, ein Augenzeuge des Unfalls gewesen zu sein. Der gesehen hat, wie er das Wildschwein in sein Auto geladen hat. Und das verbunden mit einer saftigen Schweigegeldforderung!" schlug Lukasz vor. „Der Krogmann wird nie darauf kommen, dass du dahinterstecken könntest. Der wird die Geschichte mit dem heimlichen Augenzeugen glauben und zahlen, da bin ich mir ganz sicher."

Zunächst zeigte sich Anna sehr skeptisch und zurückhaltend. Doch je länger sie über Lukaszs Idee nachgedacht hatte, umso mehr war sie bereit, ihm zu glauben: „O.K. wir können ja mal auf der

Kapitel 13

Rückfahrt nach der Stelle suchen. Dann sehen wir weiter."

Den weiteren Abend und auch den nächsten Tag genossen sie in vollen Zügen. Nach dem Frühstück hatten sie zunächst eine kleine Stadtrundfahrt mit dem Bus der Linie 100 unternommen.

Am Kaufhaus des Westens waren sie ausgestiegen und hatten einen Shoppingbummel in dem berühmten Geschäft unternommen. Mit einer schicken Designerjeans und einer raffiniert geschnittenen Bluse verließen sie das Kaufhaus am Kurfürstendamm. Den Nachmittag genossen sie im Wellnessbereich des Adlon.

Nach einem leichten Abendessen und einer heißen Liebesnacht in ihrem Hotel packten sie am Sonntag wieder ihre Koffer für die Heimfahrt.

Schon beim Frühstück sprachen sie das Thema „Wildunfall Krogmann" wieder an. Lukasz hatte über das Internet die Stelle erkundet, wo sich der Unfall ereignet haben könnte.

„Wenn dieser Krogmann über Land gefahren ist, dann hat er auf jeden Fall die Landstraße 22 über Brzozowa genommen. Und von dort gibt es dann ca. 9 Kilometer vor Görzyka eine kleine Zufahrtsstraße dorthin. Das wäre die direkte Strecke. Ich schlage vor, dass wir ab Frankfurt/Oder auf diese Strecke abbiegen", sagte er.

Kapitel 13

Am frühen Nachmittag passierten sie die deutsch-polnische Grenze und bogen nach Norden ab. Gegen 14 Uhr fuhren sie durch Görzyka, ein kleines unscheinbares Örtchen, für das es sich nicht lohnte, einen Zwischenstopp einzulegen.

Keine 15 Minuten später sahen sie am Straßenrand das abgeknickte Hinweisschild, nach dem sie suchten.

„Lukasz, schau, da ist es! Du hattest recht", sprudelte es aus Anna heraus.

Sie parkten ihren Wagen am Straßenrand und stiegen aus, um sich das Schild und die Umgebung genauer anzusehen.

„Schau hier. Da sind sogar noch Lackspuren sichtbar. Der Wagen dieses Krogmann ist anthrazitgrau, richtig?" fragte Lukasz.

„Das stimmt. Wir sind hier goldrichtig. Also, lass uns Fotos machen und dann schnell wieder verschwinden. Ich möchte nicht, dass wir hier groß auffallen", sagte Anna und nahm bereits ihr Smartphone zur Hand, um Fotos zu machen.

„Schau mal, da sind sogar noch Bremsspuren zu sehen. Und dort drüben muss der Aufprall gewesen sein." Lukasz zeigte auf einen dunklen Fleck, der immer noch auf der schmalen Fahrbahn sichtbar war.

Fünf Minuten später und um 18 Fotos reicher setzten die beiden ihre Fahrt nach Hause fort. Kein

Kapitel 13

einziges anderes Auto hatte während ihres Zwischenstopps die Stelle passiert.

Kapitel 14

An diesem Dienstag war Zöpfchen bereits um kurz nach halb sieben bei Porten; eigentlich viel zu früh, denn das Kartenspielen fing ja immer erst um sieben an.

Aber es hatte ihn innerlich gedrängt, früher da zu sein. Natürlich war Lisbeth der Grund. Denn den Tag zuvor hatten die beiden ja gemeinsam verbracht. Und beide hatten ihn ganz offensichtlich sehr genossen.

Begonnen hatte ihr erstes Treffen mit einem Frühstück bei Schrunz an der Münsterstraße. Bei Schinkenbrötchen, Rührei mit Speck und einem guten Tässchen Kaffee hatten sie überlegt, was sie unternehmen wollten. Schließlich hatten sie sich entschieden, einen großen Spaziergang zu machen. Und zwar von Bad Iburg durch den Wald zu Malepartus, einem idyllisch gelegenen rustikalen Waldgasthaus im Stil einer bayrischen Almhütte.

Auf dem Parkplatz direkt am neuen Kreisverkehr in Bad Iburg hatte Zöpfchen seinen Golf geparkt. Keine 100 Meter entfernt war der Einstieg der Wanderroute.

Während der rund einstündigen Wanderung hatte es angefangen zu regnen. Gut, dass Zöpfchen seinen großen Schirm dabei hatte. Lisbeth hatte sich

Kapitel 14

wie selbstverständlich bei ihm eingehakt und an ihn geschmiegt, um unter den schützenden Schirm zu kommen. Unterwegs hatten sie über dies und das gesprochen und viel gelacht. Aber auch wenn nicht gesprochen wurde, war die Stille nie peinlich. Im Gegenteil. Immer wieder trafen sich ihre Blicke und Zöpfchen wurde es warm ums Herz, wenn er Lisbeths leuchtende Augen sah.

Die Malepartus-Hütte war für einen Montag und dazu noch bei diesem Sauwetter gut besucht. Jetzt im Winter waren es meistens Rentner und Kurgäste aus Bad Iburg, die hierher kamen. Im Sommer war das Lokal auch ein beliebter Treffpunkt für Motorradfahrer. Die kurvenreiche Strecke von Lienen nach Holperdorp lockte Biker aus der ganzen Region an. Das Malepartus lag nur 200 Meter von der Serpentinenstraße entfernt im Wald versteckt.

Zöpfchen ließ sich die Spezialität des Hauses, Schweinshaxe mit Sauerkraut und Knödel, schmecken. Lisbeth bestellte sich das Krüstchen mit Spiegelei und Kroketten. Dazu tranken sie ein großes Hefeweizen. Eines darfst du als Autofahrer ruhig trinken, hatte Lisbeth gemeint, was Zöpfchen mehr als dankbar zur Kenntnis nahm.

Nach dem Essen hatten sie sich gleich wieder auf den Rückweg gemacht, denn der Wetterbericht hatte für den späten Nachmittag ergiebige Schnee- und Graupelschauer angekündigt.

Kapitel 14

„Ich habe uns einen Kuchen gebacken. Den können wir bei mir Zuhause essen, wenn du Lust hast", hatte Lisbeth angeboten.

Und ob Zöpfchen Lust hatte. Schließlich war er neugierig auf Lisbeths Wohnung.

„Hier kannst du es aber wirklich aushalten. Ich finde deine Wohnung super und urgemütlich", stellte Zöpfchen später dann auch fest, ohne dabei zu flunkern.

Nach dem Kaffeetrinken machten sie es sich im Wohnzimmer gemütlich. „Erzähl mir mal was von deiner Familie", regte Zöpfchen an.

Lisbeth holte daraufhin ein großes Fotoalbum aus dem Schrank, in das sie sich dann vertieften.

Und Zöpfchen stellte fest, dass Lisbeth auch schon als Kind ziemlich süß ausgesehen hatte.

Um halb sieben schellte es dann an der Haustür. „Oh, verdammt. Das ist meine Schwester Maria. Maria kommt fast jeden Montag zum Schnacken vorbei. Sie wohnt in Beelen und hat montags ihren Yoga-Kurs an der Volkshochschule hier in Warendorf. Danach schaut sie immer bei mir herein. Ich habe vergessen, ihr heute abzusagen", erklärte Lisbeth kurz.

Maria machte große Augen, als sie eintrat und Zöpfchen auf der Couch sitzen sah.

Kapitel 14

Der verabschiedete sich dann recht bald. „Tut mir leid", sagte Lisbeth noch an der Haustür zu ihm. „Ich hätte gern noch mit dir allein den weiteren Abend verbracht. Du bist doch nicht sauer, oder?"

„Aber nein. Es war ein wunderschöner Tag, für mich der schönste seit langem", hatte Zöpfchen zu ihr an der Haustür gesagt. Lisbeth hatte ihm daraufhin einen Kuss gegeben. „Ich fand es mit dir auch sehr schön, Franz. Wir treffen uns wieder, ja?"

„Sehr gern", antwortete Zöpfchen und war dann gegangen.

Auch am Dienstagabend begrüßte ihn Lisbeth mit einem strahlenden Lächeln, als er bei Porten eintrat. „Na, war deine Schwester noch lange da?" fragte Zöpfchen gefragt.

„Nein, nur ein gutes Stündchen vielleicht. Du hättest gern auch bleiben können." Zu dieser frühen Stunde waren erst wenige Gäste im Lokal, sodass Lisbeth immer wieder kurz zu Zöpfchen kam, um ein paar Worte mit ihm zu wechseln.

„Wann hast du heute Feierabend? Ich könnte dich nach Hause bringen", fragte Zöpfchen.

„Ich denke, gegen halb zwölf Uhr. Eure Kartenrunde gehört meistens zu den letzten Gästen. Ich würde mich freuen", antwortete Lisbeth und stand schnell auf, als Paul gerade an den Tisch kam.

Kapitel 14

„Du und Lisbeth? Habe ich was verpasst?" fragte Paul leise und sah Zöpfchen dabei mit einem Lächeln an.

„Na ja. Wer weiß. Aber halte bitte den Mund", reagierte Zöpfchen ausweichend und wurde dabei rot wie ein kleiner Schuljunge.

„Du weißt ja, ich bin bei der Beichte ans Schweigegelübde gebunden. Aber das wäre doch toll für euch beide! Von mir erfährt keiner was", sagte Paul.

Damit war das Thema erledigt, denn auch die anderen Doppelkopfbrüder kamen kurz nacheinander an den Tisch.

Diesmal war auch Felix pünktlich und bald schon wurden die ersten Runden gespielt.

Zöpfchen hatte an diesem Abend fast immer gute Karten. Schon nach einer knappen Stunde hatte er fast acht Euro gewonnen. Was bei einem Einsatz von gerade mal zehn Cent pro Schlag schon außergewöhnlich viel war.

Von Anfang an hatten die Freunde Wert darauf gelegt, dass die Geselligkeit und der Spaß am Spiel im Vordergrund standen und nicht das Gewinnen oder Verlieren. So verlor selbst an einem miserablen Kartenabend kaum einer mehr als zehn Euro, was alle noch verschmerzen konnten, ohne auf etwas verzichten oder anderweitig kürzer treten zu müssen.

Kapitel 14

„Hat einer Spaß daran, am kommenden Freitag beim Doppelkopfturnier im Kolpinghaus mitzumachen?" fragte Franz Hülsmann. „Zöpfchen, für dich wäre das doch was, bei den Karten, die du heute hast".

„Nee, ich gehe Freitagabend ins Theater am Wall. Da gibt's Kabarett mit den Bullemännern. Dafür habe ich 'ne Karte im Rahmen des Abos", erwiderte Zöpfchen und hob dabei ganz langsam und konzentriert die letzten drei Karten fürs nächste Spiel auf.

„Einen Moment, ich muss mal eben überlegen. Wer hat Ausspiel?" fragte Zöpfchen.

„Du kommst selbst raus", klärte ihn Markus auf.

„Dann riskiere ich mal einen Bubensolo mit Re", sagte Zöpfchen.

„Na, dann wollen wir dich mal wieder auf den Boden zurückbringen. Ich sage Contra," erwiderte Franz, und rückte ein wenig näher an den Tisch.

„O.k. Ich hätte lieber den Mund halten sollen. Aber, warten wir mal ab, wie's läuft." meinte Zöpfchen spielte den Kreuz-Bauern aus - einer von seinen vier Bauern, die er auf der Hand hatte.

Und schon im ersten Stich sah er das Malheur. Franz hatte alle weiteren vier Bauern auf seiner Hand!

Kapitel 14

„Mist, das hätte ich mir denken können", sah Zöpfchen seine Felle davonschwimmen und spielte das Herz-Ass aus, das er blank auf der Hand hielt.

„Darauf habe ich nur gewartet", freute sich Franz und schlug das Ass mit dem Karo-Bauern, während seine beiden Mitspieler jeweils volle Augenzahlen schmierten.

Am Schluss des Spiels hatte Zöpfchen gerade mal 70 Punkte und damit klar verloren.

„Keine 9, keine 12, Re, Contra, Solo – fünf Schlag" zählte Franz vor. „Und da Solo doppelt zählt, sind das 1 Euro an jeden."

Zöpfchen schob das Geld ohne Kommentar über den Tisch. Sein bis dahin schöner Gewinn war deutlich geschrumpft.

„Paul, wie konntest du die Bauern nur so ungerecht verteilen?! Christliches Mitgefühl sieht anders aus!" Zöpfchen schaute Paul böse an, kniff ihm dabei aber ein Auge zu.

„Apropos christliches Mitgefühl. Das solltet ihr mir gegenüber wirklich mal zeigen. Nach allem, was ich in der letzten Woche mitgemacht habe", sagte Paul.

„Oh, du armer Mann. Erzähl mal, was hast du denn erleiden müssen", fragte Felix.

„Ich war als einziger Mann mit 38 Frauen unterwegs. Ich musste den zweitägigen Ausflug der

Kapitel 14

Frauengemeinschaft nach Trier begleiten. Das Geschnatter hättet ihr mal miterleben sollen" berichtete Paul. „Dagegen ist ein Kegelabend der Kolpingbrüder die reinste Sanatoriumskur."

„Ja, das kann ich mir lebhaft vorstellen. Lisbeths Freundin war auch mit", ergänzte Zöpfchen.

„Wo ihr gerade von Lisbeth sprecht. Wie wär's mit 'ner Runde Wacholder? Ich habe was Interessantes für euch, woran Lisbeth nicht ganz unbeteiligt war", berichtete Markus und gab Lisbeth ein Zeichen, dass er eine Bestellung machen wolle.

Dann erzählte er den Dokofreunden von seinem Gespräch mit Krogmann und dem anschließenden zufälligen Treffen mit Lisbeth und Zöpfchen auf dem Wochenmarkt. Und auch von Lisbeths Aktion, mit der sie die Handynummer Krogmanns besorgt hatte.

Zwischenzeitlich war Lisbeth mit dem Tablett Wacholder an den Tisch gekommen.

„Alle Achtung Lisbeth. Auf so eine Idee mit dem verlorenen Handy muss man erst einmal kommen. Du bist ja eine verkappte Agatha Christie", sagte Franz und blickte Lisbeth erstaunt an.

Lisbeth winkte lässig ab. „Markus, was mich viel mehr interessiert. Konntest du denn mit der Nummer etwas anfangen?"

„Und ob. Ich habe sie einem Kumpel gegeben, der daraufhin ein Bewegungsprofil für das

Kapitel 14

Wochenende rund um den 15. Januar erstellt hat. Ihr erinnert Euch? Das war das Wochenende, wo dem Krogmann der Wildunfall im Jagdbezirk von Franz passiert ist. Und was meint ihr, was der herausgefunden hat?"

Markus legte eine Pause ein, griff zu seinem Bierglas und nahm erst einmal einen kräftigen Schluck.

„Mach es nicht so spannend. Ich habe nicht ewig Zeit, hier herumzustehen", sagte Lisbeth, die immer noch mit dem leeren Tablett am Tisch der Kartenspieler stand.

„Also, der Krogmann war in der Nacht vor dem Unfall noch in Polen. Am Abend war sein Handy nämlich noch in der Gegend von Torun und später kurz vor der Grenze bei Frankfurt an der Oder eingeloggt. Da ist es zweimal aktiviert worden, das heißt er hat telefoniert. Mit wem er gesprochen hat, konnte mein Kumpel nicht ermitteln. Na, was sagt ihr?"

„Das hätte ich dir auch sagen können", war die erste Reaktion von Paul.

Alle schauten ihn verwundert an.

„Was sagst du da? Wir zerbrechen uns den Kopf, wie wir an diese Information kommen können und du weißt das schon?" fragte Markus.

„Also, ich habe das auch erst am Freitag erfahren. Und zwar in Trier beziehungsweise auf

Kapitel 14

der Fahrt mit der Warendorfer Frauengemeinschaft dorthin", berichtete Paul. „Ich saß im Bus zufällig neben der Nachbarin von Krogmann, einer älteren Dame. Sieglinde Müller heißt sie und ist schon Mitte 80. Sie wohnt im Haus ihrer Tochter – und das ist das Nachbarhaus von Krogmann, wie ich schon sagte."

„Und die hat dir erzählt, das Krogmann am Abend vor seinem Unfall in Polen war?" fragte Markus noch einmal und schaute Paul dabei gespannt an.

„Nein, nicht direkt. Ihre Tochter ist mit der Frau von dem Krogmann befreundet. Und die war am Abend vor dem Unfall bei der Nachbarin und hat dort den Abend verbracht. Frau Krogmann wollte nämlich nicht allein sein, weil ihr Mann ja geschäftlich in Polen war. Die beiden Frauen haben also zusammen vor dem Kamin der Krogmanns gesessen und gemeinsam den Abend verbracht."

„Und daran konnte sich die alte Dame jetzt noch so genau erinnern?" wollte Felix wissen. „Ich kann mich nicht mehr so genau daran erinnern, was ich am Freitagabend vor vier Wochen gemacht habe".

„Ja, weil Sie nämlich am Samstagmorgen gesehen hat, wie der Krogmann mit dem kaputten Auto nach Hause kam und seinen Koffer ausgeladen hat", erklärte Paul. Sie hat ihn sogar noch kurz begrüßt.

Kapitel 14

„Damit hätten wir ja sogar eine doppelte Bestätigung dafür, dass Lothar Krogmann quasi direkt aus Polen kam, bevor er den Unfall an der Milter Straße hatte", meinte Markus. „Bliebe die interessante Frage zu klären, warum mich der Krogmann angelogen hat. Mir gegenüber hat er ganz klar gesagt, dass er bereits einen Tag früher zurück war. Und der müsste sich doch eigentlich ganz genau daran erinnern, woher er kam, als ihm in Lippermanns Knäppen das Wildschwein in den Wagen gelaufen ist."

„Da hast du recht. Irgendetwas ist da faul!" stimmte Felix seinem Freund zu.

„Bevor ihr weiter darüber grübelt, kippt erst mal die Wacholder runter bevor sie warm sind", erinnerte Lisbeth die Kartenfreunde an ihre Bestellung, die sie immer noch auf ihrem Tablett hatte.

Nachdem sie alle ihr Schnapsglas leergetrunken und es wieder aufs Tablett gestellt hatten ging Lisbeth wieder zum Tresen.

„Was haltet ihr denn von folgender These?" Markus trank einen Schluck aus seinem Pilsglas. „Der Krogmann spielt uns allen ein Theater vor!"

„Wie meist du das?" fragte Paul.

„Nun, ganz einfach. Der angebliche Unfall in Warendorf ist gar nicht hier passiert, sondern in Polen. Das würde so einiges erklären. Zuallererst

Kapitel 14

die Tatsache, dass es in Deutschland bislang keinen einzigen Schweinepestfall gab, in Polen aber schon. Ich glaube, der Krogmann hatte in Polen einen Unfall und hat den Unfallort einfach 700 Kilometer weiter nach Westen verlegt." Markus schaute seine Freunde in der Runde an.

„Du meinst, dass er in Polen einen Wildunfall hatte und anschließend das Schwein mit nach hier genommen hat?" fragte Felix nach. „Warum sollte er das tun?"

„Keine Ahnung. Vielleicht hat dort keiner den Unfall bemerkt. Und Krogmann ist einfach abgehauen weil er mit den polnischen Behörden keinen Ärger haben wollte", mutmaßte Zöpfchen.

„Das würde aber bedeuten, dass er gut 600 Kilometer mit einem kaputten Auto und einem toten Schwein im Kofferraum durch die ganze Republik gefahren wäre", meinte Franz Hülsmann. „Das kann ich mir eigentlich gar nicht vorstellen."

„Nun, es war Nacht. Der Wagen hatte bis auf ein paar Beulen nichts abbekommen. Franz, du warst doch am Morgen in den Knäppen. Ist dir denn überhaupt nichts aufgefallen? Waren die Scheinwerfer denn noch intakt?" fragte Felix.

„Ja, das Licht am Auto war okay. Und nein, mir ist nichts Außergewöhnliches aufgefallen. Bis auf die Tatsache, dass ich bislang einen Überläufer von einem solchen Kaliber in meinem Revier nicht

Kapitel 14

gesehen hatte. Aber dafür gibt's Erklärungen. Und außerdem war es ein Sauwetter. Da hat keiner genauer hingeschaut. Auch die Polizei nicht. Alle waren froh, dass ich als Jagdpächter mit vor Ort war und den Kadaver gleich mitnehmen konnte." Man sah Franz förmlich an wie sehr er in seinen Erinnerungen kramte, damit ihm vielleicht doch noch die eine oder andere Einzelheit einfiel.

„Ach ja, Krogmann war verwundert darüber, dass ich die Polizei informiert hatte. Er hatte wohl damit gerechnet, dass ich ihm als Revierpächter den Wildschaden attestieren würde", ergänzte Franz.

„Das passt doch ins Bild", meinte Zöpfchen. „Ich hatte mich von Anfang an gewundert, dass er nicht selbst die Polizei gerufen hat."

„Okay. Aber die Unfallaufnahme hat dann ja wohl nichts Auffälliges ergeben." Felix sprach mehr zu sich selbst als zu den Freunden am Tisch. „Aber was ist mit dem Wildschwein? Wenn unser Verdacht stimmt, dann hat er das Tier ja stundenlang transportiert. Am Kadaver muss man das doch feststellen können, oder? Außerdem muss der Kofferraum vom Transport doch ziemlich versifft sein und stinken."

„Wir haben uns das Tier kaum näher angesehen und es nur auf den Hänger geworfen. Wie schon gesagt, es war nasskalt und wir hatten Handschuhe

Kapitel 14

an. Ob das Tier noch warm war, kann ich nicht sagen", meinte Franz.

Er wolle aber Kurt Meier, seinem Schlachter danach fragen, zu dem er das Tier direkt nach dem Unfall gebracht hatte. Vielleicht könne der sich noch daran erinnern. Immerhin hat der ja die Trichinschau gemacht und auch das Schweinepestvirus entdeckt.

„Mach das. Denn wenn Krogmann wirklich alle getäuscht hat, wäre das höchst kriminell. Ihr habt ja alle mitbekommen, was für eine Welle dieser erste Schweinepestfall in Deutschland ausgelöst hat. Abgesehen von dem Millionenschaden!" sagte Felix. „Wenn wir ihn an den Pranger stellen wollen, müssen wir hieb- und stichfeste Beweise haben."

„Das stimmt", meinte auch Zöpfchen. „Und die kriegen wir nicht mehr heute Abend. Ich schlage vor, das Thema auf nächste Woche zu vertagen. Jeder hört sich noch mal um, was er zu dem Thema erfahren kann. Und jetzt lass uns endlich Doppelkopf spielen. Wer gibt?"

Kapitel 15

Auf der weiteren Fahrt zurück nach Torun schaute sich Anna immer wieder die Fotos auf ihrem Handy an. Sie konnte es einfach nicht fassen, was dieser Krogmann ganz offensichtlich angestellt hatte.

Packt der sich doch einfach das totgefahrene Wildschwein in seinen Kofferraum und stellt dann den gleichen Unfall noch einmal nach. So eine Dreistigkeit hätte sie ihm nicht zugetraut. Bislang hatte sie ihn nur als cleveren und erfolgreichen Geschäftsmann und großzügigen Kavalier kennen gelernt. Aber in jedem erfolgreichen Geschäftsmann steckt wohl auch immer eine gehörige Portion Fantasie und krimineller Energie, das zumindest behauptet ihre beste Freundin. Damit muss sie wohl Recht haben.

„Woran denkst du gerade?" fragte Lukasz, der am Steuer saß und mit seiner Frage Anna aus ihren Überlegungen zurück in die Gegenwart holte. „Seit einer halben Stunde schaust du nur unentwegt die Fotos auf deinem Handy an und hast kein einziges Wort mehr gesprochen."

„Entschuldige Lukasz, ich überlege die ganze Zeit, wie man nur auf die Idee kommen kann, einen solchen Wildunfall gleich zweimal stattfinden zu lassen", sagte Anna. „Ganz schön dreist, oder?"

Kapitel 15

„Das kannst du laut sagen. Aber dieser Krogmann ahnte natürlich nichts davon, was er sich für ein Ei ins eigene Nest legen würde. An Schweinepest hat er nicht im Traum gedacht. Er muss aus allen Wolken gefallen sein, als er davon erfuhr."

Lukasz setzte gerade den Blinker und fuhr kurz hinter Kostrzyn auf der Autobahn Richtung Bydgoszcz.

„Und was machen wir jetzt?" fragte Anna. „Inzwischen soll ja, wie ich gelesen habe, der ganze Spuk mit der Schweinepest in Deutschland schon wieder vorbei sein. Kein Wunder, denn es gab ja nur ein einziges verirrtes polnisches Schwein, das für die Aufregung gesorgt hat."

„Und ich glaube, dass es dem Krogmann sehr recht wäre, wenn kein Mensch davon erfährt, was er angestellt hat. Was meinst du, wäre ihm das wohl wert?", fragte Lukasz und warf einen Blick auf seine attraktive Beifahrerin.

„Ich an seiner Stelle würde viel dafür geben, dass es so bliebe. Du meinst also, wir sollten ihn mit unserem Wissen erpressen?"

„Ach Anna, Erpressung ist so ein unschönes Wort. Wir beide wollen doch eigentlich nur dem Krogmann dabei helfen, einen Skandal zu vermeiden." Lukasz schmunzelte.

Kapitel 15

„Du hast recht, Lukasz." Auch Ewa grinste vor sich hin und hatte offensichtlich ihre inneren Skrupel abgelegt. „So habe ich die ganze Geschichte bislang nicht gesehen. Na ja, es ist vielleicht keine richtige Erpressung. Nennen wir es doch einfach Schweigegeld für eine Sauerei, mit der wir selbst überhaupt nichts zu tun haben!" meinte Anna.

Und dann erzählte Lukas seiner Anna das, was ihm seit einigen Tagen bereits durch den Kopf ging. Anna hörte ihm aufmerksam zu. Und je länger sie ihm zuhörte, umso interessanter fand sie seine Idee.

„Und du meinst, das klappt? Hast du dir das gut überlegt?"

„Ja, ich bin sicher, dass das klappt. Und ich bin sicher, Krogmann wird eine solche Bitte nicht abschlagen und die Forderung erfüllen. Weil er es in seiner Firma und gegenüber seinen Mitarbeitern und seinem ganzen Umfeld problemlos erklären kann", sagte Lukasz. „Und jetzt fahren wir direkt weiter Richtung Danzig. Ich möchte dir zeigen, wo wir demnächst leben und uns lieben werden."

Drei Stunden später erreichten sie Danzig. Lukas bog ab von der Autobahn und fuhr weiter Richtung Sopot direkt an die Ostseeküste. An der Küstenstraße standen tolle Villen und Wochenendhäuser. An einem verrosteten Tor stoppte er den Wagen und stieg aus.

„Komm, ich will dir was zeigen."

Kapitel 15

Anna folgte ihm und sah, wie er ein nagelneues Vorhängeschloss öffnete und das rostige Tor vorschob. Er verschwand kurz darauf hinter einer fast vier Meter hohen Rotbuchenhecke.

„Lukasz, wo bist du?" rief sie noch. Was sie dann sah, verschlug ihr fast den Atem. Direkt hinter der Hecke lag ein wohl 1500 Quadratmeter großes Grundstück direkt am Meer. Unten am Sandstrand war sogar ein kleiner Steg, auf den sich Lukasz zubewegte.

Anna folgte ihm. Auf dem Steg nahm er sie in den Arm.

„Ich habe das Grundstück vor einem Jahr durch Zufall entdeckt und für viel Geld gekauft. Bislang war ich mit keinem Menschen hier. Ich wollte es erst jemandem zeigen, mit dem ich mir vorstellen könnte, hier mein weiteres Leben zu verbringen. Willst du?"

Lukasz sah Anna an, der Tränen in den Augen standen. War das jetzt so etwas wie ein Heiratsantrag?

„Ja, ich will", hauchte sie. „Kneif mich mal. Ich glaube, das alles ist ein Traum hier, oder?"

„Nein Anna, dieses Stück Land ist kein Traum. Es gehört uns schon. Es fehlt nur noch ein Traumhaus darauf. Und das bekommen wir jetzt. Dank der Fotos, die wir heute Mittag geschossen haben."

Kapitel 15

Lukasz nahm Anna in den Arm und gab ihr einen innigen Kuss.

„Wenn wir alles so machen, wie ich es dir erklärt habe, wird dieser Krogmann unser Haus hier niemals finden. Und wenn doch, ist es auch nicht schlimm. Er wird den Mund halten um seine eigene Haut zu retten bzw. sein Gesicht zu wahren."

Anna sah Lukas tief in die Augen. „Dann lass uns so schnell wie möglich mit dem Projekt starten. Ich kann es gar nicht mehr abwarten, hierher zu ziehen."

Eine halbe Stunde später saßen sie in einem kleinen Café an der Strandpromenade in Sopot. Sie waren die einzigen Gäste, die am Abend kurz vor Schließung des Lokals noch hier waren. Um diese Jahreszeit war auch die Promenade fast menschenleer. Nur ein paar Spaziergänger, die ihre Hunde Gassi führten, waren zu sehen.

Beide bestellten sich einen Glühwein mit Amaretto, denn vom frischen Nordwind waren sie durchgekühlt.

„Zeige mir mal die Fotos, die wir heute Mittag gemacht haben", bat Lukasz.

„Hier, dies hier ist ideal. Es zeigt das umgeknickte Straßenschild und sogar die Lackspuren sind zu erkennen. Und dann nehmen wir noch ein zweites Foto dazu, auf dem die

Kapitel 15

Bremsspuren und der Blutfleck auf der Straße zu sehen ist", schlug Lukasz vor.

Beide Fotos wollten sie Krogmann mit einem anonymen Brief zuschicken. Sie ließen sich von der Kellnerin ein paar Blatt Papier und einen Kugelschreiber bringen und begannen mit dem Text. Es dauerte eine ganze Weile bis schließlich diese Formulierung stand:

„Lieber Herr Krogmann,

ich war Zeuge ihres Unfalls mit dem Wildschwein – und ich habe heimlich fotografiert, was sie danach gemacht haben. Bedauerlich nur, dass sie damit die Schweinepest nach Deutschland importiert und damit einen Millionenschaden angerichtet haben.

Die Fotos und mein Schweigen sind deshalb nicht ganz billig.

Ich träume schon lange von einem neuen Dach über dem Kopf. Und Sie bauen Häuser. Das trifft sich gut. Sie wollten doch sicher immer schon ihr Verbreitungsgebiet nach Osten ausdehnen.

Ich erwarte von Ihnen, dass sie mir eines ihrer Holzfertighäuser als kostenloses „Musterhaus" zur Verfügung stellen! Mit dem

Kapitel 15

Transport des Hauses ab Werk und dem Aufbau möchte ich Sie verständlicherweise nicht belasten.

Ich bin sicher, dass sie meinem Vorschlag zustimmen werden.

Wenn ja, setzen sie in den Immobilienteil der nächsten Wochenendausgabe des Emsecho folgende Kleinanzeige: „Holzchalets bald auch in Polen".

Wenn nein, werde ich die Fotos an die deutschen Medien und an die Polizei weitergeben.

Es liegt an Ihnen, wie es weitergeht."

Immer wieder hatten sie an der einen oder anderen Stelle am Text gefeilt, bis er letztendlich fertig war. Sobald sie zurück in Torun waren, wollten sie den Brief in den Computer übertragen und drucken.

Die Fotos konnten ebenfalls am heimischen Rechner bearbeitet und zuhause gedruckt werden.

Gegen 21 Uhr saßen Anna und Lukasz wieder im Auto und fuhren die 150 Kilometer von Sopot nach Torun über die Autobahn. Um Mitternacht lagen beide todmüde und schachmatt aber glücklich und zufrieden im Bett.

Kapitel 15

Anna träumte in dieser Nacht vom Rauschen des Meeres und einem wunderschönen Haus am Strand.

Kapitel 16

Gleich am Morgen nach dem Doppelkopfabend fuhr Franz Hülsmann nach Freckenhorst zu Kurt Meier, dem Schlachter.

„Morgen Kurt, prima dass ich dich antreffe. Wie geht's dir?" begrüßte Franz seinen Freund und Schlachter bzw. Metzger des Vertrauens.

„Hallo Franz. So früh schon unterwegs? Warst du auf der Jagd und willst mir wieder Wild bringen?" fragte Kurt.

„Nein, diesmal nicht. Ich wollte gern mit dir über das Wildschwein sprechen, das Schweinepest hatte. Du erinnerst dich?"

„Klar erinnere ich mich! Es war das erste und hoffentlich auch einzige Mal, dass mir so etwas ins Haus gebracht wird. Verstehe mich bitte nicht falsch: Du kannst natürlich nichts dafür, dass das Schwein die Pest hatte. Aber ich hatte anschließend eine Menge Ärger, das kannst du mir glauben", sagte Kurt Meier.

„Warum hattest du denn Ärger?" Für Franz war es neu, dass sein Freund Meier wegen des Wildschweins Probleme hatte.

„Nun, nachdem bei dem Wildschwein ASP festgestellt wurde, hat die Veterinäraufsicht meinen ganzen Betrieb lahmgelegt und auf den Kopf

Kapitel 16

gestellt. Sämtliches Frischfleisch aus der Kühlkammer musste entsorgt werden. Alle Betriebsräume wurden zunächst versiegelt und mussten anschließend gründlich desinfiziert werden", erklärte Kurt.

Drei Tage lang sei seine Schlachterei geschlossen gewesen. Einige seiner Kunden habe er in der Zeit abweisen müssen. Bis heute spüre er, dass einige Kunden ihr Misstrauen ihm gegenüber nicht ganz abgelegt hätten.

„Das tut mir echt leid", sagte Franz. „Ich werde in meinem Freundes- und Bekanntenkreis auf jeden Fall für dich Werbung machen und klarstellen, dass dich in der ASP-Geschichte nicht die kleinste Schuld trifft. Vielleicht hilft das ja."

„Mach das, schaden kann das nicht. Aber nun sag schon, was willst du denn wissen?"

„Ist dir damals an diesem ASP-Wildschwein etwas Außergewöhnliches aufgefallen? Ich hatte es dir ja an dem Morgen gebracht, noch ganz frisch, etwa ein bis zwei Stunden nach dem Unfall!" Franz schaute Kurt an, der sich nachdenklich am Kopf kratzte.

„Ein bis zwei Stunden soll der Unfall her gewesen sein, sagst du? Das kann nicht sein! Ich erinnere mich noch genau. Das Tier war schon kalt und auch die Leichenstarre hatte bereits eingesetzt.

Kapitel 16

Das Schwein war auf jeden Fall schon länger verendet", antwortete Kurt.

„Was sagst du da? Bist du dir sicher?" fragte Franz.

„Ja. Ich hatte dein Wildschwein damals gegen neun Uhr, vielleicht war es auch schon halb zehn, an dem Morgen aufgebrochen und die Trichinproben aus Zwerchfell- und Vorderlauf entnommen. Und dabei sind mir bei dem Tier auch die vergrößerten Lymphknoten aufgefallen. So etwas kommt selten vor, denn das ist ein möglicher Anhaltspunkt für ASP. Ich habe deshalb davon auch Proben genommen und die gleich mit eingeschickt. Das Schwein habe ich anschließend mit einer Marke gekennzeichnet und in mein Kühlhaus gehängt."

„Mensch Kurt, hast du bislang keinem etwas davon erzählt?" fragte Franz aufgeregt.

„Wovon soll ich keinem erzählt haben?" Kurt schaute Franz irritiert an.

„Na davon, dass das Tier deiner Meinung nach schon länger tot war."

„Nein, du bist der erste, der danach fragt. Als du damals an dem Samstagmorgen das Schwein gebracht hast, hast du nicht darüber gesprochen, wann der Unfall war. Ich dachte, dass er irgendwann in der Nacht oder am Abend zuvor passiert ist."

Kapitel 16

„Haben die vom Veterinäruntersuchungsamt nicht nachgehakt?" wollte Franz wissen.

„Nee, die haben sich erst am Dienstagmorgen gemeldet und dann gleich das Tier aus meiner Kühlung abgeholt und mit nach Münster genommen. Den Kühlraum und den ganzen Betrieb haben sie bei der Gelegenheit gleich an Ort und Stelle dicht gemacht und versiegelt." Bei dem Gedanken daran machte Kurt ein grimmiges Gesicht.

„Das ist ja ein dicker Hund! Dann scheint uns der Krogmann tatsächlich das Tier untergeschoben zu haben!" murmelte Franz mehr zu sich selbst vor sich hin und schüttelte dabei ungläubig den Kopf.

„Was redest du da? Ich verstehe nur Bahnhof!" Kurt bemerkte, dass Franz ziemlich erschüttert war über das, was er erfahren hatte.

Hülsmann berichtete daraufhin von dem Verdacht der Freunde, dass der Wildunfall in Lippermanns Knäppe möglicherweise von Krogmann fingiert war.

„Komm mit ins Haus, lass uns erst mal eine Tasse Kaffee trinken. Oder vielleicht besser noch einen Schnaps auf den Schreck?" meinte Kurt.

Franz folgte ihm in sein Wohnhaus, das direkt an die Schlachterei angebaut war. In der Küche war Kurts Frau Anke gerade mit den Vorbereitungen für

Kapitel 16

eine Lasagne beschäftigt, die es zum Mittagessen geben sollte.

„Anke, sei so lieb und mach uns doch bitte einen Espresso", sagte Kurt und holte aus dem Kühlschrank die Flasche mit dem Williamsbrand.

„Oh, Schnaps am Morgen vertreibt Kummer und Sorgen! Wie seid ihr denn drauf?" kommentierte Anke, weil schon so früh Hochprozentiges getrunken werden sollte.

„Na ja, wenn du hörst, was der Franz gerade erzählt hat, möchtest du ja vielleicht auch einen Kurzen," meinte Kurt und weckte dadurch Neugier bei seiner Ehefrau, die sich daraufhin zu den beiden Männern an den Küchentisch gesellte.

In kurzen Worten wiederholte Franz den Verdacht, dass bei dem Wildschweinunfall nicht alles mit rechten Dingen zugegangen sein könnte.

„Franz, du weißt aber schon, dass ich nur ein einfacher Metzger bzw. Schlachter bin und kein Sachverständiger, dessen Aussage vor Gericht anerkannt würde. Im Übrigen gibt's keinerlei Beweise mehr für den Verdacht. Ich hatte dir ja gesagt, dass die Leute vom Veterinäruntersuchungsamt aus Münster das verseuchte Schwein abgeholt haben. Und die haben es ganz sicher bereits entsorgt. Außerdem kann kein Mensch jetzt Wochen später noch feststellen, wann genau das Tier überfahren wurde."

Kapitel 16

Wortlos hoben beide Männer ihre Schnapspinnchen, prosteten sich zu und kippten den Klaren in einem Zug herunter.

„Wie dem auch sei. Wahrscheinlich liegst du richtig. Aber die Indizien häufen sich, dass an der Schweinepest-Geschichte etwas ganz oberfaul ist", meinte Franz, der seinen Espresso mittlerweile ebenfalls leergetrunken hatte.

„Und tu mir bitte den Gefallen und sprich mit keinem über unser Gespräch. Ich werde dich auf dem Laufenden halten, was wir sonst noch herausbekommen."

Mit diesen Worten erhob sich Franz von der Küchenbank und verabschiedete sich von Anke und Kurt.

Noch aus dem Auto heraus rief er im Kreishaus an und berichtete Felix von seinem Gespräch mit Kurt Meier. Felix versprach, mit Kreisveterinär Dr. Klaus darüber zu sprechen. Natürlich vertraulich und unter dem Siegel der Verschwiegenheit.

„Wir bleiben am Ball. Lass uns mal abwarten, was unsere anderen Doppelkopfbrüder noch so herausbekommen können. Ich habe so das Gefühl, dass die Schlinge um Krogmanns Kopf immer enger wird. Vielleicht sollten wir ihn einfach mal mit unseren Fakten konfrontieren. Es wäre schon spannend zu sehen, wie er darauf reagiert", meinte Felix.

Kapitel 16

„Dafür ist es noch zu früh", entgegnete Franz. „Wie wir weiter vorgehen, lass uns beim Doppelkopf besprechen. Übrigens, hast du bemerkt, dass unser Zöpfchen und Lisbeth miteinander turteln?"

„Ja, da bahnt sich was an. Wir hatten ja alle schon länger den Verdacht, dass da was ist. Die Beiden waren neulich zusammen essen in der Malepartushütte und haben sich wohl ganz nett unterhalten. Das hat mir ein Bekannter erzählt, der die Zwei letzten Montag dort zufällig gesehen hat", erwiderte Felix.

„Davon hat uns der Schlingel beim Doppelkopf nichts erzählt. Und Lisbeth hat auch keine Andeutungen gemacht", entgegnete Franz.

„Wäre doch schön für die Beiden, wenn sie zueinander finden würden. Unser ewiger Junggeselle braucht auch mal was fürs Herz in einsamen Stunden, oder?" Felix musste selbst grinsen über seine Bemerkung.

„Du, Franz, ich muss Schluss machen. Mein Chef, der Landrat, kommt gerade in mein Büro. Sieht so aus, als gäbe es Arbeit für mich."

„Bestell ihm viele Grüße von mir. Ich habe ihn vor Weihnachten noch bei der Jahresversammlung der Kreisjägerschaft gesehen und mich mit ihm ganz nett unterhalten", sagte Franz und beendete das Telefonat mit Felix.

Kapitel 16

Als nächstes rief er Markus Pieper in der Redaktion seiner Zeitung an und informierte auch ihn über das Gespräch mit Kurt Meier. Markus versprach, seine Augen und Ohren ebenfalls weiter offen zu halten.

Kapitel 17

Lothar Krogmann dachte an nichts Böses, als er an diesem Morgen in seinen Betrieb nach Everswinkel fuhr.

Nach langer Zeit war er am Abend zuvor mit seiner Frau mal wieder ins Kino nach Münster gefahren. Sie hatten sich „Das Salz der Erde", einen Oscar-nominierten Dokumentarfilm von Wim Wenders im Cineplex angesehen und waren beide begeistert. Der Film handelte von dem weltberühmten brasilianischen Fotografen Sebastio Salgado und dessen eindrucksvollen Schwarz-Weiß-Bildern, die unter die Haut gehen.

Lothar Krogmann hätte eigentlich lieber den neuen James Bond-Film gesehen, der zwei Wochen zuvor Premiere hatte. Doch letztlich hatte sich Irene mit ihrer Filmauswahl durchgesetzt. Wie so oft, denn wenn sich Irene etwas in den Kopf gesetzt hatte, dann bekam sie es fast immer. Aber Krogmann musste zugeben, dass seine Frau mit dem Film eine gute Wahl getroffen hatte. James Bond musste halt noch warten.

Nach dem Film waren sie am gegenüberliegenden Hafen entlang gebummelt und in einem der neuen In-Restaurants eingekehrt. Die Speisekarte des Italieners war zwar übersichtlich. Aber das Essen und auch der leichte Weißwein dort hatten

Kapitel 17

vorzüglich geschmeckt, und sie hatten noch lange über den Film diskutiert.

„Das lass uns doch mal öfter machen", hatte Irene gesagt, als sie kurz vor Mitternacht auf dem Weg zurück nach Warendorf waren.

Alles in allem war es seit langem wieder mal ein harmonischer Abend, ohne dass sie sich wegen irgendeiner Sache gestritten hatten. Meistens ging es dabei ums Geschäft.

Krogmann versuchte seine Frau schon seit Monaten davon zu überzeugen, zumindest eine Zweigstelle in Polen oder in der Tschechoslowakei zu eröffnen. Am liebsten wäre es ihm sogar, den kompletten Betrieb in den Osten umzusiedeln.

Doch Irene, die das Unternehmen vor zehn Jahren von ihrem Vater geerbt hatte, weigerte sich beharrlich. Schließlich hatte sie ihrem Vater auf dem Sterbebett versprochen, sich weiter um sein Lebenswerk und insbesondere auch um seine treuen Mitarbeiter zu kümmern. Lothar Krogmann war schon damals unter ihrem Vater ein tüchtiger Mitarbeiter des Betriebs gewesen.

Irenes Vater hatte es gern gesehen, als seine Tochter sich in den smarten und geschäftstüchtigen Holztechniker Krogmann verliebt hatte. Nach der Hochzeit wurde Lothar als Schwiegersohn gleichzeitig auch Juniorchef und neben Irenes Vater Mitgeschäftsführer.

Kapitel 17

Irene selbst hatte zwar nach ihrem Abitur Betriebswirtschaft studiert, sich aber nie wirklich für die Holzbranche interessiert. Ihre Welt war die Mode – das hatte sie von ihrer Mutter, die leider gestorben war, als Irene noch aufs Gymnasium ging. Irene hatte im Alter von 24 Jahren bereits ihre erste Boutique in Warendorf eröffnet. Mittlerweile waren drei weitere in Münster, Beckum und Ahlen dazugekommen, um die sich Irene sehr erfolgreich kümmerte.

Neben der beruflichen Karriere war keine Zeit für Kinder geblieben. Und jetzt, wo Irene auf die 50 zuging, war es zu spät.

Lothar Krogmanns war mit seinen Gedanken immer noch beim gestrigen Abend, als er auf das Betriebsgelände einbog und vor dem Verwaltungsgebäude seinen Porsche parkte.

Elvira, seine Sekretärin, begrüßte ihn mit einem Pott Kaffee, den sie ihm wie selbstverständlich und ungefragt auf seinen Schreibtisch stellte. Gleichzeitig brachte sie ihm die morgendliche Post und berichtete kurz, welche Termine heute auf ihn warteten.

Krogmann fuhr währenddessen seinen PC hoch und las die E-Mails. Ein paar Rückfragen von Zulieferern, ein Kunde, der sich beschwerte, dass seine Reklamation immer noch nicht bearbeitet worden sei, und verschiedene Anfragen, die sich um Liefertermine und Qualitätsfragen drehten.

Krogmann rief auch seine Onlinekonten auf und stellte zufrieden fest, dass offensichtlich einige säumige Kunden ihre Rechnungen bezahlt hatten. Zumindest wies das Liquiditätskonto ein fettes Plus aus.

Ganz besonders freute er sich über eine Anfrage eines Luxemburger Investors, der um ein Angebot für eine neue Wochenendhaussiedlung bat. Immerhin handelte es sich um 25 Häuser des Typs „Westfalen 3.0 XL", eines der Spitzenmodelle aus dem aktuellen Sortiment.

„Wenn ich den Fisch an Land ziehen könnte, wäre der Betrieb für mehrere Monate voll ausgelastet", dachte er bei sich und druckte die Mail, um sie später mit seinem Betriebsleiter näher zu besprechen.

Dann wandte er sich dem Stapel Briefe zu, die Elvira ihm auf den Schreibtisch gelegt hatte.

Einige der Briefe, zumeist Reklame und immer wiederkehrende Angebote von Telefonanbietern und Onlinebanken, sowie die übliche Werbung warf er gleich ungeöffnet in den Papierkorb.

Ein Brief mit polnischen Briefmarken beklebt und an ihn persönlich adressiert weckte jedoch sein Interesse. Auf der Rückseite des Umschlags war kein Absender vermerkt.

Kapitel 17

Er hatte schon ein mulmiges Gefühl im Magen, als er den Brief öffnete. Als er schließlich den nur einseitigen Brief überflog, spürte er, wie sich sein Herzschlag deutlich erhöhte und sich ein leichter Schweißfilm auf seiner Stirn bildete.

Und das beigelegte Foto sorgte dafür, dass seine Hände zitterten, als er es ansah.

„Verdammte Scheiße", entfuhr es ihm, und er las die vor ihm liegenden Zeilen ein zweites und drittes Mal. Und erst die beiden Fotos! Sie weckten in ihm alle Erinnerungen an die Unfallnacht in Polen. Kein Zweifel, er hatte ein Problem!

Irgendjemand hatte ihn anscheinend beobachtet und will ihn nun mit seinem Wissen erpressen! Dabei hatte er sich doch damals mehrfach umgeschaut und niemanden bemerkt.

In seinem Kopf rotierten die Gedanken. Immer wieder schüttelte Krogmann den Kopf. Er konnte das Ganze noch nicht so recht begreifen.

Er brauchte jetzt erst einmal Zeit und Ruhe, um über den Brief und seine Folgen nachzudenken. Und das konnte er nicht im Büro. Er brauchte frischen Wind um seinen Kopf.

„Elvira, mir ist gerade eingefallen, dass ich mich noch mit einem Kunden in Münster treffen wollte. Ich habe den Termin erst gestern mit ihm vereinbart. Ich fahre gleich `raus und bin erst gegen 15 Uhr wieder im Büro."

Kapitel 17

Krogmann hatte seinen Trenchcoat schon übergezogen und stand vor dem Schreibtisch seiner Sekretärin.

„O.K., dann werde ich das Meeting mit den Abteilungsleitern auf heute Nachmittag verschieben. Geht das gleich um 15 Uhr – oder lieber etwas später?" fragte Elvira.

„Drei Uhr ist o.k. Bis dahin bin ich wieder hier. Wenn was Dringendes ist, kannst du mich auf dem Handy erreichen. Am besten ist, wenn du mir eine WhatsApp schickst." Krogmann wartete die Bestätigung gar nicht mehr ab und war schon auf dem Weg zu seinem Auto.

Zwar war der Termin in Münster nur vorgeschoben. In Ruhe nachdenken kann man eigentlich überall. Aber warum nicht in Münster! 20 Minuten später parkte er seinen Wagen vor dem A 2, einem neuen Restaurant an Münsters Aasee.

Dann machte er sich auf einen langen Spaziergang rund um den See. Um diese Jahreszeit, noch dazu an einem Werktag morgens, war auf den Wegen rund um den See kaum etwas los. Nur ein paar Jogger und einige Hundebesitzer mit ihren vierbeinigen Freunden waren an diesem Morgen unterwegs.

Krogmann ging los und versank schon schnell in seinen Gedanken. Welche Optionen hatte er?

Kapitel 17

Den Brief einfach ignorieren und so tun, als gäbe es ihn nicht? Damit riskierte er, dass der getürkte Unfall an Licht käme.

Gab es denn heute noch schlagkräftige Beweise, die ihn überführen konnten? Sein Auto war repariert und mehrfach gesäubert. Die Plane, in der er das Schwein transportiert hatte, war ebenfalls blitzeblank. Nein, von dieser Seite drohte keine Gefahr!

Was war mit dem Wildschwein? Konnte man anhand der Proben noch irgendetwas ermitteln oder nachweisen? Darüber wusste er zu wenig. Auszuschließen war es wohl nicht!

Und was war mit Spuren am Unfallort in Polen? Gab es das defekte Schild noch? Daran befanden sich mit Sicherheit Lackspuren. Und Blutreste von dem überfahrenen Wildschwein waren sicher dort ebenfalls. Und wer weiß, ob Schweine nicht auch einen genetischen Fingerabdruck hinterlassen!

Und wie stand er da, in der Öffentlichkeit, vor seinen Freunden, seiner Familie, seinen Mitarbeitern, wenn die Sache ans Licht kam. Auch wenn sie ihm letztlich den Betrug juristisch nicht mehr nachweisen konnten.

„Scheiße, Scheiße, Scheiße!" entfuhr es ihm immer wieder. „Jetzt muss ich erst einmal die Ruhe bewahren und genau überlegen, wie ich weiter vorgehe. Wer steckt hinter dem Erpressungsschrei-

Kapitel 17

ben? Ganz offensichtlich kennt mich der Erpresser. Wie hat er mich nur ermitteln können? Nun, er hat mich gesehen und er hat das Kennzeichen meines Autos. Und es stand einiges in den Zeitungen und im Internet über den Ausbruch der Schweinepest in Deutschland. Und dass ein Unfall mit einem Auto letztlich der Auslöser war."

In den Medien war aber von einem Porsche Cayenne die Rede gewesen. Und davon gab es in Warendorf und Umgebung nicht allzu viele. Zwar wurde nirgendwo sein Name genannt. Aber der Unfallverursacher war ein Warendorfer Geschäftsmann – und die Initialen seines Namens hatten die Zeitungen ebenfalls abgedruckt. Wer es darauf anlegt, würde seinen Namen sicherlich ohne größere Probleme ermitteln können, dachte Krogmann. In Warendorf und Umgebung wusste sowieso fast jeder, dass er hinter dem Wildschaden steckte.

Nein, ignorieren konnte er das Schreiben nicht. „Es wird mir wohl nichts anderes übrigbleiben, als darauf einzugehen."

Aber was sollte er von der Forderung halten? Der Erpresser forderte kein Geld, sondern stattdessen eines seiner Häuser. Dass er sogar noch selbst abholen wollte! Wie abgefahren war das denn?

Kapitel 17

Aber vielleicht war das auch für ihn eine Chance, den Erpresser zu ermitteln. Es wäre nicht schlecht zu wissen, wer dahintersteckt. Was er mit diesem Wissen anfangen wollte, wusste er im Moment zwar nicht. Aber er hätte dann etwas in der Hand gegen den Erpresser. Er würde dann seine Identität kennen. Ja, er musste auf jeden Fall alles daransetzten und herausfinden, wer dahintersteckte.

Das herauszufinden dürfte doch wohl nicht so schwer sein. Hier, so dachte Krogmann, hat der Erpresser einen Fehler gemacht. Man kann doch nicht so einfach eines meiner Fertighäuser erpressen und dann davon ausgehen, dass man den Verbleib nicht herausfinden kann. Er würde auf jeden Fall alles daran setzten, den Transport des Hauses zu verfolgen.

Nach einer knappen Stunde hatte Krogmann seine Runde um den Aasee beendet und war am Ausgangspunkt wieder angekommen.

Doch bevor er zurückfuhr, ging er ins Aasee-Restaurant A 2 und bestellte sich eine warme Suppe und ein Glas Rotwein als kleinen Mittagssnack.

„Okay, ich werde also auf die Forderung eingehen und die gewünschte Anzeige im Emsecho aufgeben." Krogmann zog noch einmal den Brief aus seiner Tasche und las, wie der Text lauten sollte. „Holzchalets jetzt auch in Polen" stand dort.

Kapitel 17

„Nun denn", so dachte er, „ich wollte ja immer schon im Osten expandieren." Er nahm einen Schluck von seinem Merlot. Gar nicht so schlecht, dachte er.

Er griff zu seinem Smartphone und rief die Seite des Emsecho auf. Schnell hatte er die Maske der Anzeigenredaktion aufgerufen und gab den gewünschten Text ein. Dann klickte er auf „versenden". Gegen 14.30 Uhr war er wieder im Büro.

„Wie war Dein Gespräch?" fragte Elvira, als sie ihm einen Zettel mit Notizen hereinbrachte.

„Was meinst Du?" entgegnete Krogmann.

„Na, der Termin in Münster!" Elvira wunderte sich ein wenig. Ihr Chef schien mit seinen Gedanken noch nicht wieder ganz bei der Sache zu sein.

„Ach der! Erst mal abwarten. Ich weiß noch nicht, ob etwas dabei herauskommt."

Kapitel 18

„Was war das denn gerade?" fragte Markus. „Habe ich da was nicht mitgekriegt?"

Er schaute in die Runde seiner Doppelkopffreunde und dann Zöpfchen direkt in die Augen. „Du und Lisbeth, läuft da was?"

Kurz zuvor war Lisbeth wie so oft mit einem Tablett Pils an ihren Tisch gekommen und hatte die Gläser verteilt.

Doch bevor sie wieder zum Tresen ging, hatte sie Zöpfchen kurz liebevoll an der Wange gestreichelt und ihm etwas leise ins Ohr geflüstert. Woraufhin sich Zöpfchens Gesichtsfarbe für alle sichtbar in ein tiefes Rot verwandelte.

„Na ja, wenn ihr nichts dagegen habt. Lisbeth ist doch eine tolle Frau", sagte Zöpfchen und erntete dafür allerseits ein zustimmendes Nicken.

„Glückwunsch, du alter Schwerenöter", gratulierte Franz als erster aus der Runde. „Es wurde auch allmählich Zeit, dass du von der Straße kommst."

„Seit wann seid ihr denn zusammen?" wollte Markus wissen.

„Na ja. Lisbeth hat montags frei, ich habe montags frei. Da haben wir mal was zusammen

Kapitel 18

unternommen. Und es hat uns gefallen – zusammen meine ich", stammelte Zöpfchen etwas unbeholfen.

Felix hatte zwischenzeitlich Lisbeth an ihren Tisch gerufen.

Mit einem „Was darf es denn noch sein, Jungs?" war sie daraufhin zu ihnen geeilt.

„Wie wär's denn mit einer Runde Champagner vom glücklichen Liebespaar?" fragte Felix provozierend und strahlte Lisbeth und Zöpfchen dabei an.

Lisbeth nahm es gelassen, setzte sich bei Zöpfchen auf den Schoß und legte ihre Hand um seinen Hals.

„Ihr mögt doch alle gar keinen Champagner! Ich glaube, ein Wacholder passt viel besser zu Euch. Und ja, Euer Franz und ich sind uns in den letzten Wochen nähergekommen. Und es fühlt sich richtig gut an", sagte Lisbeth und gab Zöpfchen ein Küsschen auf die Wange.

„So Jungs, jetzt habt ihr es auch ganz offiziell von beiden Seiten gehört. Können wir denn jetzt wieder Karten spielen oder sollen wir vielleicht den ganzen Abend nur noch über unser Liebesleben sprechen?" Man merkte es Zöpfchen an, dass er es einerseits sichtlich genoss, dass seine Liebe zu Lisbeth kein Geheimnis mehr war und sich seine Freunde offensichtlich mit ihm freuten. Andererseits stand er

Kapitel 18

nicht gern im Mittelpunkt und wollte möglichst schnell wieder zur Tagesordnung übergehen.

„Na, dann will ich uns mal eine Rutsche Kurzen holen, damit ihr das Thema abschließen könnt", meinte Lisbeth und kam drei Minuten später mit sechs Wacholdern zurück an den Tisch.

„Auf Lisbeth und Zöpfchen und darauf, dass die zwei glücklich miteinander sind", mit diesem Wunsch hob Paul sein Glas und alle stießen miteinander an.

„Dankeschön Jungs für die guten Wünsche. Und es wäre schön, wenn ihr dem Franz nicht nur Glück in der Liebe wünschen würdet, sondern ab und zu auch einmal ein gutes Blatt gönnt." Mit diesen Worten sammelte Lisbeth die leeren Schnapsgläser wieder ein und verließ die Runde.

„Na, dann will ich Lisbeths Wunsch mal Taten folgen lassen!" Paul griff zu den Karten auf dem Tisch und fing an, sie zu mischen. „Ich muss doch geben, oder?" fragte er.

„Ja, du bist dran. Wollen mal sehen, ob du dir die Hände gewaschen hast", meinte Franz Hülsmann. „Und ich hätte ebenfalls nichts dagegen, mal wieder ein paar Trümpfe zu bekommen statt immer nur einen kompletten Satz Fehl."

In der darauffolgenden Stunde wurden die Karten konzentriert umgedreht. Entgegen dem

Kapitel 18

Wunsch von Lisbeth waren Zöpfchens Karten oftmals unterirdisch und er verlor meistens.

„Denk dran: Pech im Spiel, Glück in der Liebe", meinte Felix, der gerade seinem Freund wieder einmal ein Blatt mit sieben Fehlkarten gegeben hatte.

Zu allem Überfluss spielte Zöpfchen noch mit Franz Hülsmann zusammen, der ebenfalls an diesem Abend mit schlechten Karten gesegnet war.

Paul und Markus hatten mit ihrem „dicken" Blatt keine Mühe, die beiden Anderen nach allen Regeln des Doppelkopfs an die Wand zu spielen. „Schwarz, keine drei, sechs, sechs, neun, neun, zwölf, Re und einen Fuchs – macht neunzig Cent", zählte Markus am Ende des Spiels vor.

Zöpfchen und Franz schoben ihre Münzen missmutig über den Tisch.

„Lasst uns mal eine kleine Spielpause einlegen. Vielleicht löst sich ja dadurch die Pechsträhne auf oder wandert mal weiter zu euch", meinte Franz. „Außerdem wollten wir ja heute besprechen, wie wir in der „Krogmann-Schweinepest-Geschichte" weitermachen."

„Du hast recht", erwiderte Felix. „Ihr habt ja alle schon mitbekommen, was Franz in seinem Gespräch mit Schlachter Meier herausbekommen hat. Es sieht ja echt so aus, als wenn uns der Krogmann alle an der Nase herumgeführt hätte. Ich

Kapitel 18

habe mit unserem Kreisveterinär über unseren Verdacht gesprochen. Er hält das durchaus für plausibel. Denn die Tatsache, dass hier bei uns, also weit entfernt von den bislang bekannten Seuchengebieten, ein einzelner Ausbruch vorkommt, ist schon mehr als unwahrscheinlich."

„Mmh. Und was meint Dr. Klaus: Kann man denn anhand der Proben heute noch feststellen, ob das Tier tatsächlich schon länger tot war?" fragte Franz.

„Nein, kann man leider nicht mehr. Das hätte man ganz am Anfang untersuchen müssen. Die Fleisch- bzw. Blutproben von dem verseuchten Schwein existieren zwar noch, sind aber eingefroren und für solche Nachforschungen nicht mehr zu gebrauchen", erwiderte Felix.

„Und was machen wir jetzt? Wir haben ein paar Indizien gesammelt, die den Krogmann eindeutig belasten. Aber letztlich beweisen können wir gar nichts", stellte Markus fest.

„Vielleicht sollten wir alles einfach auf sich beruhen lassen und die ganze Sache vergessen", schlug Paul vor. „Wenn der Krogmann nun tatsächlich unschuldig ist und die vermeintlichen Indizien und Fakten sich als erklärbare Zufälligkeiten herausstellen, würden wir uns ganz schön blamieren. Und zudem dem Krogmann erheblich schaden."

Kapitel 18

„Wenn Krogmann Dreck am Stecken hat, darf er auf keinen Fall damit durchkommen. Wenn der tatsächlich betrogen hat, ist er für einen Millionenschaden verantwortlich", meinte Felix.

„Was haltet ihr denn davon, wenn wir ihn mit unseren Recherchen direkt konfrontieren und dann seine Reaktion abwarten?" Markus schaute in die Runde.

„Und wie soll das deiner Meinung nach geschehen?" fragte Felix.

„Nun, ich werde ihm den Entwurf eines vermeintlichen Zeitungsartikels zuschicken, in dem seine Machenschaften aufgedeckt werden. Natürlich so formuliert, dass alles mit Fragezeichen versehen ist und mir deswegen keiner einen juristischen Strick daraus drehen kann. Aber andererseits so deutlich und klar, dass jeder weiß, was Sache ist", erklärte Markus. „Ich werde behaupten, dass dieser Artikel für eine der nächsten Ausgaben unserer Zeitung geplant sei und ich ihm die Gelegenheit geben möchte, dazu Stellung zu beziehen. Was meint ihr dazu?"

„Ich weiß nicht, wie könnte denn so ein Artikel aussehen? Ich kann mir das nicht so recht vorstellen?" fragte Paul.

„Na ja, so etwa:

Überschrift: Schweinepest – war alles nur vorgetäuscht?

Kapitel 18

Haben Sie sich auch einmal gefragt, wie es sein kann, dass 700 Kilometer entfernt von den bekannten Schweinepestgebieten in Osteuropa ganz plötzlich aus heiterem Himmel ein Seuchenfall in unserem Kreis auftritt? Und dazu nur ein einziger! Denn obwohl hunderte Tests bei Wild- und Hausschweinen im Umfeld des festgestellten Seuchenausbruchs durchgeführt wurden, gab es keinen weiteren positiven Befund. Gott sei Dank – aber irgendwie auch seltsam, oder?

Der Wildunfall mit dem infizierten Keiler passierte nach Angaben des beteiligten Autofahrers an einem Samstagmorgen in aller Herrgottsfrühe in Lippermanns Knäppe! Doch noch am Abend zuvor war ebendieser Autofahrer in Polen. Das haben Recherchen unserer Zeitung ergeben. Auch irgendwie seltsam, oder?

Und das getötete Wildschwein war bereits eiskalt und ziemlich steif, so der Schlachter, der das Tier aufgebrochen hat. Auch irgendwie seltsam, oder? Wir haben den Fahrer des Unfallfahrzeugs mit diesen Tatsachen konfrontiert. ...."

Kapitel 18

„So in etwa habe ich mir den Text vorgestellt. Was denkt ihr?" Markus schaute gespannt in die Gesichter seiner Doppelkopffreunde.

Felix war der erste, der reagierte. „Mensch Markus, so möchte ich auch einmal aus dem Stehgreif formulieren können. Das klingt super! Und das könnte funktionieren. Wenn ich mich in die Haut von Krogmann versetze, würde mir ganz schön die Muffe sausen."

„Und du meinst, dieser Text würde von deiner Redaktion tatsächlich abgesegnet und zur Veröffentlichung freigegeben?" fragte Paul.

„Na ja, das weiß ich nicht. Rein rechtlich dürfte es keine Probleme geben. Denn ich werde im Text ja keinen Namen nennen und auch keine direkten Anschuldigungen machen, sondern nur Fragen stellen. Daraus kann mir keiner einen Strick drehen", gab sich Markus optimistisch. Andererseits sei Krogmann aber ein wichtiger Kunde seiner Zeitung. Auf seine regelmäßigen, ab und zu sogar ganzseitigen Anzeigen wolle kein Verleger verzichten.

„Auf jeden Fall wäre ich gespannt wie ein Flitzebogen, wie Krogmann darauf reagieren würde", meinte Zöpfchen.

„Wie wohl?! Er wird mit Sicherheit alles abstreiten oder wohlmöglich überhaupt nicht darauf reagieren. Die ganze Sache mit dem Unfall in

Kapitel 18

Deutschland gestellt zu haben, wird er ganz bestimmt nicht zugeben." Franz nahm sich einen großen Schluck aus seinem Glas.

„Also, was meint ihr? Sollen ich den Versuchsballon in Richtung Krogmann starten?" fragte Markus und blickte in die Runde. „Ich muss aber auf jeden Fall vorher mit meinem Chefredakteur über unseren Verdacht und unsere Recherchen sprechen. Und der wird erst mit dem Verleger Rücksprache halten, bevor so eine Aktion starten kann."

Alle nickten stumm. „Mach das, und dann sehen wir weiter", sagte Felix. Damit war das Thema abgeschlossen. Und man konnte endlich wieder zum eigentlichen Zweck des Abends zurückkehren.

Kapitel 19

„Hier, schau her Lukasz. Im Immobilienteil! Da steht es: Holzchalets bald auch in Polen! Krogmann geht auf unsere Forderung ein! Ist das nicht super?" Anna war ganz aufgeregt und zitterte leicht, als sie mit dem Finger auf den Bildschirm ihres Laptops zeigte. Sie hatte die Onlineausgabe des Emsechos im Internet aufgerufen und bereits nach kurzem Suchen die Kleinanzeige gefunden.

Lukasz schaute ihr über die Schulter und überzeugte sich ebenfalls persönlich. „Na toll, dann kann unser Traum ja jetzt Wirklichkeit werden. Auf geht's!"

Anna schaute Lukasz an. „Erkläre mir doch noch mal, wie genau du es anstellen willst, dass uns Krogmann nicht auf die Schliche kommt. Der ist doch nicht dumm und wird den Transport des Hauses verfolgen. So ein Fertighaus auf vier großen Sattelschleppern verschwindet doch nicht so einfach von der Bildfläche."

„Anna, vertrau mir. Ich habe einen Freund, der jahrelange Erfahrungen im Schmuggelgeschäft hat. Er ist mir einen Gefallen schuldig und wird uns helfen. Glaube mir: Wenn der etwas für immer unsichtbar machen will, dann schafft der das auch. Also pass auf."

Kapitel 19

Daraufhin erklärte Lukas seiner Anna noch einmal in allen Einzelheiten, wie der geplante Transport ablaufen sollte. Natürlich gingen beide davon aus, dass Krogmann die Sattelschlepper vorfolgen oder womöglich jemanden beauftragen würde, der das für ihn tat. Also ging es darum, Krogmann oder andere mögliche Verfolger abzuschütteln. Und zwar so, dass sie keine Chance hatten, das Haus jemals wiederzufinden. Aber: Vier Sattelschlepper verschwinden nicht so einfach von der Bildfläche.

„O.k.", sagte Anna zum Schluss. „Und du bist sicher, dass der Plan funktionieren wird?"

„Ja, Anna. Das hat schon einige Male funktioniert. Noch nie ist einer dahintergekommen, wo die Dinge verschwinden und wer dahintersteckt. Und um die Polizei brauchen wir uns keine Sorgen zu machen. Die wird Krogmann auf keinen Fall einschalten. Also: Suche schon mal Möbel aus, mit denen du unser künftiges Zuhause ausstatten möchtest. Bei unserem Bett möchte ich allerdings mit aussuchen helfen. Vielleicht sollten wir unsere jetzigen Matratzen noch einmal genau testen. Ich habe so das Gefühl, sie könnten vielleicht doch noch etwas weicher sein. Oder, was meinst du?" Mit diesen Worten umarmte Lukasz sie und trug sie mit einem strahlenden Lachen ins Schlafzimmer.

Kapitel 19

„Warte, Lukasz. Wir müssen erst noch den Brief an Krogmann schreiben, in dem wir unsere genauen Forderungen formulieren. Danach testen wir die Matratzen – einverstanden?"

Anna befreite sich aus seiner Umklammerung und ging zurück ins Esszimmer. Dort öffnete sie ihren Laptop und rief das Fertighausprogramm der Krogmann Bau GmbH auf.

Sie zeigte Lukasz nun bereits zum 100. Mal, für welches Haus sie schwärmte. Der Haustyp „Strandvilla Sylt" hatte es ihr angetan. In den wunderschönen, ca. 250 Quadratmeter großen Winkelbungalow mit Walmdach und einem großen Wintergarten hatte sich Anna verliebt. Schneeweiß mit einem schwarzen Dach. Und einer großen, weitgehend überdachten Terrasse.

„Ja, du hast recht. Das Haus ist ein Traum. Der Listenpreis von 408.000 Euro ist allerdings auch nicht gerade günstig. Und hier in der näheren Beschreibung steht, dass der Transport auf vier Sattelschlepper-Aufliegern erfolgt", sagte Lukasz. „Für den Aufbau müssen wir dann allerdings selbst sorgen. Aber du weißt ja: Mein Bruder Jakob hat in Danzig ein Baugeschäft und kennt sich auch mit Holzbauten bestens aus. Und das Beste ist: Er ist mein Bruder und wird schweigen wie ein Grab und keine Fragen stellen. Ich habe mit ihm vereinbart, dass er persönlich mit drei seiner Männer den Aufbau vornimmt. Wenn wir den genauen Termin

Kapitel 19

der Hauslieferung kennen, will er bereits im Vorfeld die Bodenplatte gießen."

„Genau., dann lass uns jetzt das Schreiben an Krogmann fertig machen", kam Anna wieder zurück zum Punkt.

Gemeinsam formulierten sie dann folgenden Text:

„Lieber Herr Krogmann,

schön, dass Sie sich zur Kooperation entschlossen haben und künftig auch in Polen Holzchalets anbieten wollen.

Wir werden am 30. Mai – also in knapp zwölf Wochen – um 8 Uhr in der Frühe mit vier Sattelschleppern auf ihrem Betriebsgelände in Everswinkel erscheinen. Dort werden sie uns das Fertighaus „Strandvilla Sylt" auf die Auflieger packen. Um spätestens 15 Uhr werden die LKW ihren Hof wieder verlassen.

Wir warnen sie: Keine Tricks! Wir haben unsere Augen überall – auch in ihrem Betrieb. Wir erwarten, dass der Transport nicht verfolgt wird. Auch das werden wir kontrollieren und gegebenenfalls unterbinden. Wenn Sie diese Anweisungen befolgen, wird nie jemand etwas von ihrem Geheimnis erfahren. Die Fotos von ihrem Wildunfall werden dann gelöscht.

Kapitel 19

Wir erwarten Ihre Bestätigung, indem sie die Anzeige „Krogmann - Holzchalets bald auch Polen" in der kommenden Wochenendausgabe noch einmal wiederholen.

Mit freundlichen Grüßen und der Hoffnung auf eine gute Zusammenarbeit."

Immer wieder lasen sie den Text durch und feilten an der einen oder anderen Stelle. Schließlich steckten sie den Brief in einen Umschlag und adressierten ihn an Krogmanns Firmenadresse.

„Wenn er die Anzeige am Wochenende schaltet – und das wird er tun – werden wir unsere konkreten Vorbereitungen treffen und alles arrangieren", meinte Lukasz. „Du wirst sehen, alles wird klappen wie am Schnürchen."

„Ich kann es noch gar nicht fassen. Wir werden bald unser Traumhaus am Ostseestrand haben. Lukasz, stell dir das mal vor! Wir beide auf unserer Terrasse! Und wir sehen zu, wenn die Sonne im Meer versinkt!" Anna schloss ihre Augen und träumte bereits von der Zukunft. Ihre anfänglichen Bedenken gegen die ganze Aktion hatte sie längst abgelegt. Lukasz hatte sie überzeugt. Auch sie war mittlerweile sicher, dass sein Plan gelingen würde.

Und etwaige Skrupel Krogmann gegenüber hatte Anna ebenfalls abgelegt. Der Mann würde nur das bekommen, was er verdient hätte. Er hatte gelogen

Kapitel 19

und betrogen und dadurch einen riesigen Schaden angerichtet. Da war es mehr als gerecht, dass er dafür zahlen musste.

„Lukasz, wie war das noch?" Anna stand auf und legte ihre Arme um seinen Hals. „Du hattest doch noch Probleme bei der Auswahl unserer Matratzen. Was meinst du, sollen wir noch mal unsere jetzigen ausprobieren?"

An den Krogmann-Brief auf ihrem Esszimmertisch dachten die beiden in der kommenden Stunde nicht mehr.

Kapitel 20

Diesen Freitag würde Lothar Krogmann so schnell nicht vergessen. Zu allem Überfluss war es zudem noch ein 13. auf dem Kalender. Eigentlich war er überhaupt nicht abergläubisch. Aber an diesem Tag begann er, an böse, vorherbestimmte Zufälle zu glauben.

Denn am Morgen war da dieser anonyme Brief, den er in seiner Geschäftspost fand. Abgestempelt in Polen.

Schon beim Öffnen ahnte er, was drinsteht. Der Erpresser hatte sich wieder gemeldet und würde ihm nun nähere Anweisungen erteilen und seine Forderungen konkretisieren.

„Elvira, in der nächsten halben Stunde möchte ich bitte nicht gestört werden. Ich muss da eine Sache durchrechnen und mich voll konzentrieren", sagte er seiner Sekretärin über die Gegensprechanlage.

„O.K. Chef. Keine Anrufe – wer was will, wird vertröstet", erwiderte Elvira kurz und knapp und hatte sich bereits wieder ausgeklinkt.

Dann las Krogmann das Schreiben. „So, so", dachte er, „da will es sich jemand in unserer Strandvilla Sylt gemütlich machen. Und all das auf meine Kosten." Wut stieg in ihm auf. Er konnte sich

Kapitel 20

kaum beherrschen – am liebsten hätte er das Schreiben in tausend Stücke zerrissen oder zusammengeknüllt. Aber er zwang sich, einen kühlen Kopf zu bewahren.

Am 30. Mai wollen die das Haus abholen – warum ausgerechnet an dem Tag? fragte er sich.

Krogmanns Gedanken schweiften ab. Er erinnerte sich: Da gab es doch ein Lied: Am 30. Mai ist der Weltuntergang! Der Klassiker vom Golgowski Quartett! Und auch die Toten Hosen hatten einen ähnlichen Titel, aber mit einem anderen Hintergrund, veröffentlicht.

Was steckten eigentlich für Gruselgeschichten hinter diesem ominösen 30. Mai? Im Text zum Lied vom Golgowski-Quartett ging es um das Aussterben einer einzigen Käferart, die dann zum Untergang der ganzen Welt führte.

Er wusste auch von den Majas. Gemäß dem Majakalender sollte der 30. Mai der Weltuntergangstag sein, da ihr Kalender da endete. Und in Köln gab es im zweiten Weltkrieg an einem 30. Mai das erste Flächenbombardement.

Krogmann schob die Gedanken beiseite. Er schweifte ab. Verdammt, er musste sich konzentrieren! Was sollte er tun?

Das Gute war: Er hatte Zeit! Es musste nichts überstürzt werden. Bis zum 30. Mai waren es noch knapp zwölf Wochen.

Kapitel 20

Für die Produktion des Fertighauses „Strandvilla Sylt" brauchte man in seinem Werk zwei Wochen. Das würde er schon irgendwie im Produktionsplan hinbekommen. Und er würde das auch seinen Leuten erklären können.

Er hätte halt in Polen einen neuen Geschäftspartner gefunden, der ein Musterhaus wollte. Und zwar schnell. Folgeaufträge in großer Stückzahl hätte dieser neue Partner in Aussicht gestellt. Da musste man eben schnell reagieren.

Dass seine Holzfertighäuser von Kunden selbst abgeholt und aufgebaut wurden, war eher selten, kam aber gelegentlich vor. Auch das würde er erklären können.

Und dass dieses Haus von dem neuen polnischen Partner nicht bezahlt würde, konnte er seiner Buchhaltung ebenfalls plausibel machen. Es war halt ein Musterhaus – man muss eben mal etwas investieren, um einen Fuß in einen neuen Markt zu bekommen.

Je mehr er darüber nachdachte, umso leichter schien es ihm, mit der Erpressung klarzukommen. Eine Geldforderung in sechsstelliger Höhe hätte er nicht so einfach handhaben können.

Krogmann konnte zwar als Geschäftsführer über die Firmengelder und Firmenkonten verfügen. Aber dort war nicht unbegrenzt flüssiges Kapital verfügbar. Außerdem hätte er große

Kapitel 20

Schwierigkeiten gehabt, seiner Buchhaltung zu erklären, wofür er plötzlich große Mengen Bargeld brauchte. Zudem hätte seine Frau als Eigentümerin der Firma darüber informiert werden müssen.

Nein, die Forderung nach einem Musterhaus war da schon leichter zu erfüllen. Und vor allen Dingen auch zu begründen.

„O.K.", dachte Krogmann, „Wenn es denn sein muss, dann werde ich halt in den sauren Apfel beißen und der Forderung nachkommen." Er rief an seinem Computer die Seite des Emsechos auf. Fünf Minuten später hatte er den vom Erpresser geforderten Anzeigentext für die Wochenendausgabe geschaltet.

„Elvira, bitte rufe Claudia und Herrn Baumann an. Sie möchten bitte in mein Büro kommen. Ich muss was Dringendes mit denen besprechen." Krogmann wollte gleich Nägel mit Köpfen machen und die Angelegenheit mit seiner Buchhalterin und seinem Produktionsleiter besprechen.

Keine zehn Minuten später saßen beide an seinem Besprechungstisch. Elvira hatte eine Kanne Kaffee und ein paar Plätzchen serviert und sich gleich wieder in ihr Büro zurückgezogen.

„Es gibt gute Nachrichten"" begann Krogmann und nahm einen kleinen Schluck von seinem Kaffee. „Ich habe bei meinem letzten Besuch in Polen einen interessanten Kunden kennengelernt. Es ist ein

Immobilienunternehmen aus Warschau, das für verschiedene Baufirmen Wohnungen und Häuser an den Mann bringt. Im letzten Jahr haben die einen Umsatz von über 200 Millionen Euro gemacht. Tendenz steigend. Deren Geschäftsführer war ganz begeistert von unserem Portfolio – ich habe ihm unsere Mustermappe gegeben. Er ist davon überzeugt, jedes Jahr mindestens 10 bis 20 unserer Häuser in Polen verkaufen zu können. Sie erwarten von uns 15% Provision auf den Verkaufspreis. Das ist weniger, als unsere Partner in Österreich und der Schweiz verlangen. Was meint ihr?"

„Hört sich super an. Wie sieht es denn mit Abnahmegarantien und konkreten vertraglichen Vereinbarungen aus?" wollte Claudia Mesbach, die Buchhalterin, wissen.

„Na ja. Für das erste Jahr würde die Firma nur eine Abnahmegarantie von drei Häusern geben. Wenn die nicht geordert werden, gibt's eine Konventionalstrafe", improvisierte Krogmann und hoffte, dass seine Buchhalterin nicht noch weiter ins Detail gehen würde.

„Zudem braucht unser neuer Partner ein Vorzeigeobjekt, das er seinen Kunden präsentieren kann. Kurzum: Er will ein Musterhaus von uns. Wir sollen es kostenfrei zur Verfügung stellen. Sie haben sich dafür die Strandvilla Sylt ausgesucht", kam Krogmann auf den Punkt und schaute seine beiden Mitarbeiter an.

Kapitel 20

„Die Villa Sylt – guter Geschmack," Produktionsleiter Klaus Baumann reagierte als erster auf Krogmanns Aussagen. „Wollen Sie der Bitte entsprechen?" fragte er.

„Ja, ich bin überzeugt, dass das eine gute Investition ist. Die Warschauer Firma ist absolut seriös. Mit denen als Partner werden wir in Polen groß rauskommen."

„O.K., wann sollen wir denn das Musterhaus liefern? Ich muss wissen, ob wir das Haus noch in diesem Jahr abschreiben müssen." Claudia Mesbach hatte bereits ihre Zahlen im Kopf.

„Die wollen das Haus sofort. Und sie werden es selbst abholen und auch eigenständig aufbauen. Dafür haben die eine eigene Sparte im Unternehmen – also für den Aufbau. Wenn möglich, wollen sie die Villa Sylt schon in ca. elf Wochen abholen. Wie sieht es aus, Herr Baumann, kriegen sie das hin?"

„Oh, so schnell schon! Das wird eng! Aber ja, irgendwie schaffen wir das. Ich werde gleich mal nachschauen, welchen Auftrag wir ein wenig schieben können. Ich sage Ihnen dann Bescheid", gab sich Baumann optimistisch.

„Prima, dann ran an die Arbeit. Ich hoffe, dass wir in den nächsten Jahren noch viel Freude an unserem neuen Kunden haben werden!" Mit diesen

Kapitel 20

Worten erhob sich Krogmann und verabschiedete seine beiden Mitarbeiter.

Das lief doch leichter als gedacht. Keiner hatte Verdacht geschöpft. Wie er das mit den vermeintlichen Folgeaufträgen regeln würde, darüber wollte er zu gegebener Zeit in Ruhe nachdenken. Aber auch dafür würde ihm eine Lösung einfallen. Ein Schritt nach dem anderen.

Krogmann griff zu seinem Smartphone und rief seinen alten Bekannten Frederik Kurz an. Frederik hatte sich auf Sicherheitstechnik spezialisiert und sich vor einigen Jahren in Gelsenkirchen selbständig gemacht. Vor drei Jahren hatte Frederik ihn bereits bei der Installierung von Überwachungskameras auf seinem Firmengelände beraten. Nach dreimaligem Klingeln meldete er sich.

„Hallo Frederik. Ich bin es, Lothar Krogmann. Ich brauche deine fachmännische Hilfe!"

„Hi Lothar. Schön, von dir zu hören. Was kann ich für dich tun?"

„Weißt du, in meiner Firma kommen in letzter Zeit immer wieder mal ganze Bauteile und teure Maschinen weg. Ich möchte wissen, wer dahin steckt und brauche dafür so etwas wie einen Peilsender, den ich in einem Bauteil oder in einer Maschine verstecken kann. Und den ich dann anschließend orten kann. Du verstehst?"

Kapitel 20

„Na klar, kein Problem. Und diesen Peilsender möchtest du dann am liebsten auf einem Tablet oder auf deinem Handy nachverfolgen können, versteh ich das richtig?" hakte Frederik Kurz nach.

„Genau. Und das möglichst über eine Entfernung von mindestens drei bis fünf Kilometern. Und der Sender sollte den Standort ziemlich genau anzeigen. Gibt es so ein Gerät?"

„Lothar, es gibt so ziemlich alles, was du dir vorstellen kannst. Diese Teile arbeiten Satelliten gestützt und sind mittlerweile auch für Otto Normalverbraucher erschwinglich. Für 850 Euro kann ich dir zwei kleine Peilsender mit der dazugehörigen Software für dein Handy oder dein Tablet liefern. Einverstanden?", fragte der Sicherheitsfachmann.

„Super, tu das. Aber schicke mir das Päckchen an meine Privatadresse – direkt zu meinen Händen persönlich. Ich möchte nicht, dass jemand in der Firma Wind davon bekommt."

„Mach ich. Bedienungsanleitung lege ich mit dabei. Die Teile sind eigentlich kinderleicht zu bedienen. Probiere sie trotzdem erst mal aus, bevor du den Echteinsatz planst."

„Okay. Frederik, du hast mir sehr geholfen. Bis dann mal!" Mit diesen Worten beendete Krogmann das Gespräch.

Kapitel 20

Die Peilsender, so hatte er sich überlegt, wollte er in den Bauteilen der „Strandvilla Sylt" verstecken. Und dann könnte er den Lkw mit gebührendem Abstand folgen. „Na wartet, ich werde Euch schon das Handwerk legen", dachte er bei sich. Im Gegensatz zu seiner Buchhalterin hatte er die Strandvilla in seinem Kopf noch lange nicht abgeschrieben.

Damit hatte Krogmann das Thema fürs Erste ad acta gelegt und widmete sich wieder seinem Alltagsgeschäft.

Kapitel 21

„Markus, du hast eine Meise! Seit wann betreiben wir Enthüllungsjournalismus? Das was du mir gerade erzählt hast, hört sich eher wie ein Krimi als nach einem ordentlich recherchierten Tatsachenbericht an. Du willst tatsächlich einem unserer besten Anzeigenkunden so ans Bein pinkeln? Mit Fragen wie: Könnte es nicht sein? Und: Ist es nicht komisch, dass…? Vergiss es!"

Andreas Pawell, Leiter der Lokalredaktion des Emsecho, hatte sich die Schilderungen von Markus zunächst ruhig, dann aber zunehmend genervt angehört.

„Aber du musst zugeben, dass die ganze Geschichte zum Himmel schreit. Es ist Fakt, dass mich der Krogmann angelogen hat. Ich habe ihn gefragt, wo er am Abend vor seinem angeblichen Wildunfall in Warendorf war. Und er hat behauptet, zuhause gewesen zu sein. Das ist erwiesenermaßen die Unwahrheit", entgegnete Markus.

„Die Mobilfunk-Ortung hat einwandfrei ergeben, dass er noch am Abend vor seinem Unfall in Polen war. Und das bestätigt auch seine Frau, die den Abend zusammen mit einer Nachbarin verbracht hat."

Kapitel 21

„Ja, ich muss zugeben, dass das schon verdächtig ist. Aber erstens ist eure Mobilfunk-Ortung absolut illegal. So etwas verstößt gegen jegliche Form des Datenschutzes und kann also von uns nicht als Beweis ins Feld geführt werden. Wer weiß, vielleicht war die Ortung ja auch fehlerhaft? Und sie beweist außerdem überhaupt nichts. Zumindest nicht, dass der Unfall in Polen passiert ist", gab der Redaktionsleiter zu bedenken.

„Nun hör aber mal auf. Ein Handy zu orten ist heutzutage kinderleicht und verlässlich. Außerdem hat ja seine Frau den Aufenthalt in Polen bestätigt. Nein Andreas, an dieser Tatsache ist nicht zu zweifeln!"

„Na gut. Aber vielleicht gibt es ja eine plausible Erklärung dafür, dass dir der Krogmann nicht die Wahrheit gesagt hat. Vielleicht hatte er in Polen ein Techtelmechtel und will nicht, dass das bekannt wird. Du siehst, es gibt 100 Erklärungen für sein Flunkern."

Markus schüttelte unwillig den Kopf. „Und was ist mit der Aussage des Schlachters? Der hat eindeutig gesagt, dass das Wildschwein schon länger tot war."

„Wie du schon selbst gesagt hast: Die Aussage des Schlachters kann nicht mehr belegt werden. Und so ein Schlachter ist kein Sachverständiger. Der kann sich auch geirrt haben. Mensch Markus, das ist

Kapitel 21

alles viel zu dünn, um damit an die Öffentlichkeit zu gehen. Wir kommen in Teufels Küche, wenn sich deine Anschuldigungen nicht beweisen lassen."

Andreas Pawell hat Recht, musste sich auch Markus eingestehen. Wenn sie mit der Geschichte an die Öffentlichkeit gehen wollten, dann brauchten sie hieb- und stichfeste Beweise. Und zwar dafür, dass der Unfall schon früher geschehen war und nicht erst am frühen Morgen in Lippermanns Knäppe.

Andreas riss ihn aus seinen Überlegungen. „Wenn ihr zum Beispiel ein Foto von einer Radarkamera hättet, dass den schon beschädigten Wagen von Krogmann vor dem vermeintlichen Wildunfall in Warendorf zeigt, dann hätten wir etwas Handfestes gegen ihn und könnten ihn damit konfrontieren!"

„Na, das wäre natürlich ein absoluter Zufall. Krogmann wird gerade in der Nacht sehr vorsichtig gefahren sein, um nicht aufzufallen. Nein, ich glaube, das können wir vergessen."

„Es gibt doch heute überall Überwachungskameras. In jedem Krimi kann die Polizei die Spur des Täters anhand dieser diversen Kameras nachvollziehen. Habt ihr das schon mal näher geprüft?" wollte der Redaktionsleiter wissen.

„Nein, aber danke für den Tipp. Ich werde das mal mit meinen Freunden besprechen", sagte

Kapitel 21

Markus. Für seinen Redaktionsleiter war das Gespräch damit abgeschlossen, denn er widmete sich bereits wieder anderen Dingen.

Markus griff gleich zum Hörer und rief seinen Kumpel Felix im Kreishaus an.

„Hi Felix. Ich habe gerade mit Pawell gesprochen. Er ist nicht einverstanden; er will unsere Idee mit dem Artikel gegen Krogmann nicht unterstützen. Er hat Bedenken, dass der Schuss nach hinten losgehen könnte. Es fehlten einfach handfeste Beweise, die Krogmann überführen." Markus klang ein wenig deprimiert.

„Aber Andreas hatte auch eine gute Idee. Er meinte, dass es vielleicht ja Bilder von einer Überwachungskamera gibt, die Krogmanns Auto in der Nacht vor dem Unfall aufgenommen hat. Wenn unser Verdacht stimmt, müsste darauf ja schon ein beschädigter Wagen zu sehen sein. Was denkst du, haben wir eine Chance, an eine solche Aufnahme zu kommen?"

„Na, das wäre schon ein großer Zufall. Aber gut, ausgeschlossen ist das natürlich nicht. Ich kann ja mal bei unserer Bußgeldstelle anrufen und nachfragen, ob sie Krogmanns SUV geblitzt haben."

„O.k., mach das. Aber was ist mit anderen Überwachungskameras. Auf jedem Platz und an wichtigen neuralgischen Stellen sind die doch

Kapitel 21

mittlerweile installiert. Gibt es darüber nicht irgendwelche Erkenntnisse?"

„Markus, du hast wohl in letzter Zeit zu viele amerikanische Krimis geschaut. Aber ich werde mal meinen Pressesprecherkollegen bei der Polizei darauf ansprechen. Wenn einer das weiß und uns weiterhelfen kann, dann der."

Kapitel 22

Die vergangenen Wochen verliefen ruhig und friedlich – das Thema Schweinepest war längst aus den Schlagzeilen verschwunden.

Wenn nicht das Damoklesschwert der Erpressung über ihm schwebte, hätte Krogmann eigentlich sein Leben genießen können. Die Geschäfte liefen hervorragend, sogar das Wetter sorgte mit seiner Frühlingssonne für eine gute Stimmung.

Das Musterhaus „Strandvilla Sylt" war in den letzten acht Tagen produziert worden und stand nun abholbereit in einer der Auslieferungshallen. Die meisten Teile waren mit riesigen Folien überzogen und verschweißt. Krogmann war am gestrigen Abend, als alle seine Mitarbeiter bereits das Firmengelände verlassen hatten, in die Halle geschlichen, um seine Peilsender zu verstecken. Sie sollten möglichst hoch und außen angebracht sein, so hatte es Krogmann aus der Montagebeschreibung abgeleitet.

Er hatte sich eine Leiter geschnappt und war an einer der eingeschweißten Außenwandelemente hochgeklettert, hatte die Folie mit einem Cuttermesser ein klein wenig eingeschnitten und den kleinen Sender mit einem Paketklebestreifen

Kapitel 22

direkt auf dem Bauteil angebracht. Danach hatte er die Außenfolie ebenfalls wieder verklebt.

Den gleichen Vorgang wiederholte er mit dem zweiten Sender.

Nach einer guten Viertelstunde war die Aktion beendet gewesen.

Krogmann blickte zufrieden auf sein Tablet, das die beiden Sender deutlich sichtbar blinkend anzeigte.

„Die Show kann beginnen", dachte er am darauffolgenden Morgen bei sich und sah auf die Uhr. Gegen neun Uhr sollten die polnischen LKW eintreffen und das Musterhaus abholen. Mit gerade mal drei Minuten Verspätung sah Krogmann von seinem Bürofenster aus die vier Sattelschlepper auf das Betriebsgelände fahren. „Polska International" stand auf den Türen der schweren LKW. Krogmann tippte den Namen in seinen Rechner. Und in der Tat: Eine Spedition mit diesem Namen gab es tatsächlich in Polen. Sie hatte ihren Hauptsitz in Posen, aber auch Zweigstellen in mehreren anderen polnischen Städten.

Der Erpresser muss sich seiner Sache ja sehr sicher sein, dachte Krogmann. Über die Spedition konnte man ja schließlich auch ermitteln, wer der Auftraggeber war und wohin eine Lieferung ging.

Kurz überlegte Krogmann, seinen Plan aufzugeben, den Transport persönlich zu verfolgen.

Kapitel 22

Vielleicht war der ganze Aufwand ja gar nicht nötig, wenn man durch ein paar Telefonate ermitteln konnte, wer hinter der ganzen Sache steckte.

Aber nein, ich werde mich an die Fersen der LKW heften und mich persönlich davon überzeugen, wohin die Reise meiner Villa Sylt geht.

Krogmann griff zum Telefon und rief seinen Betriebsleiter an.

„Hallo Herr Baumann. Ich habe gerade durch mein Fenster gesehen, dass polnische LKW da sind. Sind das etwa die, die das Musterhaus für unsere neuen Geschäftspartner abholen?"

„Richtig. Sie sind vor ein paar Minuten gekommen. Wir werden jetzt gleich mit dem Verladen beginnen."

„Wissen Sie, ob einer von den neuen Partnern den Transport begleitet? Oder sind nur die Fahrer der Sattelschlepper dabei?" fragte Krogmann.

„Soweit ich das sehen kann, sind nur die Fahrer der Spedition dabei. Nein, sonst begleitet keiner den Transport!"

„Fragen Sie doch mal die LKW-Fahrer, wohin sie die Ladung – also das Haus – bringen. Bei meinem letzten Telefonat mit unseren neuen Partnern wusste man noch nicht genau, wo das Musterhaus aufgebaut wird."

Kapitel 22

„Mach ich. Ich melde mich später bei Ihnen"

Eine knappe halbe Stunde später klopfte es an seiner Tür und Klaus Baumann betrat sein Büro.

„Das ist schon ein wenig merkwürdig. Die Spedition hat den Auftrag, die Fertighausteile über die Autobahn Richtung Lodz zu transportieren. Unterwegs würden ihnen dann die genauen Koordinaten durchgegeben", erklärte Baumann.

„Okay. Dann stand wohl immer noch nicht endgültig fest, welcher der beiden Standorte genommen werden soll. Ich werde da mal nachhaken. Schließlich wollen wir doch auch wissen, wo die polnischen Häuslebauer in spe künftig unser Musterhaus besichtigen können." Mit diesen Worten dankte Krogmann seinem Betriebsleiter und widmete sich weiter seiner normalen Büroarbeit.

Denn bis die LKW beladen sein würden, brauchte es mindestens noch drei bis vier Stunden. Immer wieder schaute er durch sein Bürofenster, um sich zu vergewissern, dass die Verladearbeiten reibungslos verliefen.

Gegen Mittag rief er seine Sekretärin zu sich. „Elvira, ich muss meinen Wagen in die Werkstatt bringen und komme danach heute nicht wieder ins Büro. Ich habe noch Besorgungen zu machen. Und du weißt ja, dass ich morgen nicht im Haus bin. Wenn was ist, ruf mich auf meinem Handy an."

Kapitel 22

„Alles klar, Chef. Dann bis übermorgen." Elvira war es gewohnt, dass Krogmann immer mal wieder kurzfristig außer Haus war und den Terminkalender über den Haufen warf.

Lothar Krogmann fuhr mit seinem SUV tatsächlich zur Reifenwerkstatt im Warendorfer Industriegebiet, um sich neue Reifen aufziehen zu lassen.

Auf dem Gelände der Reifenfirma hatte er bereits am Vortag einen Mietwagen abgestellt, in den er umstieg. Es war ein grauer BMW aus der 3er Serie – ein unauffälliges Fahrzeug, dass für seine geplante Verfolgungsfahrt ideal geeignet war.

Auf den Beifahrersitz hatte Krogmann das Tablett gelegt, das die Signale der beiden Peilsender auf der hinterlegten Landkarte deutlich sichtbar anzeigte.

Er brauchte nicht lange zu warten. Da sah er, dass sich die beiden Punkte auf seinem Tablett in Bewegung setzten. Von seinem Firmengelände aus fuhren sie wie erwartet auf die Bundesstraße 64 Richtung Rheda-Wiedenbrück.

Krogmann startete seinen Wagen und setzte zur Verfolgung an. Natürlich mit einem Abstand von wenigstens einem Kilometer. So konnte er sicher sein, dass er weder von dem LKW-Konvoi noch von einem eventuellen anderen Überwachungsfahrzeug entdeckt wurde.

Kapitel 22

Nach einer knappen halben Stunde bogen die vier Sattelschlepper von der B 64 auf die A 2 ab und setzen ihre Fahrt Richtung Hannover fort. Krogmann, der eigentlich gern mal das Gaspedal heruntergedrückt, musste sich zwingen, mit Tempo 90 bis 100 auf der rechten Spur zu bleiben. So folgte er dem Transport bis hinter Hannover, wo die Fahrt erwartungsgemäß Richtung Magdeburg/Berlin fortgesetzt wurde.

Inzwischen war es Abend geworden. Gegen 21 Uhr, etwa 80 Kilometer vor Potsdam, bog der Konvoi von der Autobahn ab und fuhr auf einen Autohof direkt an der Autobahn. Krogmann sah, wie die LKW-Fahrer ihre Fahrzeuge abstellten und in das Rasthaus gingen. Neben dem Rasthaus gab es zum Glück auch einen Burger King, in den Krogmann einkehrte, um sich ebenfalls zu stärken.

Zu seinem Hamburger mit Pommes und Salat hatte er sich eine Cola und einen großen Kaffee bestellt. Er suchte sich im Restaurant einen Fensterplatz, von wo aus er eine gute Sicht auf die abgestellten LKW hatte.

Krogmann griff zu seinem Smartphone und rief seine Frau an. Da er wusste, dass heute die erwartete Abholung des Musterhauses anstand, hatte er sich vorsorglich bei seiner Frau abgemeldet und einen angeblichen Geschäftstermin in Polen vorgeschoben.

Kapitel 22

„Hallo Irene, ich bin es. Wie geht es dir?" meldete er sich.

„Gut, ich bin eben erst nach Hause gekommen. Es war ein harter Tag. Die Kundinnen haben mir die Sommerklamotten nur so aus den Händen gerissen. Du kannst dir gar nicht vorstellen, was heute in meinen Läden los war", sprudelte es aus ihr heraus.

„Na, Glückwunsch. Dann hast du ja den richtigen Riecher beim Wareneinkauf im letzten Herbst gehabt."

„Und wie. Wenn das so weitergeht, dann sind wir nächste Woche ausverkauft. Gott sei Dank konnte ich bei zwei Zulieferern noch einiges nachordern. Aber sag mal, bist du schon in Polen?"

„Nein, ich rufe von einer Raststätte bei Berlin an. Ich hatte noch einiges im Büro zu tun und bin erst am Nachmittag losgefahren. Ich überlege, ob ich mir ein Zimmer in einem Motel nehme und erst am Morgen weiterfahre."

„Fahr doch nach Berlin rein und übernachte in unserem Lieblingshotel an der Kantstraße. Das ist doch immer ganz nett dort, und du kannst noch ein wenig Wellness machen. Und jetzt in der Woche bekommst du sicher noch ein Zimmer", schlug Irene vor.

„Schöne Idee. Aber nein, ich habe morgen Mittag bereits einen Termin in der Nähe von Lodz. Da bleibt keine Zeit für Wellness. Aber du gönnst dir

Kapitel 22

jetzt erst mal ein schönes Glas Rotwein und legst die Beine hoch."

„Was meinst du, halte ich gerade in meiner linken Hand?"

„Dann will ich dich nicht weiter stören. Mach dir noch einen schönen Abend. Ich fahr noch ein oder zwei Stunden weiter und mache dann Pause. Also, bis dann. Ich melde mich morgen wieder".

„Die hat es gut", dachte Krogmann. „Macht sich Sorgen darüber, dass ihre Läden brummen und sie nicht so viel Klamotten heranschaffen kann, wie sie verkaufen könnte. Wenn ich mit solchen Problemen zu tun hätte, ginge es mir auch besser. Stattdessen sitze ich hier in einem schäbigen Burger-Imbiss, stopfe fette Pommes in mich hinein und muss kriechende Sattelschlepper verfolgen, die mir eines meiner Häuser klauen wollen."

Doch bevor er weiter in Selbstmitleid verfiel, ballte er seine rechte Hand zur Faust und schlug damit auf den Tisch. „Ich werde nicht zulassen, dass ihr mich beklaut. Ich hole mir mein Eigentum zurück. Einen Lothar Krogmann kann man nicht so einfach vorführen!"

Er stand auf, holte sich noch einen Becher Kaffee und ging nach draußen an die frische Luft. Als ob er es geahnt hätte, ging auch am gegenüberliegenden Rasthaus die Tür auf und die LKW-Fahrer kamen

Kapitel 22

heraus. Sie schlenderten langsam zu ihren Trucks und starteten die Motoren. Es ging weiter!

Krogmann nahm noch einen kräftigen Schluck und warf dann den noch halbvollen Pappbecher in einen Mülleimer. Fünf Minuten später setzte der Konvoi auf der Autobahn seine Fahrt in Richtung polnischer Grenze fort.

Es war schon fast zwei Uhr in der Frühe, als sie bei Frankfurt/Oder die deutsch-polnische Grenze passierten. Kurze Zeit spätere bereits bogen die LKW von der A2 ab und setzten ihre Fahrt auf der Landstraße 29 in südlicher Richtung fort.

Kurz nachdem sie den Ort Swiecko passiert hatte, fuhr der Konvoi von der Landstraße ab und bog auf eine kleine, kaum befestigte Straße in ein großes Waldgebiet ab.

„Jetzt wird es spannend", dachte Krogmann, der die Routenführung an seinem Laptop im Auto in angemessener Entfernung verfolgte. Mit gebührendem Abstand folgte er dem Peilsignal, dass sich immer weiter in den Wald bewegte, bis es plötzlich stillstand.

„Sie haben ihr Ziel erreicht. Es befindet sich hier mitten im Wald", sprach Krogmann laut vor sich hin und grinste. Bislang hatte er einen Abstand von gut vier Kilometern gehalten. Jetzt wagte er sich näher heran.

Kapitel 22

Etwa drei Kilometer vor dem Signal der beiden Peilsender konnte er jedoch nicht weiterfahren, denn ein stabiler Schlagbau sperrte die schmale Straße ab. Krogmann schaltete den Motor aus und stieg aus seinem Wagen. Mit einer Taschenlampe ging er zum Schlagbaum, der mit einem schweren, nagelneuen Vorhängeschloss gesichert war.

Verdammt, dachte er. Hier komme ich mit dem Auto nicht weiter. Doch dann beruhigte er sich schnell. „Brauche ich ja auch gar nicht, wenn das Ziel direkt vor mir liegt."

Er stieg wieder in seinen Wagen und fuhr 150 Meter zurück. Dort hatte er einen Feldweg gesehen, in den er abbiegen und seinen Wagen verstecken konnte.

Dort wollte er abwarten bis zum Morgengrauen, um dann zu Fuß bis zu den Peilsendern zu gelangen.

Immer wieder vergewisserte er sich, dass die Signale der versteckten Sender sich nicht mehr bewegten. Nein, sie veränderten ihren Standort nicht mehr. Vielleicht war dort ja der Ort, an dem seine Standvilla Sylt aufgestellt werden sollte.

Auf der Karte seines Tablets konnte Krogmann in geringer Entfernung einen kleinen Waldsee ausmachen. Vielleicht soll ja das Haus direkt am Ufer dieses Sees seinen Platz finden. Morgen früh werde ich es ja sehen, dachte er.

Kapitel 22

Er fuhr seinen Liegesitz herunter und entspannte sich. Die Signale der Peilsender blinkten unverändert an derselben Stelle. „Hier muss es also sein, hier soll das Haus aufgebaut werden", murmelte Krogmann leise vor sich hin.

Mit der Dämmerung wollte er sich heranschleichen, um sich davon zu überzeugen. Und um festzustellen, wer sich denn da seines Eigentums bemächtigt hatte.

Krogmann fuhr den Liegesitz noch ein wenig weiter herunter und schloss die Augen. Zeit für ein kleines Nickerchen.

Er musste wohl zwei gute Stunden geschlafen haben, denn gegen fünf Uhr in der Frühe wurde er wach. Die Morgendämmerung hatte eingesetzt, denn Krogmann konnte die Konturen seiner Umgebung inzwischen deutlich erkennen.

Er stieg aus und machte sich auf den Weg. Der Schlagbaum war immer noch heruntergelassen und verschlossen.

Krogmann kletterte herüber und folgte der Waldstraße. Auf dem Tablet, das er natürlich mitgenommen hatte, konnte er genau sehen, dass er sich Schritt für Schritt langsam den Signalen der Peilsender näherte. Nach seiner Schätzung müssten die Auflieger der LKW nur ca. zwei Kilometer hinter dem Schlagbaum stehen. Immer wieder blieb

Kapitel 22

er stehen und lauschte. Nichts war zu hören! Außer dem Zwitschern der Vögel.

Er schlich am Rand der Straße immer weiter, immer bereit, in den Wald zu springen, um unentdeckt zu bleiben.

Hinter der nächsten Biegung des Wegs müssten sie stehen, dachte Krogmann und tastete sich weiter langsam vor. Aber da war nichts! Er schaute noch einmal auf seinen Laptop – die Signale waren direkt vor ihm. Schritt für Schritt näherte sich Krogmann einer Lichtung. Hier muss es sein, dachte er. Hier müssen die LKW angehalten haben. Schließlich brauchten die schweren Fahrzeuge auch Platz um entladen zu wenden.

Doch auf der Lichtung sah er keine Auflieger. Nichts war zu sehen, nur das deutliche Blinken auf seinem Laptop.

„Da stimmt doch was nicht", dachte Krogmann. Wo waren die Auflieger mit der Ladung, mit seiner Strandvilla Sylt? „Die können sich doch nicht in Luft aufgelöst haben!"

Aber hier war keine Menschenseele, geschweige denn riesige Sattelschlepper. Krogmann trat auf die Lichtung. Überall konnte er am Rand der Straße die Reifenspuren der LKW deutlich sehen. Hier mussten sie angehalten und manövriert haben, so viel stand fest!

Kapitel 22

Am Rand der Lichtung konnte Krogmann einen Karton ausmachen. Den müssen die LKW verloren haben, dachte er.

Vorsichtig öffnete er den Karton. Was er darin fand, ließ sein Herz kurz aussetzen. Die Peilsender! Daneben lag ein Zettel mit einer Botschaft für ihn: *„Fahr nach Hause, du findest mich nie!"*

Kapitel 23

„Heute ist unser großer Tag. Heute wird unser Traumhaus geliefert. Drück die Daumen, dass alles klappt!" Mit diesen Worten hatte sich Lukasz am Morgen von Anna verabschiedet.

Anna hatte ihm einen dicken Kuss gegeben. „Pass gut auf dich auf. Hoffentlich klappt alles so, wie du es geplant hast."

Lukasz hatte lange und ausführlich mit seinem Jugendfreund Alex über den Plan gesprochen. Er kannte Alex bereits aus Kindertagen, sie hatten zusammen in Danzig die Schulbank gedrückt. Danach hatten sie gemeinsam studiert.

Alex war in einem wohlbehüteten Elternhaus aufgewachsen. Sein Vater besaß ein kleines Speditionsunternehmen an der Ostseeküste nahe Danzig, das sich auf den Transport von Bauholz spezialisiert hatte.

Während des Studiums – beide studierten Betriebswirtschaft – hatten sich Alex und Lukasz kurzzeitig aus den Augen verloren. Fast ein ganzes Semester lang war Alex fast wie vom Erdboden verschwunden. Er war in eine Clique von Zockern geraten, die nächtelang in Bars und zwielichtigen Hinterzimmern Poker spielten.

Kapitel 23

Eines Nachts hatte Alex dann ganz plötzlich wie aus heiterem Himmel vor der Tür von Lukasz Studentenbude gestanden. „Ich stecke in der Scheiße! Hilfst du mir?" hatte er gefragt. Und Lukasz hatte ihm geholfen und ihm für die Nacht ein Alibi gegeben. Wie sich herausstellte, war die Pokerrunde natürlich illegal gewesen. Es hatte Streit gegeben in dessen Folge einer der Pokerspieler von einem anderen Spieler am Tisch erstochen worden war. Wie viele und vor allem wer die Spieler waren, konnte von der Polizei nie ermittelt werden. Die Freunde und Bekannten im Umfeld des Ermordeten – unter anderem auch Alex – wurden alle befragt und verhört. Alle konnten für die Tatnacht ein Alibi nachweisen. So verliefen die polizeilichen Ermittlungen im Sande. Ob Alex der Messerstecher war oder ein anderer aus der Runde, hatte Lukasz seinen Freund nie gefragt.

Nach dieser Nacht jedenfalls hatte sich Alex wieder seinem Studium gewidmet und die Pokerkarten nie wieder angefasst.

Inzwischen waren mehr als 15 Jahre vergangen. Alex lebte in Danzig, war verheiratet und hatte zwei Kinder. Er war nach dem Studium in das Speditionsgeschäft seines Vaters eingestiegen und hatte es übernommen, als sein Vater vor fünf Jahren ganz plötzlich an einem Herzinfarkt gestorben war.

Lukasz hatte Alex von dem Haustransport erzählt. Und davon, dass dieser Transport nicht

Kapitel 23

ganz legal sei und mögliche Nachforschungen deshalb ins Leere laufen müssten. Gemeinsam hatten sie dann einen Plan ausgeheckt, der jetzt umgesetzt wurde.

Alex hatte über einen Strohmann bei „Polska International", einer großen Spedition in Posen, vier Zugmaschinen mit Fahrer für einen Transport von Deutschland nach Polen gechartert. Er wusste, dass diese Spedition für allerlei illegale Geschäfte bekannt war und bei deutlich überhöhter Barkasse keine Fragen stellte. Für den Transport, der normalerweise etwa 12.000 Euro kostete, musste er 20.000 Euro „schwarz" auf die Hand zahlen.

Die Anhänger bzw. Auflieger für die Trucks wollte er aus seinem eigenen Fuhrpark stellen. Natürlich hatte Alex über den Strohmann verlangt, dass die Fahrer der Sattelzüge die dazugehörigen Kennzeichen für ihre eigenen Auflieger mitbringen sollten. An einem abseits gelegenen, großen Parkplatz an der Autobahn 2 in der Nähe von Lodz hatte Alex zuvor seine eigenen Sattelauflieger abgestellt und die Kennzeichen abmontiert. Er selbst war, verkleidet als Trucker und mit einer hellblonden Perücke ausgestattet, vor Ort gewesen, um die Fahrer von Polzca International anzuweisen.

Diese hatten die mitgebrachten Fahrzeugkennzeichen schnell an seinen Auflieger angebracht und waren dann nach Deutschland aufgebrochen, um die Fracht abzuholen.

Kapitel 23

Wie erwartet, war alles glattgegangen. Am darauffolgenden Tag bereits war der Konvoi wieder in Polen zurück. Alex hatte einem der Truckfahrer die GPS-Daten durchgegeben, wohin sie die Auflieger bringen sollten. Er selbst war mit drei weiteren Zugmaschinen aus seinem eigenen Fuhrpark in die Nähe des Waldstücks gefahren, der als Zielort ausgesucht worden war.

Alex kannte den Wald aus seiner Jugendzeit. Sein Großonkel war Eigentümer des Waldes und hatte hier eine Jagd. Alex war einmal sogar als Treiber dabei gewesen. Außerdem hatte sein Vater schon oft Holz aus diesem Waldgebiet geholt und zu einem Sägewerk nach Warschau transportiert. Er kannte die Zufahrtsstraße, den Schlagbaum und auch die Lichtung im Wald.

Alex hatte seine eigenen Mitarbeiter mit den Zugmaschinen angewiesen, auf einem nahegelegenen Parkplatz auf der anderen Seite des Waldgebietes zu warten. Er selbst war in den Wald gefahren, hatte seinen Truck rund 200 Meter vor der Lichtung abgestellt, so dass er nicht gesehen werden konnte. Dann war er zu Fuß bis zum Schlagbaum gegangen und hatte auf den Transport von Polska International gewartet.

Nachdem die LKW den Schlagbaum passiert hatte, hatte Alex diesen wieder verschlossen. Man konnte ja nie wissen – vielleicht war der Konvoi ja doch verfolgt worden.

Kapitel 23

Auf der Lichtung hatten die Trucks ihre Auflieger abgestellt, die Kennzeichenschilder wieder abmontiert und waren danach gleich weitergefahren. Alex hatte jedem Truckfahrer noch einen Hundert-Euro-Schein in die Hand gedrückt. Die würden sich an nichts mehr erinnern, wenn sie mal nach dieser Tour gefragt werden sollten, da war er sich sicher.

Nachdem die Trucks weg waren, hatte er seine Fahrer angerufen, die keine zehn Minuten später auf der Lichtung eintrafen.

Alex hatte zuvor mit einem elektronischen Scanner die Ladung kontrolliert und dabei sehr schnell die Peilsender entdeckt. Gut, dass Lukasz daran gedacht hat, dachte Alex. Also wird der Transport doch verfolgt! Wie besprochen hatte Alex die entdeckten Sender in einen Karton gesteckt und diesen mit dem von Lukasz vorbereiteten Zettel am Rand der Lichtung abgestellt.

Nachdem die eigenen Kennzeichen wieder angebracht waren, setzte sich der neue Konvoi schnell in Bewegung. Am anderen Ende des Waldstücks kamen die vier LKW auf eine Landstraße.

Eine knappe Stunde später war der Konvoi bereits wieder auf der A 2. Hinter Posen ging es auf der E 261 weiter Richtung Bydgoszcz. Wenig später

Kapitel 23

fuhren sie dann auf der E 75 Richtung Danzig und von dort direkt nach Sopot.

Lukasz erwartete sie bereits an seinem Grundstück. Mit zwei Gabelstaplern wurden die Fertighausteile von den Sattelschleppern abgeladen und auf das Grundstück gefahren.

Fünf Stunden später rückten die Sattelschlepper ab. Lukasz schloss das Tor zum Grundstück. Geschafft! Anna würde sich freuen – ihr Traum würde Wirklichkeit werden.

Kapitel 24

„Scheiße, Scheiße, Scheiße", immer wieder fluchte Lothar Krogmann laut vor sich hin und starrte auf den Zettel, den er neben den beiden Peilsendern in dem Karton gefunden hatte.

„Man hat mich reingelegt – wie kann das sein, dass die riesigen Anhänger plötzlich wie vom Erdboden verschwunden sind?" fragte er sich.

Wütend trat er mit aller Kraft gegen den Karton, der im hohen Bogen durch die Luft wirbelte.

„Na wartet, so schnell gebe ich nicht auf! Dafür werdet ihr büßen, dass ihr mich an der Nase herumführen wollt", schrie er in den Wald hinein. Er steckte sich die Sender und den Zettel in die Jackentasche und stapfte den Weg zurück zu seinem Auto.

Auf dem Weg dahin hatte er überlegt, was er nun tun wollte. Keine Frage, er musste die Spur der LKW aufnehmen! Die würden ihm zu seinem verschwundenen Eigentum führen!

Gut, dass er bereits vor der Abfahrt zuhause über „Polska International" recherchiert hatte. In Posen hatte die Spedition ihren Hauptsitz. Das waren von hier gerade einmal 150 Kilometer. Da wollte er hinfahren und sich vor Ort umsehen und nach den Fahrzeugen suchen.

Kapitel 24

Selbstverständlich hatte er sich die Kennzeichen der vier Trucks notiert. „Die werden es bei einem grenzüberschreitenden Transport nicht riskiert haben, mit gefälschten Schildern zu fahren", dachte sich Krogmann. Hier hatten die verdammten Diebe einen Fehler gemacht!

Krogmann setzte sich in seinen Leih-SUV und speicherte die Adresse der Spedition in Posen ein.

154 Kilometer – davon ein Großteil der Strecke über die Autobahn E 30/A 2 - das war kein Problem. Er ließ den Motor an und setzte sich in Bewegung.

Das Navi führte ihn wieder zurück auf die Landstraße und von dort in nördlicher Richtung. Er fuhr durch Swiecko und erreichte nach wenigen Kilometern die Autobahn. Aber statt Richtung Frankfurt/Oder ging es diesmal in die andere Richtung.

Krogmann musste sich beherrschen, es fiel ihm schwer, das Tempolimit von 130 Stundenkilometern einzuhalten. Er stellte den Tempomaten ein, um nicht in Versuchung zu geraten, das Gaspedal durchzudrücken. Dann lehnte er sich zurück und schwamm im morgendlichen Verkehr mit.

In Gedanken ging er durch, wie er vorgehen wollte. Was spricht eigentlich dagegen, ganz offen bei der Geschäftsführung der Spedition vorzusprechen und sich nach dem Transport zu

Kapitel 24

erkundigen? Immerhin war es sein Fertighaus, das da transportiert worden und nun verschwunden war!

Gegen 10 Uhr am Morgen erreichte er das Gelände der Spedition, das praktischerweise nur wenige 100 Meter von der ersten Autobahnabfahrt nach Posen lag.

Auf dem riesigen Betriebsgelände standen wohl an die 15 LKW – genügend Platz für weitere 30 bis 40 war vorhanden. Ein ziemlich großer Betrieb, dachte sich Krogmann. Er fuhr mit seinem Wagen direkt auf das Gelände des Logistikunternehmens und parkte vor dem zweistöckigen Bürogebäude.

Beim Aussteigen warf er einen Blick auf die in Reih und Glied abgestellten Trucks. Und da standen sie, seine vier LKW, denen er von Deutschland aus gefolgt war. Er verglich die Kennzeichen, die er sich bereits von seinem Bürofenster aus notiert hatte. Da waren sie – alle vier Kennzeichen stimmten überein. Ihn wunderte nur, dass die Trucks komplett mit leeren Aufliegern hier standen! Wo war seine Strandvilla Sylt?

Krogmann betrat das moderne Bürogebäude und erkundigte sich am Empfang nach dem Geschäftsführer.

Adam Kowalski residierte in einem gut 50 Quadratmeter großen Eckbüro in der oberen Etage. Der Chef des Unternehmens saß hinter einem

Kapitel 24

riesigen gläsernen Schreibtisch, auf dem nur wenige Papiere und Akten lagen. Dafür aber zwei ebenfalls riesige Computerbildschirme und eine Hightech-Telefonanlage sowie mehrere Handys.

Kowalski erhob sich aus seinem weißen Ledersessel und begrüßte Krogmann mit einem festen Händedruck.

„Was kann ich für sie tun, Herr Kookmann? Bitte nehmen Sie doch Platz. Darf ich Ihnen einen Kaffee anbieten?"

„Mein Name ist Krogmann, nicht Kookmann", erwiderte Krogmann und ließ sich an dem ebenfalls mit weißen Ledersesseln ausgestatteten Besuchertisch nieder. „Und ja, einen Kaffee würde ich gern nehmen."

„Oh, entschuldigen Sie. Da habe ich meine Sekretärin wohl falsch verstanden." Adam Kowalski drückte auf einen Knopf auf seinem Schreibtisch und orderte Kaffee, der keine Minute später bereits von einer rothaarigen Schönheit ins Zimmer getragen wurde.

„Danke Elvira. Herr Krogmann, was führt sie zu mir?"

„Das ist ja ein Zufall. Meine Sekretärin heißt auch Elvira. Ich leite ein Bauunternehmen in Deutschland, genauer gesagt in Warendorf. Das liegt in Nordrhein Westfalen."

Kapitel 24

„Oh, ich kenne Warendorf. Meine Tochter ist Dressurreiterin und hat vor drei Jahren mal in Warendorf einen Lehrgang bei Monika Theodorescu besucht. Damals war ich auch mal dort – eine schöne Stadt mit einem wunderschönen Marktplatz!" erinnerte sich Kowalski.

„Ich wundere mich immer wieder – die Welt ist so klein geworden. Sie kennen unsere deutsche Dressur-Bundestrainerin persönlich. Ich habe Monika Theodorescus Nachbarin vor zwei Jahren eines meiner Holzchalets verkauft. Bei der Einweihungsparty war die Bundestrainerin auch dabei. Wir haben uns damals nett unterhalten", erwiderte Krogmann.

„Aber deswegen sind sie ganz sicher heute nicht gekommen", lenkte Kowalski wieder das Gespräch auf den Zweck seines Besuchs.

„Nein, Sie haben Recht. Ich bin auf der Suche nach einem meiner Holz-Chalets. Es wurde gestern Morgen von vier ihrer Trucks in meinem Betrieb in Warendorf geladen und ist in den letzten 24 Stunden nach Polen transportiert worden. Jetzt stehen die vier LKW dort unten leer auf ihrem Hof. Ich möchte wissen, wo die Fracht – also mein Holz-Chalet – geblieben ist", kam Krogmann auf den Punkt.

„Wieso fragen Sie danach? Sie müssten doch eigentlich selbst wissen, an wen und wohin ihre

Kapitel 24

Häuser ausgeliefert werden."

„Richtig. Nur bei diesem Haus weiß ich es nicht. Denn der Kunde, an den das Haus geliefert werden sollte, hat mich über seine Identität getäuscht. Ich bin deshalb Ihren LKW gefolgt. Leider habe ich sie in der letzten Nacht aus den Augen verloren. Und jetzt stehen die Trucks wieder auf ihrem Hof. Leer, wie bereits gesagt", erklärte Krogmann und schaute seinem Gegenüber in die Augen.

Dieser lehnte sich zurück. „Sie sind sicher, dass es vier unserer Trucks waren, denen sie gefolgt sind?" fragte Kowalski.

„Ja! Schon beim Beladen hatte ich mir die Kennzeichen notiert!" Mit diesen Worten reichte Krogmann ihm einen Zettel mit den LKW-Kennzeichen.

„Nun, dann werde ich mal nachschauen, für wen und wohin wir die Fracht transportiert haben", erwiderte Kowalski und erhob sich. An seinem Schreibtisch gab er einige Informationen in den Computer ein. Er runzelte die Stirn.

„Das ist ja merkwürdig", kam es nach kurzer Zeit von Kowalski. „Als Auftraggeber für den Transport ist hier ein Lothar Krogmann, wohnhaft an der Ostheidener Straße 28 in Warendorf vermerkt. Ich nehme mal an, das sind Sie, oder? Schauen Sie selbst, hier."

Kapitel 24

Krogmann sprang auf und eilte zu Kowalski, um selbst einen Blick auf den Bildschirm zu werfen.

„Tatsächlich, da steht mein Name. Aber ich habe den Transport nicht in Auftrag gegeben. Wie ist denn die Beauftragung erfolgt? Hat ihr angeblicher Kunde schon bezahlt? Und wohin sollte die Fracht geliefert werden?"

„Das weiß ich nicht. Ich werde mal in der Buchhaltung nachfragen." Kowalski griff zum Telefon. Nach einer längeren Unterhaltung legte er auf.

„Nun, der Kunde hat uns den Auftrag telefonisch gegeben und die Kosten des Transports bar bezahlt. Die Hälfte wurde uns per Post im Vorfeld zugeleitet. Den Rest haben die LKW-Fahrer bei der Auslieferung heute Nacht erhalten und vor zwei Stunden bei der Buchhaltung abgegeben".

„Verstehe! Und wohin genau ist die Fracht geliefert worden?"

Kowalski schaute auf seinen Bildschirm. „Das steht hier nirgendwo. Komisch! Ich werde mal schauen, ob ich einen der Fahrer erreichen kann. Der muss ja wissen, wohin geliefert worden ist."

Adam Kowalski ging in den Nebenraum zu seiner Sekretärin und sprach kurz mit ihr.

„Elvira geht runter und versucht, noch einen der Fahrer zu erwischen. Nach so einer langen Tour

Kapitel 24

haben die normalerweise Feierabend. Aber vielleicht ist ja noch einer da."

Fünf Minuten später betrat Kowalskis Sekretärin zusammen mit einem der Truckfahrer das Büro.

„Ah, Miro, hast du die Tour gestern aus Deutschland gemacht?" fragte Kowalski seinen Mitarbeiter auf Polnisch.

Der nickte mit dem Kopf. Krogmann konnte das weitere Gespräch zwischen Kowalski und seinem Mitarbeiter nur bruchstückhaft verstehen. Seine Polnischkenntnisse waren eher rudimentär und reichten gerade, um sich im Hotel und Restaurant verständlich zu machen.

„Und, was sagt er?" fragte Krogmann nach einer Weile.

„Nun, Miro sagt, dass sie gestern Morgen die Fracht in Warendorf aufgeladen und sich dann am frühen Nachmittag Richtung Polen aufgemacht haben. Das Ziel des Transports – also die genauen Koordinaten – sei ihnen während der Fahrt per Handy durchgegeben worden. In einem Waldstück bei Swiecko hätten sie dann abgeladen und wären zurück nach hier gefahren", erklärte Kowalski.

„Aber das kann nicht sein. Ich war an der Stelle, wo abgeladen worden ist. Da war nichts! Fragen sie ihn, wie das mit dem Abladen war."

Kowalski unterhielt sich wieder eine Zeitlang mit dem Fahrer des Trucks. Dann wandte er sich an

Kapitel 24

Krogmann.

„Miro sagt, dass sie auf einer größeren Lichtung im Wald erwartet wurden. So etwa zwei bis drei Kilometer hinter einem Schlagbaum, der ihnen bei der Einfahrt geöffnet wurde. Eine ganze Crew habe sie dort auf der Lichtung erwartet um die Ladung zu löschen. Es ging ganz schnell. Alle LKWs seien gleichzeitig von mehreren Gabelstaplern abgeladen worden. Das Ganze habe gerade mal eine gute Stunde gedauert. Der Chef dort hätte ihm das restliche Geld in die Hand gedrückt. Dann seien sie weitergefahren."

„Ist ihrem Fahrer das nicht merkwürdig vorgekommen? Mitten im Wald – und mitten in der Nacht?" fragte Krogmann.

„Hören sie, Herr Krogmann. Wir transportieren Waren aller Art und fragen nicht die Kunden, was sie wo und wann damit anstellen. Solange sie sich an die Transportvereinbarungen halten und unsere Rechnung bezahlen, ist uns das egal. Es tut mir leid, dass wir ihnen nicht weiterhelfen können."

Kowalski bedankte sich bei seinem Fahrer und schickte ihn fort.

Krogmann sank merklich niedergeschlagen auf seinem Sessel in sich zusammen. Die Erpresser hatten ihn reingelegt. Und zwar auf sehr raffinierte Art und Weise. Er hatte seine Gegner unterschätzt. Vielleicht hätte er doch besser einen Privatdetektiv

Kapitel 24

mit der Verfolgung beauftragen sollen, statt selbst zu handeln. Fürs Erste war er gescheitert, das sah er ein.

„Okay, Herr Kowalski. Ich sehe, dass sie mir nicht weiterhelfen können. Trotzdem vielen Dank für ihre Bemühungen." Krogmann erhob sich und verabschiedete sich von dem Spediteur mit einem festen Händedruck.

„Es hat mich gefreut, sie kennengelernt zu haben. Und es tut mir leid, Ihnen nicht weiterhelfen zu können. Vielleicht klärt sich ja noch alles auf. Ich drück ihnen auf jeden Fall dafür beide Daumen."

Als Krogmann wenig später deprimiert vom Hof des Logistikunternehmens fuhr, stand Adam Kowalski am Fenster und schaute ihm nach. Ein Lächeln umschmeichelte seine Lippen.

Kapitel 25

"Ich habe im Moment keine Zeit. Gehen sie doch bitte zu meinem Kollegen Markus Pieper. Dem können sie ihr Anliegen erzählen." Andreas Pawell, Leiter der Lokalredaktion des Emsecho wies mit dem Zeigefinger auf den Arbeitsplatz von Markus, der sich in dem Großraumbüro der Redaktion ganz in der hinteren Ecke befand. Gleichzeitig gab er Markus ein Zeichen, dass er sich um den Besucher kümmern sollte.

"Nehmen sie doch bitte Platz. Was kann ich für sie tun?" fragte Markus, nachdem sich der Besucher als Georg Meyer vorgestellt hatte.

Meyer war wohl schon jenseits der 75, schätzte Markus und sah trotz seines Alters ausgesprochen drahtig und agil aus. Das mochte daran liegen, dass er sich immer noch geschmeidig bewegte und seine Augen ihn wach und aufmerksam anschauten.

"Nun, ich bin einer der Unterstützer der in der letzten Woche neu gegründeten Bürgerinitiative „Stopp B 64n". Ich möchte ihnen gern noch einmal unser Anliegen näherbringen. Dazu habe ich brandneue Zahlen mitgebracht, die belegen, wie unsinnig mittlerweile ein vierspuriger Ausbau wäre", erläuterte Meyer.

Kapitel 25

In den letzten sechs Monaten seien im Schnitt nur 8927 Fahrzeuge täglich auf der Bundestraße im Bereich der Ortsdurchfahrt Warendorf unterwegs gewesen. An Montagen sei die Zahl am größten: 11.290 Fahrzeuge seien dort gezählt worden während sonntags nur 5421 Fahrzeuge die Ortsdurchfahrt Warendorf passiert hätten.

Die Befürworter des Ausbaus würden behaupten, dass die Verkehrsbelastung ansteige. Tatsache sei aber, so Meyer, dass sie seit Jahren falle.

Markus, der natürlich die Diskussion und die erbitterte Auseinandersetzung über den geplanten Ausbau der Bundestraße kannte, zeigte sich sichtlich erstaunt.

„Woher haben sie diese Zahlen? Soweit ich weiß, fand die letzte Verkehrszählung von StraßenNRW vor vier Jahren statt. Da lagen die durchschnittlichen Zahlen noch um die 10.000 Fahrzeuge pro Tag. Und es wurde ein Anstieg in den kommenden Jahren prognostiziert!"

Meyer räusperte sich. „Da haben sie vollkommen recht. Uns sind die neuen Zahlen durch Zufall in die Hände gefallen. Aber sie sind korrekt, nachprüfbar und absolut wasserdicht", antwortete Meyer.

„Das müssen sie mir erklären! Eine Verkehrszählung ist doch mit großem Aufwand verbunden. Das ist doch kein Zufallsergebnis! Ganz

Kapitel 25

ehrlich, ich kann ihnen da nicht folgen!" Markus schaute in das Gesicht seines Besuchers und war gespannt auf seine Antwort.

„Nun, es gibt da am August-Wessing-Damm, so heißt ja die B 64 im Innenstadtbereich von Warendorf, einen Anwohner, der diese Zahlen ermittelt hat. Es handelt sich um einen 19jährigen Computerfreak, der den Fahrzeugverkehr auf der B 64 vor seiner Haustür das gesamte letzte Halbjahr gefilmt hat. Wie gesagt, er ist ein Computerfreak. Er hat ein Programm entwickelt, das automatisch die Fahrzeuge aus seinem Videoaufnahmen zählt und auswertet", erläuterte Meyer.

Das Programm sei so schlau, den Verkehr in beiden Fahrtrichtungen zu ermitteln und sogar zwischen PKW, LKW und Zweirädern zu unterscheiden.

„Was sie mir hier erzählen, hört sich wahnsinnig spannend an. Verraten sie mir den Namen des jungen Mannes? Wenn wir mit solchen Zahlen an die Öffentlichkeit gehen wollen, müssen wir die Quelle natürlich auf ihre Glaubwürdigkeit überprüfen", bat Markus Pieper.

„Das verstehe ich. Manfred Zenter heißt er und er wohnt am August-Wessing-Damm 102. Zenter lebt dort bei seinen Eltern, er besucht zurzeit noch das Laurentianum in Warendorf. Er macht in diesem Jahr sein Abitur und will mal IT-Spezialist werden. Das Programm hat er quasi als Referenz für seine Qualifikation bei der späteren Jobsuche geschrieben", erläuterte Meyer.

Manfred Zenter habe seine Entwicklung bereits dem Bundesverkehrsministerium und nachgeordneten Behörden wie zum Beispiel auch StraßenNRW vorgestellt, die großes Interesse gezeigt hätten. Dort wollte man jedoch zunächst einmal datenschutzrechtliche Fragen klären. Danach wollte man sich wieder bei ihm melden.

„Nun, dann scheint das Programm, was die Technik und die Aussagekraft angeht, ja auf jeden Fall zu funktionieren", resümierte Markus. „Und Zenter hat also ermittelt, dass die Verkehrsbelastung weiter gesunken ist bzw. entgegen der Prognosen nicht gestiegen ist?"

„Genau! Nach seiner Zählung sind pro Tag rund 500 Fahrzeuge weniger auf der B 64 in Warendorf unterwegs, als StraßenNRW das vorausgesagt hat. Das sind ungefähr fünf Prozent weniger als bei der letzten amtlichen Ermittlung vor vier Jahren", machte Meyer noch einmal deutlich.

Markus und Georg Meyer sprachen noch weitere 20 Minuten über Details der Untersuchung und die Forderungen, die die Initiative „Stopp B 64n" daraus folgerte.

Markus versprach, einen Artikel für eine der nächsten Ausgaben der Warendorfer

Kapitel 25

Lokalredaktion darüber zu schreiben. Wahrscheinlich werde er vorher jedoch mit dem jungen Computerfreak persönlich Kontakt aufnehmen. Außerdem wolle er das Thema der Münsterlandredaktion seiner Zeitung anbieten.

Georg Meyer verabschiedete sich anschließend zufrieden und verließ die Redaktionsräume.

Direkt danach griff Markus zum Telefon, und wählte die Handynummer von Manfred Zenter, die er von Meyer ebenfalls bekommen hatte.

Gleich beim dritten Klingeln meldete sich der junge Gymnasiast. Offensichtlich freute er sich über das Interesse, das Markus an seinem Computerzählprogramm zeigte.

„Wenn ich das richtig verstanden habe, haben sie also alle Fahrzeuge, die in den letzten sechs Monaten ihre Wohnung an der B 64 passiert haben, gefilmt. Ist das richtig?" fragte Markus noch einmal nach.

„Das stimmt. Natürlich nur zum Zwecke der Statistik, nicht aus anderen Gründen. Das ist übrigens auch das, was den Behörden, denen ich mein Programm vorgestellt habe, Bauchschmerzen bereitet. Also dass man mit den Aufnahmen Personen ausspähen könnte oder ähnliches. Datenschutz, Sie verstehen", erläuterte der junge Mann am Telefon.

Kapitel 25

„Und die Filmaufnahmen haben sie alle noch auf ihrem Rechner? Kann ich mir das mal anschauen?"

„Klar habe ich noch alle Aufnahmen. Natürlich nicht mehr auf meinem Laptop direkt, sondern auf mehreren externen Speichern. Das würde sonst meine Kapazitäten sprengen. Und ja, Sie können sich das gern ansehen."

Markus verabredete sich gleich für den späten Nachmittag mit Zenter. Bevor er ihn besuchte, rief Markus noch seinen Freund Felix Burger im Kreishaus an und erzählte ihm von der Geschichte. Der war sofort hellhörig und zeigte sich ebenfalls sehr interessiert.

„Wenn die Zahlen stimmen, dann ist das Wasser auf die Mühlen der Umgehungsstraßengegner", resümierte Felix.

„Da hast du natürlich Recht. Aber ich denke da an etwas ganz anderes. Ich denke an unsere Krogmann-Geschichte," erwiderte Markus.

„Wie kommst du denn darauf?" wollte Felix wissen.

„Nun, der angebliche Wildunfall seinerzeit ereignete sich doch in den Morgenstunden des 18. Januar in der Nähe der Milter Straße. Wenn Krogmann tatsächlich das Schwein aus Polen mitgebracht haben sollte, muss er höchstwahrscheinlich von der Autobahn 2, also aus Richtung Rheda-Wiedenbrück gekommen sein. Und da

Kapitel 25

müsste er eigentlich über die B 64 gefahren sein. Es sei denn, er hat einen Umweg durch die Innenstadt Warendorf gemacht."

„Und du denkst, dass dieser junge Mann ihn da aufgenommen hat? Mit dem kaputten Auto?" ergänzte Felix.

„Genau das denke ich und das werde ich jetzt gleich mal nachprüfen. Ich habe mich nämlich in einer halben Stunde mit ihm verabredet. Also bis heute Abend – da ist Doppelkopf! Vielleicht kann ich dann ja schon mehr sagen."

Nachdem Markus aufgelegt hatte, machte er sich auf den Weg zu Manfred Zenter. Nach dem Klingeln wurde ihm die Tür von Anneliese Zenter, der Mutter des jungen Mannes, geöffnet.

„Ich habe schon gehört, Sie wollen einen Artikel über die Erfindung unseres Sohnes schreiben. Kommen sie herein." Mit diesen Worten führte ihn die Mitvierzigerin ins Haus.

„Der Manfred hört Sie nicht. Wenn er zuhause in seinem Zimmer ist, hat er meistens seine Kopfhörer auf und hört Musik während er an seinem PC sitzt", erklärte Anneliese Zenter.

Das Zimmer des Gymnasiasten befand sich im ersten Stock. Frau Zenter klopfte kurz an seine Tür und öffnete sie.

Ihr Sohn saß tatsächlich mit überdimensionalen Kopfhörern auf den Ohren vor seinem Rechner. Als

Kapitel 25

er seine Mutter mit dem Gast eintreten sah, legte er die Kopfhörer ab und begrüßte Markus per Handschlag.

„Setzen sie sich doch. Ich freue mich, dass sie sich für mein „Traffic Control System" interessieren. So habe ich das Programm genannt", kam Manfred Zenter direkt auf den Punkt.

Markus setzte sich neben Zenter auf einen Klappstuhl, der wider Erwarten bequem war.

In den folgenden Minuten zeigte Manfred seinem Gast am Bildschirm die Funktionsweise des Programms. Obwohl Markus natürlich als Redakteur tagtäglich am Computer saß und sich in der geheimnisvollen IT-Welt durchaus ein wenig auskannte, war er beeindruckt, mit welcher Fachkenntnis und Selbstverständlichkeit dieser junge Schüler mit dem PC umging.

„Wer hat ihnen eigentlich das, also in erster Linie das Programmieren und so, beigebracht?" fragte er fasziniert.

„In der Schule bin ich im IT-Leistungskurs. Aber das meiste habe ich mir selbst angeeignet. Seit meinem 9. Lebensjahr habe ich einen eigenen Rechner. Der erste war ein ausrangiertes, altes Laptop von meinem Vater. Mein Daddy hat mir auch die ersten Sachen gezeigt", berichtete Manfred stolz.

Kapitel 25

Sein Vater arbeite in der Verwaltung des Warendorfer Josefs-Hospitals und sei dort für die gesamte Krankenhaustechnik zuständig.

„Haben Sie noch weitere Fragen?" Manfred schaute Markus an, nachdem er die Präsentation abgeschlossen hatte.

„Ja, habe ich. Aber das hat nicht direkt mit ihrem Programm zu tun, sondern mit den Filmaufnahmen. Können sie mir ihre Aufnahmen vom 18. Januar – und zwar die Aufnahmen für den Zeitraum von ca. 6.30 bis 7.00 Uhr zeigen? Ich möchte wissen, ob in dieser Zeit ein schwarzen Porsche Cayenne mit dem amtlichen Kennzeichen WAF – LK 333 dort zu sehen ist", trug Markus sein Anliegen vor.

„Sehen Sie, das ist genau das, was die Leute vom Ministerium und dem Landesbetrieb befürchten. Das nämlich die Aufnahmen genutzt werden, um Leute auszuspionieren. Und das will ich nicht. Es geht mir nur um die Verkehrsbelastung."

„Das verstehe ich. Aber ich verfolge da seit mehreren Monaten eine ganz eigenartige Betrugsgeschichte. Es geht um einen Unfall, der sich um kurz nach 7 Uhr an diesem Morgen an der Milter Straße ereignet hat. Ich glaube, dass dieser Unfall bereits vorher passiert ist. Und wenn ich Recht habe, dann könnte mir ihre Aufnahmen den Beweis dafür liefern."

Kapitel 25

„Wieso?"

Markus räusperte sich. „Nun, ich hoffe, die Aufnahmen zeigen, dass dieser Porsche bereits einen Unfallschaden aufweist."

„Okay." Manfred überlegte, ob er dem Redakteur helfen sollte.

Schließlich öffnete er seine Schreibtischschublade und kramte nach einigem Suchen eine DVD hervor, die mit einem Edding beschriftet war.

„Das sind die Filmaufnahmen vom 15. bis 20. Januar. Dann wollen wir mal schauen."

Manfred schob die DVD in den Rechner. Schon bald waren auf dem Bildschirm die ersten Autos zu sehen. Am unteren Bildschirmrand waren das Datum und die Uhrzeit angegeben.

Manfred scrollte die DVD vor bis zu der von Markus genannten Uhrzeit.

„Wir können den Film ein wenig schneller durchlaufen lassen. Doppelte Geschwindigkeit, ist das okay?" fragte Manfred. Markus nickte und schaute gebannt auf den Bildschirm.

„Stopp, da war ein schwarzes SUV!" Markus zeigte auf den Bildschirm.

Manfred Zenter ließ den Film langsam und in Zeitlupe zurücklaufen. Und dann sahen sie einen dunklen Porsche Cayenne ins Bild fahren. Sogar das Gesicht von Lothar Krogmann war deutlich zu

Kapitel 25

erkennen. Und auch die hässliche Beule an der rechten Frontseite seines Autos. Und was waren das für Flecken auf dem Lack und an der Frontscheibe?

Kapitel 26

Markus war nach seinem Besuch bei Manfred Zenter wieder in die Redaktion zurückgekehrt und hatte seine Beiträge für die morgige Mittwochsausgabe noch einmal durchgesehen bzw. fertiggestellt und dann die Seite für den Druck freigegeben.

Danach wollte er sich noch schnell kurz vor Toresschluss bei Zöpfchen die Haare schneiden lassen. Doch der hatte seinen Salon wohl schon ein paar Minuten früher geschlossen. Denn als er fünf Minuten vor halb sieben die Klinke seiner Ladentür runterdrückte, war bereits abgesperrt.

„Na gut, dann gehe ich eben direkt zu Porten und gönne mir schon mal ein Pilschen mit einem Brotbällchen", dachte Markus. Und über die Überraschung, die er für seine Freunde in seiner Jackentasche mit sich führte, würden sie große Augen machen.

Große Augen machte er aber erst einmal selbst, als er durch die Schwingtür in Portens Lokal kam. Am Tresen saß bereits sein Freund Zöpfchen auf einem Barhocker und nippte gerade an einem Pils. Neben ihm stand Lisbeth und hatte ganz vertraut ihren Arm um seine Schulter gelegt. Nein, auch das war nicht der Grund für seinen ungläubigen Blick. Denn seitdem Zöpfchen und Lisbeth sich als

Kapitel 26

Liebespaar geoutet hatten, waren die Beiden auch in der Öffentlichkeit unzertrennlich.

Nein, was Markus erstaunte, war Zöpfchens Frisur. Er kannte seinen Freund Franz Auf der Landwehr nun schon seit über 15 Jahren. Und immer trug er am Hinterkopf sein Zöpfchen, sozusagen sein Markenzeichen! Und jetzt war es weg! Stattdessen trug er sein ohnehin lichtes Haupthaar jetzt auch am Hinterkopf und im Nacken kurz.

„Wie siehst du denn aus?!", entfuhr es Markus, als er zu den beiden Turteltauben an den Tresen trat. „Wo ist dein Zopf geblieben?"

„Abgeschnitten!" kam die knappe Antwort von Franz Auf der Landwehr, dem ehemaligen „Zöpfchen".

„Warum, wieso?"

„Es war eben an der Zeit, alte Zöpfe abzuschneiden! Aber keine Sorge, ich bin ansonsten immer noch derselbe geblieben."

Auch als nach und nach die anderen Doppelkopfbrüder eintrudelten, war Zöpfchens nicht mehr vorhandenes Markenzeichen das Hauptthema der Diskussion.

„Das geht doch gar nicht! Wie sollen wir dich denn ab heute ansprechen?" fragte Franz Hülsmann. „Wir beide heißen Franz, der Vorname Franz ist in unserer Runde ja schon vergeben!"

Kapitel 26

„Ich finde, dir steht deine neue Kojak-Frisur prima", trug Paul zur Unterhaltung bei.

„Wie wär´s denn dann mit Kojak als neuen Spitznamen für Zöpfchen?" warf Felix in die Runde.

„Wisst ihr was", versuchte Franz auf der Landwehr das Thema zu beenden. „Ich reagiere und höre auch ohne Zopf weiterhin auf „Zöpfchen". Und ich bin euch überhaupt nicht böse, wenn ihr mich auch in Zukunft mit diesem Spitznamen ansprecht, okay?"

Die Freunde diskutierten noch weitere Minuten kontrovers über das Thema, einigten sich aber schließlich darauf, es zunächst einmal zu vertagen, um endlich Karten zu spielen können.

„Stopp! Bevor wir die Karten umdrehen habe ich noch eine Neuigkeit für Euch, die euch umhauen wird!" sagte Markus.

„Jetzt sag bloß, Ines ist schwanger!" entfuhr es Paul Anders. „Oder wollt ihr endlich heiraten?"

„Nichts von beidem! Wie kommst du darauf?" antwortete Markus verdutzt. Aber Paul hatte mit seiner Frage vielleicht gar nicht so falsch gelegen. Vielleicht sollte er darüber wirklich mal ernsthaft nachdenken, dachte Markus. „Ines hat zwar noch nie gedrängt, aber ich glaube, sie würde auch nicht nein sagen", sinnierte Markus.

Statt weiter nachzudenken, zog Markus einen DIN A 4-Ausdruck aus seiner Jackentasche.

Kapitel 26

"Schaut Euch mal das Foto an, das ich mitgebracht habe! Na, was sagt ihr dazu?"

Markus hatte das Blatt mit dem farbigen Computerausdruck auf den Tisch gelegt.

"Ist das der Porsche von diesem Krogmann?" fragte Paul.

"Ja, das ist es. Und werft einmal einen Blick auf die Uhrzeit, wann dieser Schnappschuss gemacht worden ist", ergänzte Markus.

"Wow, jetzt sag nur, dass die Aufnahme kurz vor seinem vermeintlichen Unfall bei mir in den Knäppen gemacht worden ist!" Franz Hülsmann beugte sich über das Foto, um noch weitere Einzelheiten zu sehen.

"Und schaut mal genau hin. Da sind Dellen an der Frontschürze und auf der Motorhaube ganz deutlich zu erkennen. Und selbst die Blutspritzer kann man sehen!" war Felix ganz aus dem Häuschen.

"Mensch Markus, wie bist du denn da drangekommen? Erzähl, wer hat die Aufnahme gemacht?" wollte Franz Hülsmann wissen.

"Das ist ein 19jähriger Gymnasiast, der ein Verkehrszählprogramm entwickelt hat. Der hat in den letzten Monaten von seinem Fenster aus alle Fahrzeugbewegungen auf der B 64 aufgezeichnet."

Kapitel 26

Markus berichtete anschließend seinen Freunden zunächst von dem Besuch Meyers in der Redaktion und den neuen Verkehrszahlen auf der Bundesstraße. Der Ausbau der B 64 bzw. der damit einhergehende geplante Neubau einer Umgehungstraße südlich von Warendorf war auch unter seinen Doppelkopfbrüdern ein strittiges Thema. Während Felix Befürworter des Ausbaus war, wetterte Franz Hülsmann gegen die Pläne, die seines Erachtens zu viel landwirtschaftliche Flächen vernichten würden. Er als Landwirt war absolut dagegen.

Wenn überhaupt, dürfe die neue geplante Straße zweispurig und nicht vierspurig, wie anfangs mal geplant, gebaut werden. Auch Felix hatte sich mittlerweile diesen Argumenten angenähert.

Durch die neuen Zahlen, so fürchtete er, würde das Projekt vielleicht wieder komplett in Frage gestellt werden. Doch darum ging es heute nicht. Markus berichtete von seinem Besuch bei Manfred Zenter und dass der ihm seine Filmaufnahmen gezeigt hatte. Es sei nicht leicht gewesen, den jungen Mann dazu zu bewegen, ihm die Aufnahmen vom 18, Januar zu zeigen und ihm einen Fotoausdruck von Krogmanns Auto zu überlassen.

Er habe Zenter reinen Wein einschenken und ihn von dem Verdacht gegen Krogmann erzählen müssen. Als Markus sogar das Kennzeichen von

Kapitel 26

Krogmannns Wagen und die ungefähre Uhrzeit genannt hatte, habe Zenter sich schließlich bereit erklärt, die Filme zu sichten.

Beim Abschied musste Markus dem jungen Gymnasiasten versprechen, das Foto nicht zu veröffentlichen. Er wolle auf keinen Fall, dass seine Aufnahmen öffentlich würden und er wegen eines möglichen Verstoßes gegen Datenschutzgesetze Probleme bekomme.

„Und was machen wir jetzt damit?" fragte Markus zum Abschluss seiner Schilderungen.

„Nun, du musst das Foto ja nicht veröffentlichen. Aber wir könnten jetzt Krogmann damit konfrontieren, weil wir beweisen können, dass er den Unfall vorgetäuscht und die Schweinepest aus Polen nach Deutschland eingeschleppt hat", meinte Franz Hülsmann.

„Du hast recht. Mein Redaktionsleiter hat uns ja selbst auf die Idee mit dem Radarfoto gebracht. Jetzt haben wir ein Foto – und wir haben eine ganze Reihe von anderen Indizien und Zeugen, die unsere These stützen." Markus war sich sicher, jetzt grünes Licht von seiner Redaktionsleitung und seinem Verleger dafür zu bekommen.

„Und ich werde mit unserem Veterinäramt sprechen. Die könnten, nein die müssen jetzt eine amtliche Untersuchung einleiten und Krogmann zu

Kapitel 26

einer Anhörung offiziell vorladen. Ich bin sicher, dass der dann kalte Füße bekommt", ergänzte Felix.

„Haltet uns mal auf dem Laufenden, wie die Geschichte weitergeht. Was kann dem Krogmann eigentlich blühen, wenn sein Vergehen aufgedeckt wird?" wollte Zöpfchen ohne Zopf wissen.

„Das ist eine spannende Frage, über die ich auch schon nachgedacht habe. Ich bin zwar kein Jurist, aber strafrechtlich wird man ihm wohl keinen besonders großen Strick daraus drehen können. Ist es ein Versicherungsbetrug, wenn man den Unfallort „verlegt"? Vielleicht Unfallflucht? Oder Diebstahl eines Wildschweins? Der eigentliche Wildunfall ist ja tatsächlich passiert! Ich weiß es nicht. Klar ist nur: Er hat getäuscht! Er hat der Polizei und allen Beteiligten etwas vorgespielt, was so nicht stattgefunden hat. Aber ob das reicht, ihn hinter Schloss und Riegel zu bringen? Ich weiß es nicht" meinte Felix.

„Gut, aber er hat doch schließlich die Seuche ins Land geholt und dadurch Millionenschäden verursacht."

„Aber er wusste doch gar nicht, dass das Wildschwein infiziert war, als er es nach Deutschland gebracht hat. Das hat er doch auch erst später erfahren. Das kann man ihm doch nicht vorwerfen, oder?" fragte Paul.

Kapitel 26

„Unwissenheit schützt vor Strafe nicht!" das sagt Richter Leimbach, einer meiner Kunden, immer!" steuerte Zöpfchen sei.

„Ich könnte mir vorstellen, dass er in erster Linie zivilrechtlich belangt werden könnte. Denn nachdem er erfahren hatte, dass sein Wildschwein die Pest hatte, hat er geschwiegen. Erst dadurch ist die ganze Maschinerie mit Sperrbezirk und Keulung von Beständen ins Rollen gekommen. Wenn er sich da offenbart hätte, wäre das wohl alles nicht passiert", war sich Franz sicher.

„Darüber sollen sich die Juristen den Kopf zerbrechen. Das ist nicht unser Bier. Wir sind eigentlich heute hier zum Kartenspielen. Was ist, wer gibt?"

Zöpfchen griff zu den Karten; er hatte an diesem Abend eine Glückssträhne. 7,90 Euro hatte er am Ende mehr in seinem Portemonnaie.

Bevor sie gegen Mitternacht Porten verließen, sprachen Felix und Markus noch am Tresen kurz über ihr weiteres Vorgehen in Sachen Krogmann.

Felix wollte gleich am nächsten Morgen mit dem Landrat und Veterinäramtsleiter Dr. Klaus Kontakt aufnehmen und sie über ihre Ermittlungen informieren. Er war sich sicher, dass die Kreisverwaltung daraufhin Krogmann vorladen würde, um ihn mit den Fakten zu konfrontieren.

Kapitel 26

Markus würde das Gespräch mit seinem Chefredakteur führen. Zwar durften sie das Foto nicht abdrucken – aber es war der Beweis dafür, dass Krogmann ganz offensichtlich gelogen hatte. Jetzt müssten auch sein Chefredakteur und der Verleger bereit sein, der Veröffentlichung seiner Geschichte zuzustimmen.

Gegen 10 Uhr am darauffolgenden Mittwoch telefonierten beide Freunde miteinander.

„Und, wie sieht es aus?" fragte Markus. „Wollt ihr vom Kreis die Sache noch mal aufrollen?"

„Ja. Dr. Klaus hat den Auftrag, Krogmann vorzuladen. Aber wir müssen das Foto mit Krogmanns Auto nutzen dürfen. Bitte sprich noch mal mit dem jungen Mann. Wir brauchen seine Zustimmung dafür", erwiderte Felix.

„Genau das hat mir mein Chefredakteur auch gesagt. Alles hängt von diesem Foto ab. Aber ich glaube, dass ich den Manfred überzeugen kann."

„Tu das und dann rufe mich bitte gleich wieder an."

Markus wählte anschließend die Nummer von Manfred Zenter.

„Hallo Manfred, Markus Pieper ist hier vom Emsecho. Sie erinnern sich, die Geschichte mit dem Foto?"

„Na klar. Was gibt's denn?"

Kapitel 26

Markus räusperte sich. „Nun ja, ich hatte ihnen ja versprochen, das Foto nicht zu veröffentlichen. Darum geht es. Sowohl die Kreisverwaltung als auch meine Zeitung brauchen das Bild aber als Beweis für die Anschuldigungen. Und deshalb brauche ich ihre Zustimmung."

„Und was heißt das?"

„Wir müssen sagen dürfen, wer es gemacht hat. Und Sie müssen auf Nachfrage bestätigen, wie es zustande gekommen ist."

„Und genau das wollte ich unbedingt vermeiden."

„Ich verstehe das und habe mit unserer Rechtsabteilung gesprochen. Die fanden das Thema echt spannend. Die sagen, dass es absolut nicht verboten ist, den Verkehr auf einer Straße zu filmen. Es geht nur um die persönlichen Daten, die eine Archivierung und Nutzung dieser Aufnahmen mit sich bringt. Unser Justiziar würde sich gern mit Ihnen unterhalten und Sie beraten, wie sie ihre Filmaufnahmen für ihr Programm sicher und ohne Verstöße gegen datenschutzrechtliche Bestimmungen nutzen können. Wenn Sie zum Beispiel die Aufnahmen von vornherein irgendwie verschleiern könnten, wäre das schon sehr hilfreich", sagte Markus.

„Und ihr Rechtsanwalt würde mir helfen, mein Programm in dieser Hinsicht rechtssicher zu

Kapitel 26

machen?" fragte Manfred.

„Ja genau, seine Expertise würde ihnen helfen, ihre Erfindung gegenüber den Behörden besser darstellen zu können. Was halten Sie von dem Vorschlag?"

„Das wäre prima. Eine solche Hilfe kann ich gut gebrauchen. Und wenn sie mir helfen, helfe ich Ihnen auch. Okay, sie können das Foto nutzen, meinetwegen auch veröffentlichen. Ich stehe dazu!" sagte Manfred Zenter.

Zehn Minuten später hatte Markus seinen Freund Felix wieder an der Strippe. „Der junge Herr Zenter hat zugestimmt. Jetzt wird es ungemütlich für unseren Schweinetransporteur."

„Okay. Die Vorladung an Krogmann geht heute noch per Post heraus. Dr. Klaus wird sich freuen. Er sagt, wenn sich sicher herausstellen sollte, dass die Schweinepest bei uns nur ein eingeschleppter Einzelfall war, würden wahrscheinlich auch die immer noch geltenden Importsperren aufgehoben, die China und Russland seitdem für deutsches Schweinefleisch verhängt haben. Das wäre für unsere Schweinemäster ganz fantastisch."

„Na dann. Mein Artikel soll übrigens in die kommende Wochenendausgabe. Wir werden Krogmann vorher anrufen und um eine Stellungnahme bitten. Mal sehen, was er sagt."

Kapitel 27

Diesen Donnerstag würde Lothar Krogmann ganz sicher niemals vergessen. Denn was an diesem Tag auf ihn herniederprasselte, war ein einziges Desaster.

In der Morgenpost fand er die Vorladung vom Kreis Warendorf.

Es hätten sich neue Anhaltspunkte ergeben, die Untersuchung der Ursachen für den Ausbruch der Afrikanischen Schweinepest im Kreis Warendorf neu aufzunehmen. Es gebe deutliche Anhaltspunkte dafür, dass das bei dem angeblichen Unfall in Warendorf getötete Schwein nicht von dort stammen würde. Er, Krogmann, werde daher vorgeladen, zu den Vorwürfen Stellung zu nehmen. Ausdrücklich werde ihm geraten, einen Anwalt mitzubringen. Die Vorladung war für den nächsten Tag terminiert: Ausgerechnet ein Freitag, der 13.!

Na, wenn das kein böses Omen war!

Er hatte den Inhalt des Schreibens noch nicht ganz verinnerlicht, da schellte sein Telefon. Ein Markus Pieper, Redakteur vom Emsecho, wollte ihn sprechen Das ist doch dieser Journalist, mit dem ich mich vor einigen Wochen mal im Café Schrunz getroffen habe, dachte Krogmann. Was will der

Kapitel 27

denn? „Stelle ihn bitte durch", sagte Krogmann zu Elvira, seiner Sekretärin.

„Hallo Herr Pieper. Ein seltener Anruf, was kann ich für sie tun?" fragte er gespannt und hatte dabei ein ungutes Gefühl in der Bauchgegend.

„Guten Tag Herr Krogmann. Ich möchte Ihnen die Gelegenheit geben, eine Stellungnahme zu einem Artikel abzugeben, der am Wochenende in unserer Zeitung veröffentlicht wird."

„Das hört sich ja spannend an. Sie wollen sicherlich meine Meinung zum Ausbau der B 64 hören? Das Thema Ortsumgehung schwappt ja gerade mal wieder so richtig hoch."

„Nein, es geht nicht um die B 64. Oder doch, indirekt schon!" antwortete Markus.

„Ja, was denn jetzt? Offensichtlich wissen Sie nicht genau, was sie mich überhaupt fragen wollen. Ich habe keine Zeit für solche Mätzchen", blaffte Krogmann ins Telefon.

„Ich würde mir an Ihrer Stelle die Zeit nehmen", erwiderte Markus kühl. „Vor mir liegt ein Foto, dass auf der B 64 von Ihrem Porsche mit Ihnen am Steuer gemacht worden ist. Das Foto stammt vom 27. Januar. Es wurde um 7.15 Uhr aufgenommen. Das ist genau 45 Minuten bevor Sie ihren angeblichen „Wildunfall" gemeldet haben. Merkwürdig ist nur, dass Ihr Fahrzeug auf dem Foto schon den Schaden

Kapitel 27

aufweist, der angeblich erst eine gute halbe Stunde später entstanden ist."

Markus machte eine Pause. Am anderen Ende der Leitung blieb es still. Ganz offensichtlich hatten seine Worte den Angerufenen nachdenklich gemacht.

„Was wollen Sie damit sagen?" kam es nach einer gefühlten Ewigkeit von Krogmann etwas kleinlaut.

„Ganz einfach: Dass Sie den Wildunfall schon viel früher hatten – und zwar in Polen. Und dass sie den Unfall in Lippermanns Knäppe nachgestellt haben."

„Wie wollen Sie das beweisen? Das können sie nicht!" Krogmann war kreidebleich geworden.

„Doch, dass kann ich. Und ich will es ihnen gern sagen. Erstens: Wir können beweisen, dass Sie noch vor Mitternacht – also acht Stunden bevor das Foto auf der B 64 von Ihnen geschossen wurde – in Polen waren. Was Sie übrigens bei unserem Gespräch vor einigen Wochen energisch abgestritten haben. Zweitens: Das Foto beweist, dass der Unfallschaden schon vor dem angeblichen Unfallzeitpunkt an ihrem Wagen vorhanden war. Und drittens: Es gibt Zeugenaussagen und Indizien dafür, dass das an dem Morgen in Warendorf von Ihnen angefahrene Wildschwein schon etliche Stunden vorher tot war."

Kapitel 27

Markus machte eine Pause. Er hörte am anderen Ende der Leitung, dass Krogmann offenbar schwer durchatmete. Doch es kam kein Kommentar von ihm. Also setzte Markus das Gespräch fort.

„Und diese Fakten, Herr Krogmann, werden in dem Artikel genannt und Ihnen zur Last gelegt. Dabei werden wir vorläufig auf die Veröffentlichung Ihres Namens verzichten und uns auf die Initialen beschränken. Und wir werden deutlich machen, dass der Kreis als Veterinärbehörde und die Staatsanwaltschaft als Ermittlungsbehörde ebenfalls eingeschaltet sind. Der Fairness halber möchten wir Sie darüber vorab informieren und Gelegenheit geben, sich dazu zu äußern."

„Das hätten Sie wohl gern! Kein Wort werden sie von mir dazu hören. Ich werde gleich mit meinem Anwalt sprechen. Von dem werden Sie dann hören! Ziehen Sie sich schon mal warm an!" Wütend klickte Krogmann das Gespräch weg und knallte das Telefon auf den Schreibtisch.

„Verdammter Mist, was mache ich jetzt?" Krogmann schnappte nach Luft, lockerte seine Krawatte und öffnete den obersten Kragenknopf seines weißen Hemdes.

„Hätte ich doch dieses verdammte Borstenvieh einfach liegen lassen. Ich war so bescheuert", murmelte er leise vor sich hin. „Aber es hilft nichts, ich muss da jetzt durch."

Kapitel 27

Krogmann griff zum Telefon und wählte die Nummer seines Anwalts Dr. Cornelius Burscheidt. Er hatte Burscheidt und seine Frau Jutta vor Jahren zufällig bei einer Party kennengelernt. Irene und er hatten sich mit dem Paar auf Anhieb prima verstanden und sich angefreundet. Im letzten Jahr waren sie sogar zu einem gemeinsamen Wochenendtrip in London.

„Hallo Cornelius. Ich brauche Deine Hilfe. Hast Du Zeit für mich?" fiel Krogmann mit der Tür ins Haus.

„Natürlich! Wo drückt denn der Schuh?" fragte Dr. Burscheidt.

„Nun ja, das ist eine ganz saublöde Geschichte, in die ich da reingeraten bin. Du erinnerst Dich an meinen Unfall mit dem Wildschwein?"

„Klar erinnere ich mich! Stand ja in allen Zeitungen! Es stellte sich dabei doch heraus, dass das Tier mit irgendeinem Virus infiziert war, oder?" fragte der Anwalt.

„Genau, das Schwein hatte die Afrikanische Schweinepest."

„Und das ist jetzt ein Problem? Oder was ist es, was dir Sorgen macht?"

„Ja, es geht um den damaligen Unfall. Ich habe damals ein wenig getrickst. Und das droht mir jetzt auf die Füße zu fallen."

Kapitel 27

„Du hast getrickst, wie soll ich das verstehen?"

Krogmann atmete tief durch und schenkte seinem Freund und Anwalt reinen Wein ein und erzählte ihm die ganze Geschichte in Kurzform.

Der war zunächst sprachlos. Zumindest ließ er das soeben gehörte einige Sekunden sacken, bevor er reagierte.

„Mensch Lothar! Da hast du dir ja was eingebrockt! Warum um alles in der Welt hast du das gemacht? Wie kamst du auf die Schnapsidee, das Schwein einzupacken und den Unfall hier in Warendorf zu wiederholen?" fragte Burscheidt.

„Ich hatte an dem Abend beim Essen ein oder vielleicht auch zwei, drei Gläschen Wein getrunken. In Polen gilt die 0,2 Promille Grenze. Ab 0,5 Promille ist das sogar eine Straftat. Ich hatte von einem Bekannten gehört, den die Bullen sogar eingelocht haben, als sie bei ihm 0,6 Promille beim Alkoholtest festgestellt hatten. Ich konnte also die Polizei nicht anrufen. Wer sollte also den Wildunfall für die Versicherung aufnehmen beziehungsweise bestätigen?" gab Krogmann als Antwort.

„Ich verstehe! Wer weiß davon? Hast du Irene davon erzählt?"

„Du bist der erste, dem ich das sage. Irene weiß bislang auch von nichts. Nur irgendein Spanner hat den Unfall in Polen wohl mitgekriegt und mich damit erpresst. Und jetzt haben die Presse und auch

Kapitel 27

die Kreisverwaltung Lunte gerochen. Scheiße, was soll ich denn jetzt nur tun?"

„Auch das noch! Du bist erpresst worden? Am besten setzt du dich gleich ins Auto und kommst zu mir in die Kanzlei. Ich brauche mehr Details. Und dann überlegen wir gemeinsam, wie wir weiter vorgehen."

Krogmann fuhr nach dem Telefonat mit seinem Anwalt direkt zu ihm. Mehr als zwei Stunden saßen Dr. Burscheidt und er zusammen.

Am Ende riet Burscheidt ihm, alle Vorwürfe zu bestreiten und nur das zuzugeben, was unumstößlich zu beweisen war.

„Also Lothar, du gibst zu, noch am Vorabend des Unfalls in Polen gewesen zu sein. Das kann man über die Handyortung einwandfrei nachweisen. Der Unfall mit dem Wildschwein hat sich aber, so wie du immer behauptet hast, in Lippermanns Knäppe zugetragen. Die auf dem Foto zu sehenden Beulen am Auto stammen eben von einem kleinen Crash, den du bereits vor einigen Tagen in Polen hattest."

Krogmann nickte. „Okay, so könnte es gehen. Aber was ist mit der Erpressung?"

„Na ja! Der Erpresser wird sich sicherlich nicht an die Polizei wenden. Der hat doch bekommen, was er wollte", meinte Burscheidt. „Dennoch befürchte ich", setzte der Anwalt fort, „dass man

Kapitel 27

dich leider aufgrund der Indizien anklagen und schlimmstenfalls auch verurteilen wird."

„Was kann mir denn blühen? Müsste ich am Ende in den Knast?"

„Nein, davon gehe ich nicht aus. Strafrechtlich ist da nicht allzu viel zu erwarten. Da du nicht vorbestraft bist, würde eine eventuelle Freiheitsstrafe wahrscheinlich zur Bewährung ausgesetzt werden", so Burscheidts Einschätzung.

Wesentlich gefährlicher seien aus seiner Sicht nach einer Verurteilung die möglichen zivilrechtlichen Folgen. Durch sein Verhalten – also durch sein Schweigen, nachdem klar war, dass das Tier die Afrikanische Schweinepest hatte – sei ein Millionenschaden für die deutsche Viehwirtschaft entstanden. Wenn er da rechtzeitig den Mund aufgemacht hätte, wäre möglicherweise das ganze Szenario mit Sperrgebiet, Beobachtungsgebiet, Tötung der Tiere und den verhängten Sanktionen für die Branche vermieden worden. Burscheidt sah Krogmann ernst ins Gesicht.

„Wenn Zivilrichter darin einen adäquaten Kausalzusammenhang sehen, kann das sehr, sehr teuer für dich werden."

„Oh Gott, was für ein Alptraum. Wie weit können mögliche Gläubiger an mein Vermögen kommen?. Muss ich mit allem haften, was ich habe?"

Kapitel 27

„Na ja, im Prinzip schon. Soweit ich weiß, gehört die Firma deiner Frau, richtig?" fragte der Anwalt.

„Ja, das ist richtig. Sie hat sie von ihrem Vater geerbt. Meine Frau kümmert sich aber überhaupt nicht darum, ich bin Geschäftsführer mit allen Vollmachten."

„Und ihr habt bei eurer Eheschließung Gütertrennung vereinbart?"

„Ja!"

„Gott sei Dank, dann haftest nur du mit deinem eigenen Privatvermögen. Die Fertighausfirma und auch das gesamte Vermögen deiner Frau sind geschützt", erklärte Dr. Burscheidt. „Du solltest aber dringend mit deiner Frau sprechen und sie einweihen, bevor sie die Geschichte am kommenden Wochenende aus der Zeitung erfährt."

„Ja, das muss ich wohl. Mist!!" Krogmann ballte seine Hände zu Fäusten.

„Lothar, hast du mir zugehört und alles verstanden?"

„Ja, ja, ich habe verstanden. Rufst du noch einmal bei der Zeitung an? Vielleicht kannst du ja doch noch die Veröffentlichung verhindern", bat Krogmann seinen Freund und Anwalt.

„Mach ich. Aber ich glaube kaum, dass ich da noch was ausrichten kann. Wie heißt der Redakteur – oder besser noch sein Chef?"

Kapitel 27

„Markus Pieper ist der Redakteur und Andreas Pawell der Chefredakteur."

Nachdem Krogmann sich von Dr. Burscheidt verabschiedet hatte, fuhr er direkt zur Boutique seiner Frau in Oelde. Er hatte sie auf dem Handy angerufen und dabei erfahren, dass sie sich bis zum Mittag in der dortigen Filiale aufhalten würde und sich spontan mit ihr zum Mittagessen verabredet.

„Wir müssen reden. Ich hole dich ab, wir können doch zu Pott's Brauhaus fahren und dort eine Kleinigkeit essen", hatte er vorgeschlagen.

Irene war ein wenig verwundert, denn es kam nur ganz selten vor, dass ihr Mann sie spontan zum Essen einlud.

„Was gibt es denn so Wichtiges, dass du extra nach Oelde kommen willst? Aber okay, ich habe am Nachmittag sowieso nichts vor, was nicht warten könnte", hatte sie gesagt und dabei ein wenig nachdenklich geklungen.

In Pott's Brauhaus ganz in der Nähe der Autobahn 2 war um diese Zeit bereits reger Betrieb. Die meisten Gäste hielten sich bei dem schönen Wetter draußen im Biergarten auf. Krogmann wählte einen Tisch drinnen, um in Ruhe und ungestört mit seiner Frau reden zu können.

„Lothar, jetzt spanne mich nicht länger auf die Folter. Ich bin schon richtig neugierig, was du mit mir besprechen willst", kam Irene direkt zur Sache,

Kapitel 27

nachdem sie bei der Bedienung ihre Getränke und ihr Essen bestellt hatten.

Krogmann atmete noch einmal tief ein und aus, bevor er antwortete.

„Irene, ich muss dir was beichten. Ich habe Scheiße gebaut."

Und dann berichtete er seiner Frau von seinem Wildunfall in Polen. Und davon, dass er das dabei getötete Tier mit nach Deutschland genommen und hier den Unfall nachgestellt hatte.

„Ich habe doch nicht ahnen können, dass dieses tote Viech die Pest am Leib hatte. Und als das bekannt wurde, habe ich den Mund gehalten und bin bei meiner Version der Geschichte geblieben. Und jetzt scheint es so, dass mir die ganze Sache um die Ohren fliegt", sagte Krogmann.

Irene war ganz blass geworden und zu perplex, um spontan darauf zu reagierten.

„Wieso fliegt dir das jetzt um die Ohren? Wer weiß davon? Was ist passiert?" Ihre Fragen kamen eher gepresst hervor, nachdem sie in einem Zug ihr Glas geleert hatte.

„Ein Reporter vom Emsecho hat recherchiert und Indizien gefunden, die mich ziemlich schwer belasten. Er will seine Recherchen am Wochenende in einem Artikel öffentlich machen. Außerdem hat mich die Kreisverwaltung morgen zu einer Vernehmung vorgeladen. Die beim Kreis haben

Kapitel 27

wohl über den Zeitungsreporter die gleichen Informationen und rollen die Sache wieder auf."

„Oh, Gott!" Mehr kam nicht von Irene.

Und weil Krogmann schon mal dabei war, seiner Frau reinen Wein einzuschenken, setzte er seine Beichte fort.

„Und zu allem Überfluss gibt es einen Zeugen, der meinen Unfall in Polen mitbekommen hat und mich damit erpresst hat!"

„Bitte was? Du wirst erpresst? Um Himmels Willen, in was hast du dich da reingeritten?" Irene winkte nach dem Kellner und bestellte sich auf den Schreck einen doppelten Cognac.

„Ja. Es gibt wohl einen Augenzeugen, der mich in der Nacht beobachtet hat. Er hat mir vor geraumer Zeit bereits ein Foto von der Unfallstelle in Polen geschickt. Und er hat für sein Schweigen eines unserer Chalets von mir erpresst!"

In wenigen Sätzen erläuterte er auch die Geschichte rund um die Erpressung und seinen missglückten Versuch, der Spur der LKW nach Polen folgen.

Irene hatte inzwischen ihren Cognac erhalten, ihn in einem Zug heruntergekippt und gleich einen neuen bestellt.

„Lothar, bist du jetzt fertig, oder hast du noch mehr Hiobsbotschaften?"

Kapitel 27

„Nein, das war es. Ich könnte mich selbst in den Hintern treten. Der ganze Ärger nur wegen eines dämlichen Schweins."

Irene nippte an ihrem zweiten Cognac, den sie gerade serviert bekommen hatte. Dann legte sie los: „Du bist so blöd! So saublöd! Du bist derjenige, der sich dämlich verhalten hat! Wie kann man nur auf die Idee kommen, ein totgefahrenes Tier mitzunehmen! Und das alles, um einen kleinen Blechschaden von der Versicherung erstattet zu bekommen! Und du hast mich die ganze Zeit belogen und betrogen! Und unsere, besser gesagt meine Firma, schwer geschädigt. Eine Villa im Wert von mehreren 100.000 Euro ist futsch! Mensch Lothar, ich bin fassungslos, total enttäuscht von dir und stinksauer zugleich!"

Krogmann wagte es nicht, seine Frau anzuschauen.

„Irene, glaub mir: Es tut mir alles so unendlich leid! Ich bin da einfach so reingeschlittert – und jetzt stecke ich tief in der Scheiße!" sagte er zerknirscht.

„Lothar, deine Erklärungen, deine Ausreden und erst recht dein Selbstmitleid kannst du dir sparen. Ich will davon nichts hören! Sieh zu, wie du da wieder herauskommst. Vielleicht kann ja dein Anwaltfreund dir helfen. Ich jedenfalls nicht! Und ich will, dass du dich in den nächsten Tagen weder in der Firma noch bei uns zuhause blicken lässt."

Kapitel 27

„Aber Irene, bitte, ich brauche dich jetzt! Und was soll das heißen: Ich soll mich nicht in der Firma blicken lassen?"

„Das soll heißen, dass du als Geschäftsführer meiner Firma zunächst einmal suspendiert bist! Papa würde sich im Grabe umdrehen, wenn er erführe, wie du mit seinem Lebenswerk umgehst! Wie soll ich dir noch vertrauen, wenn du klammheimlich eine Villa unterschlägst?"

„Nein Irene, das kannst du nicht tun! Du weißt doch, in welch einer Zwickmühle ich war."

„Lothar, es ist wirklich das Beste, wenn du in nächster Zeit erst einmal untertauchst und dich nicht in Warendorf blicken lässt. Wenn die Geschichte in den Zeitungen steht, werden die Leute mit dem Finger auf dich zeigen! Warte ab, wie sich die Dinge entwickeln. Oh Gott, wie werden unsere Freunde und Nachbarn nur reagieren?! Ich mag gar nicht daran denken."

„Irene, hör zu. Cornelius hat mir geraten, zunächst mal alles abzustreiten, was nicht zweifelsfrei bewiesen werden kann. Er sieht gute Chancen, dass ich da einigermaßen heil herauskomme."

„Dein Wort in Gottes Ohr. Aber bis dahin will ich dich nicht sehen. Fahre nach Hause, pack deinen Koffer und quartiere dich für die nächste Zeit in

Kapitel 27

unserem Appartement in Münster ein. Da erkennen dich die Leute nicht an jeder Ecke!"

Irene wartete gar nicht mehr ab, was ihr Mann erwiderte. Sie erhob sich, griff nach ihrer Handtasche und stürmte ohne ein weiteres Wort aus dem Lokal.

Lothar winkte den Kellner heran und zahlte. Dann verließ auch er das Brauhaus und setzte sich in seinen Wagen. Wahrscheinlich hat Irene recht, dachte er. Ich sollte untertauchen und abwarten, bis sich die Wogen geglättet haben.

Kapitel 28

Der fast ganzseitige Artikel in der Wochenendausgabe des Emsecho schlug ein wie eine Bombe.

Zwar wurde Krogmanns Name nicht genannt aber jeder wusste, wer hinter dem Warendorfer Geschäftsmann mit dem Kürzel K. steckte. An allen Frühstückstischen und überall in der Stadt gab es an diesem Samstagmorgen nur ein Thema: Der angeblich vorgetäuschte Wildunfall und der daraus entstandene verheerende Schaden für die Tierhalter.

Zwar hatte Redakteur Markus Pieper in seinem Artikel keine Vorverurteilung gegen Krogmann ausgesprochen und alles noch mit einem vorsichtigen Fragezeichen versehen. Doch die von ihm und seinen Freunden recherchierten Fakten belasteten den Geschäftsmann schwer. Und die Tatsache, dass die Kreisverwaltung in Anbetracht der neuen Fakten den Fall erneut aufrollte und K. zu einer Aussage ins Landratsamt vorgeladen hatte, war dem Artikel zu entnehmen. Und auch, dass der Kreis die Staatsanwaltschaft eingeschaltet habe.

All dies stand in dem Zeitungsartikel und war für die allermeisten Warendorfer ein klares Indiz dafür, dass Krogmann gehörig Dreck am Stecken hatte und sich die Dinge genauso abgespielt haben mussten, wie beschrieben.

Kapitel 28

Wie erwartet, hatte sich Krogmann selbst nicht zu den Vorwürfen geäußert. Sein Anwalt bestritt jedoch alle Vorwürfe, ohne jedoch auf Einzelheiten einzugehen.

Auch in Zöpfchens Salon gab es an diesem Vormittag natürlich nur ein Thema: Krogmanns Wildunfall! Insbesondere ging es dabei immer wieder um die Frage, warum Krogmann das alles nur getan hatte. Keiner wusste darauf so recht eine Antwort.

„Dass der uns die Seuche eingeschleppt hat war Rache und klare Berechnung", wusste ein Kunde zu berichten. „Er wollte sich damit an dem Waldbesitzer rächen, wo der Unfall passiert ist. Dem gehört nämlich auch ein Grundstück neben Krogmanns Baufirma in Everswinkel, auf die der Krogmann scharf ist. Und der Bauer verkauft ihm das einfach nicht."

Diese Version der Geschichte konnte Zöpfchen gleich richtigstellen. „Das stimmt nicht! Der Waldbesitzer ist ein Doppelkopfbruder von mir. Der kennt den Krogmann nur flüchtig und hat kein Land in der Nähe von Krogmanns Betrieb."

Es blieb nach wie vor ein großes Rätsel, was Krogmann zu seinem Handeln bewogen hatte.

„Das werden wir wohl nie erfahren", meinte Kurt Tuchel, der sich wie jeden ersten Samstag im Monat von Zöpfchen seinen spärlichen Haarkranz

Kapitel 28

schneiden ließ. Tuchel war seit Jahren Stammkunde, auch schon zu der Zeit, als sein ehemals dunkelblondes Haupthaar noch in voller Pracht stand.

„Was meinst du damit, Kurt?" fragte Zöpfchen, der bereits seit mehr als einer Viertelstunde mit Akribie dabei war, immer wieder millimeterkurze Spitzen von Tuchels gräulichen Haarkranz zu entfernen.

„Na ich hab gehört, dass er von zu Hause weg und untergetaucht ist. Berni Leitner, der Briefträger, hat ihn vorgestern Abend gesehen, als er mit zwei Koffern sein Haus verließ. Und gestern war er dann auch nicht in seiner Firma."

Und in der Tat: Krogmann war von der Bildfläche verschwunden. Weder in seinem Betrieb noch sonst wo in Warendorf war er in den folgenden Tagen und Wochen zu sehen. Nur seine Frau Irene und die ermittelnde Polizei und Staatsanwaltschaft wussten über seinen Anwalt, dass er sich in Münster aufhielt.

Im Laufe dieser Ermittlungen war ein weiteres Detail aufgetaucht, das Krogmann letztlich der Tat überführte.

Bei ihren Nachforschungen war die Kripo natürlich auch bei der Werkstatt des Porschezentrums in Münster vorstellig geworden, um sich über den damaligen Schaden am

Kapitel 28

Unfallfahrzeug und eventuelle Ungereimtheiten zu erkundigen. Dabei hatte sich der Werkstattmeister des Autohauses an den merkwürdigen Besuch Krogmanns erinnert, bei dem er seinerzeit den Leihwagen gewechselt hatte.

„Wir hatten ihm ein nagelneues und voll ausgestattetes Daimler-SUV als Leihwagen gegeben. Dennoch war er damit angeblich nicht zufrieden und wollte lieber doch für die paar Tage der Reparatur einen Porsche Cayenne als Leihwagen", erinnerte sich der Meister.

Krogmanns Verhalten sei ihm seltsam vorgekommen. Er habe sich in der Werkstatt seinen Wagen angesehen und nach dem Stand der Reparatur erkundigt. Dabei habe er in seinem Auto auch nach Unterlagen gesucht, die er angeblich dort vergessen hatte. Die habe er aber nicht gefunden. Stattdessen habe Krogmann dann aber im Kofferraum seines Autos eine alte Plane gefunden, die er dann anschließend mitgenommen habe.

Die Polizei hatte daraufhin nach dem Verbleib der Plane gefahndet und war in Krogmanns Garage seines Warendorfer Wohnhauses fündig geworden. Obwohl die Plane mittlerweile offensichtlich mit einem Hochdruckreiniger gesäubert worden war, hatte die Kriminaltechnik Blutreste feststellen können, die eindeutig einem Wildschwein zuzuordnen waren.

Kapitel 28

Ein DNA-Vergleich mit den Blutproben, die seinerzeit vom Veterinäruntersuchungsamt Münster genommen worden waren, ergab, dass es sich um dasselbe Tier handelte.

Daraufhin wurden nochmals sowohl der Jagdpächter Franz Hülsmann als auch die beiden Polizeibeamten, die seinerzeit den Unfall aufgenommen hatten, befragt. Alle Befragten sagten aus, dass die Plane damals definitiv nicht zum Einsatz kam und sie sie nie zuvor gesehen hätten.

Nach Abschluss der Ermittlungen wurde gegen Lothar Krogmann Anklage wegen Betruges vor dem Landgericht Münster erhoben.

Gleichzeitig hatte der Deutsche Bauernverband, unterstützt vom Zentralverband der deutschen Schweineproduktion, eine millionenschwere Zivilklage gegen Krogmann angekündigt. Man wolle jedoch zunächst das Ergebnis des Strafverfahrens abwarten.

Und das sollte am 28. November beim Landgericht Münster beginnen.

Kapitel 29

Die zurückliegenden Wochen und Monate waren für Lothar Krogmann eine einzige Katastrophe gewesen.

Cornelius Burscheidt, sein Anwalt, hatte alle Hände voll zu tun, um ihm eine Untersuchungshaft zu ersparen. Erst recht, als die Plane in seiner häuslichen Garage entdeckt wurde, an der noch Blutspuren des infizierten Unfallschweins entdeckt worden waren. Nun ging auch Burscheidt fest davon aus, dass eine Verurteilung in einem Strafverfahren wohl unvermeidlich wäre. Krogmann spürte von Tag zu Tag, dass die Schlinge um seinen Hals immer enger wurde.

Irene hatte sich nach ihrem Gespräch im Oelder Brauhaus fast völlig von ihm zurückgezogen. Nur noch gelegentlich telefonierten die beiden miteinander. Doch immerhin: Sein Geschäftsführergehalt – stolze 10.000 Euro monatlich netto – wurde weitergezahlt, obwohl er in den letzten vier Monaten keinen Fuß mehr in sein Büro gesetzt hatte.

In gut einer Woche nun sollte der Prozess gegen ihn vor dem Münsteraner Landgericht starten.

Vor zwei Tagen hatte sich Irene mit ihm zu einer Aussprache in einem Münsteraner Café getroffen.

Kapitel 29

Dabei hatte sie ihm eröffnet, dass sie sich von ihm trennen wolle und bereits einen Anwalt beauftragt hätte, die Scheidung vorzubereiten.

Zudem habe sie beschlossen, die Fertighausfirma zu verkaufen. Sie selbst habe einfach viel zu wenig Ahnung vom Bau und dem Vertrieb von Holzchalets. Sie wolle und könne sich nicht um den Betrieb kümmern. Zudem habe eine Schweizer Unternehmensgruppe ihr bereits ein lukratives Angebot gemacht. Um welche Summe es bei dem Deal ging, wollte Irene nicht sagen. Das habe ihn nicht zu interessieren, denn bekanntlich gehöre die Firma nur ihr allein. Schließlich hatten Lothar und sie bei ihrer Eheschließung vor 20 Jahren Gütertrennung vereinbart. Und Irene hatte nach dem Tod ihres Vaters die Firma von ihm geerbt.

Irene hatte ihm bei dem Gespräch angeboten, ihn großzügig zu entschädigen, wenn er einer sofortigen, einvernehmlichen Scheidung zustimmen würde.

„Ich gebe dir zwei Millionen Euro auf die Hand, wenn du der von meinem Anwalt vorbereiteten Scheidungsvereinbarung zustimmst", hatte Irene kalt und ohne Emotionen gesagt und dabei an ihrem Latte macchiato genippt. Außerdem kannst du den Porsche behalten, der ja eigentlich ein Firmenwagen ist.

Kapitel 29

Lothar Krogmann hatte gespürt, dass der Zug abgefahren war und es für sie als Ehepaar keine Zukunft mehr gab.

„Ich will vier Millionen, dann unterschreibe ich", hatte er Irene geantwortet.

„Drei Millionen Euro, das ist mein letztes Wort. Wir sind hier nicht auf dem Jahrmarkt! Du kannst es dir bis morgen überlegen. Wenn du nicht zustimmst, gibt es eben keine einvernehmliche Scheidung. Und wie du allerdings dann aus dem Gefängnis heraus das Scheidungsverfahren bestreiten willst, kannst du dir ja auch bis morgen überlegen!" Mit diesen Worten hatte Irene sich erhoben und das Café mit schnellem Schritt verlassen, ohne sich noch einmal umzudrehen.

In der darauffolgenden Nacht machte Krogmann kaum ein Auge zu und dachte intensiv nach.

Seine eigenen privaten Rücklagen beliefen sich gerade mal auf knapp 200.000 Euro. Zudem war der größte Anteil davon in Aktien und Wertpapierfonds angelegt und nicht von heute auf morgen flüssig. Drei Millionen Euro – das wäre ein schönes Polster und würde einen Neustart erheblich erleichtern, meinte er.

Und er hatte überlegt, wohin er flüchten und wie es weitergehen sollte. In Deutschland würde es schwer sein, für immer unterzutauchen. Im Ausland wäre das ganz sicher wesentlich leichter. Schnell stand für ihn fest: Er wollte nach Polen verschwinden. In dem Land kannte er sich aus und es wäre wahrscheinlich nicht allzu schwer, mit den Millionen dort Fuß zu fassen.

Außerdem brauchte er eine neue Identität – mit drei Millionen Euro im Gepäck wäre das sicher kein Problem. Er könnte sich damit in Polen ein gutes Leben machen und hätte ein komfortables Startkapital, um eventuell in irgendein Unternehmen zu investieren, dass ihm seinen weiteren Lebensunterhalt sichern würde.

Als er am Morgen erwachte, stand für ihn fest: Er würde die Scheidungspapiere unterschreiben, Irenes Geld nehmen und anschließend unverzüglich verschwinden. Auf keinen Fall wolle er weiter abwarten und sich dem Strafverfahren stellen.

Er hatte keine Lust, womöglich hinter Gittern zu landen. Auch wenn er Glück hätte und im Prozess nicht zu einer Gefängnisstrafe verurteilt würde, wäre sein schönes Geld bei den anschließenden privatrechtlichen Klagen futsch. Nein, das war keine Option für ihn!

Kapitel 30

Gleich nach dem Frühstück rief Krogmann seine Frau an und sagte ihr, dass er ihrem Vorschlag zustimmen und die einvernehmliche Scheidung unterzeichnen werde.

Es müsse aber schnell gehen, bevor er es sich anders überlege. Und er erwarte, dass Irene ihm nach der Unterzeichnung der Papiere auch gleich die vereinbarten drei Millionen Euro übergeben werde.

„Okay, Lothar. Ich werde es versuchen. Ich werde gleich mit meinem Anwalt und mit unserer Bank sprechen und dich dann wieder anrufen."

Nur rund eine Stunde später rief Irene zurück.

„Lothar, hör zu. Wir können uns um 17 Uhr heute Nachmittag in der Kanzlei meines Anwalts Püning am Emswall in Warendorf treffen. Püning hat bis dahin alles vorbereitet. Bei unserer Hausbank kann ich heute allerdings nur 1,6 Millionen Euro in bar lockermachen. Das Geld würde ich mitbringen. Den Restbetrag bekommst du innerhalb von 24 Stunden. Ich würde ihn dir auf ein Konto deiner Wahl überweisen. Das gebe ich dir schriftlich und mit notarieller Beglaubigung. Glaube mir, ich will nicht tricksen, aber es ist wirklich schwierig, die gesamte Summe von heute auf

Kapitel 30

morgen flüssig zu machen. Ich muss dafür selbst eine Zwischenfinanzierung organisieren. Und das ist mit einigen Formalitäten verbunden."

Krogmann huschte ein Lächeln über sein Gesicht. Er wusste, dass Irene die Wahrheit sagte und ihn nicht übers Ohr hauen werde.

„Einverstanden. Ich bin um fünf Uhr bei deinem Anwalt."

Gleich danach rief Krogmann jemanden an, von dem ihm ein Bekannter berichtet hatte, dass er mit allerlei krummen Geschäften großes Geld gemacht habe.

„Ja Hallo, was kann ich für sie tun?" fragte eine männliche Stimme am anderen Ende der Leitung.

„Ich habe von meinem Freund Josef Paul gehört, dass sie Menschen helfen, die Identitätsprobleme haben", sagte Krogmann.

„Das stimmt. Wie groß sind denn ihre Probleme?" fragte die Stimme.

„Sehr groß und sehr eilig."

„O.K. ich sehe gerade in meinem Terminkalender, dass gerade ein Kunde abgesagt hat. Haben sie Zeit für ein Treffen in einer Stunde? Im A 2 am Aasee? Kaufen sie sich eine Tageszeitung und lesen darin. Daran werde ich sie erkennen. Und es wäre schön, wenn sie Passfotos mitbringen könnten."

Kapitel 30

„Ich werde dort sein", versprach Krogmann.

20 Minuten später war Krogmann bereits bei einem Fotoladen und besorgte sich auf die Schnelle aktuelle Passfotos. Danach fuhr er zum Aasee und setzte sich mit einer Zeitung an einen Tisch direkt am Fenster.

„Hallo, darf ich mich zu ihnen setzen?" fragte ein etwa 30jähriger Mann, der dem Aussehen nachseine Wurzeln in einem Balkanstaat hatte.

„Gerne, wenn Sie mir bei meiner Identitätskrise helfen können?" fragte Krogmann und deutete auf den Stuhl gegenüber.

„Deswegen bin ich hier. Was kann ich für sie tun?"

„Ich brauche neue Papiere. Mir schwebt eine deutsche und eine polnische Staatsbürgerschaft vor, die ich mit entsprechenden Pässen nachweisen kann. Was meinen Sie, ist das möglich?" fragte Krogmann.

„Möglich ist alles, aber alles hat auch seinen Preis. Aber Sie haben Glück: gerade für ihre Wünsche haben wir zufällig erstklassige Originalpapiere vorrätig. Aber die Vorzugsbehandlung kostet 10.000 Euro pro Pass!" sagte der Mann.

Krogmann überlegte nicht lange und erklärte sich einverstanden. Auf einem Blatt hatte er schon seine persönlichen Daten und seinen neuen Wunschnamen notiert: Lothar Pawlowski. In einem

Kapitel 30

Bericht über Menschen in einem Zeugenschutzprogramm hatte er gelesen, dass man in einer neuen Identität möglichst seinen alten Vornamen behalten sollte. Das würde die Umstellung deutlich erleichtern.

Man vereinbarte, sich in vier Stunden, also um 15 Uhr an gleicher Stelle, wieder zu treffen. Bis dahin seien die Papiere fertig, Krogmann solle das Geld mitbringen.

Als Krogmann am Nachmittag seine neuen Pässe in den Händen hielt, fühlte er sich nach langer Zeit wieder einmal richtig befreit. Er hatte im Traum nicht gedacht, dass die Aktion „neue Identität" so einfach und schnell umgesetzt werden konnte.

Und auch der Termin im Anwaltsbüro lief zügig und ohne Probleme ab. Püning las ganz formell die Scheidungsvereinbarung vor, anschließend wurde sie von den beiden Parteien unterzeichnet, bevor Püning zum Schluss sein Siegel nebst Unterschrift unter das Papier setzte.

Auch für die Vereinbarung über die Abfindung in Höhe von drei Millionen Euro hatte Püning eine Urkunde vorbereitet, die im direkten Anschluss verhandelt bzw. unterschrieben wurde.

Danach zog sich Püning für ein paar Minuten zurück und ließ die beiden Krogmanns allein in seinem Büro. Sie sollten Gelegenheit haben, noch

Kapitel 30

einmal vertrauliche Dinge miteinander zu besprechen, die kein Zeuge hören sollte.

Irene und Lothar Krogmann nutzten die Zeit, um das Geld zu übergeben, das Irene eine Stunde vor dem Anwaltstermin von der Hauptstelle der Sparkasse Münsterland Ost abgeholt hatte.

Krogmann wunderte sich, dass so viel Geld in seine alte Sporttasche passte, die Irene mitgebracht hatte und die er sein Leben lang genutzt hatte, wenn er ins Hallenbad oder zur Sauna fuhr.

„Du brauchst nicht nachzuzählen, es sind die versprochenen 1,6 Millionen Euro drin. Alles nur 50-, 100- und 200-Euro-Scheine," sagte Irene.

„Ich vertraue dir. Und auch, dass du das restliche Geld auf dieses Konto überweist." Krogmann übergab Irene einen Zettel, auf dem sein Konto auf den Cayman-Inseln stand, das er vor fünf Jahren angelegt hatte.

„Oh, du hast ein Konto auf den Caymans?" wunderte sich Irene. „Du hast also schon länger Geheimnisse vor mir! Ich will nicht hoffen, dass du dort Firmengelder illegal geparkt hast. Wenn ich das herausfinden sollte, wirst du es noch bitterlich bereuen!"

„Beruhige dich, Irene. Da sind nur ein paar Tausend Euro drauf, die ich von meinem eigenen Geld dort geparkt habe. Ich wäre doch nicht so

Kapitel 30

blöd, dir die Kontonummer zu geben, wenn ich mich dadurch selbst reinreiten würde."

Das leuchtete Irene ein. Sie steckte den Zettel in ihre Jackentasche. „Du kannst dich darauf verlassen. In zwei Tagen ist das restliche Geld auf dem Konto", sagte sie.

In der Tat waren gerade mal 30.000 Euro auf dem Cayman-Konto. Es war Schwarzgeld, das Krogmann für einen Hausverkauf in bar von einem Kunden aus Lichtenstein erhalten hatte, ohne dass dieses Geld jemals durch irgendwelche Bücher geflossen war. Auch die Buchhalterin in seiner Firma hatte keine Kenntnisse von dem Deal, den Krogmann vor gut fünf Jahren höchstpersönlich abgewickelt hatte.

Seither hatten sich für Krogmann leider keine weiteren Gelegenheiten ergeben, um weitere „steuerfreie Nebeneinnahmen" zu erzielen und sein geheimes Konto weiter aufzufüllen.

Nachdem Püning wieder zurück war, verabschiedeten sich alle voneinander.

„Und, was hast du jetzt vor?" fragte Irene vor der Tür, bevor sie sich endgültig trennten.

„Schau`n mer mal", antwortete Krogmann und stieg mit einem Lächeln im Gesicht ohne ein weiteres Wort in sein Auto ein.

Schon tagsüber hatte Lothar Krogmann seine Koffer gepackt und alles, was ihm lieb und teuer

Kapitel 30

war, in den Kofferraum seines Porsche gepackt. Neben seinen Lieblingsanzügen und anderer Kleidung hatte er insbesondere natürlich seine beiden Laptops und die sonstigen Kommunikationsmittel wie Mobiltelefon, Smartwatch und Tablet eingepackt.

Er ging in Gedanken nochmals alles durch, was er nicht vergessen durfte. Er öffnete noch einmal seinen Aktenkoffer, den er unter seinem Beifahrersitz versteckt hatte und kontrollierte den Inhalt. Alle wichtigen Dokumente wie Pass, Personalausweis, Führerschein, Zeugnisse und Urkunden und selbstverständlich alle Wertpapiere sowie alle seine Kredit- und Kontokarten war darin. Auch seine sonstigen Wertsachen wie Uhren und Schmuck waren darin. Ein wenig schmerzte es ihn schon, dass er seine Hifi-Anlage mit den sündhaft teuren Boxen nicht mitnehmen konnte.

„Ein bisschen Verlust hat man immer", murmelte er vor sich hin und startete seinen Wagen.

Krogmann hatte beschlossen, nicht wieder nach Münster zurück zu fahren, sondern sich gleich auf den Weg Richtung Polen zu machen. 20 Minuten nachdem er gestartet war, bog er in Rheda-Wiedenbrück auf die A 2 in Richtung Hannover.

Schon bald verspürte Krogmann eine bleierne Müdigkeit. Der Tag heute war stressig gewesen. Also fuhr er bei Bad Eilsen von der Bahn ab und

Kapitel 30

hielt Ausschau nach einem gemütlichen Hotel. In Bückeburg hielt er vor einem Hotel, das ihm sein Navigationsbordcomputer empfohlen hatte. Das Vier-Sterne Haus machte auf den ersten Blick einen guten Eindruck und Krogmann war froh, dass er dort noch ein Zimmer ergattern konnte.

Nachdem er sich kurz frisch gemacht hatte, ging er ins hauseigene Restaurant und gönnte sich ein Filetsteak mit knusprigen Wedges und Salat. Dazu genoss er einen trockenen Rotwein. Anschließend setzte er sich an die Hotelbar und bestellte sich einen Single Malt als Betthupferl.

„So ganz allein unterwegs?" sprach ihn eine brünette Frau an, die ebenfalls an der Bar saß und die Krogmann bislang noch gar nicht wahrgenommen hatte.

„Ja, schöne Frau", erwiderte Krogmann, der sich im ersten Moment geschmeichelt fühlte, von einer Frau angesprochen zu werden. Auf einen kleinen Flirt am Abend oder vielleicht auch noch mehr hatte er eigentlich immer Lust. Doch als er nun zu ihr herübersah, wollte er seine spontanen Worte auf der Stelle korrigieren. Die Frau war rappeldürr und so stark geschminkt, dass es unmöglich war, ihr wahres Alter auf den ersten Blick auch nur annähernd zu bestimmen. Ihre Augen starrten glasig auf eine Flasche billigen Schnaps, die sie wohl schon zur Hälfte geschafft hatte. Sie zitterte leicht, als sie ihr Schnapsglas nachfüllte.

Kapitel 30

„Aber ich bin leider todmüde und muss jetzt ins Bett", ergänzte Krogmann und verließ schon fast fluchtartig die Bar.

Nein, auf diese Gesellschaft war er nicht scharf. Ein wenig frustriert ging er auf sein Zimmer. Und schon bald träumte er von seinen Millionen und den vielen schönen Dingen des Lebens, die nun vor ihm lagen und nur auf ihn warteten.

Nach dem Frühstück am nächsten Morgen fuhr er weiter. Am Nachmittag passierte er die polnische Grenze.

Er hatte sich überlegt, zunächst nach Cichocinek zu fahren und dort die ersten Tage zu verbringen. Der beliebte Kurort, 20 Kilometer südöstlich von Turon, war ideal, um von hier aus die Fühler in sein neues Leben auszustrecken.

Im Hotel Villa Park, eines der ersten Häuser im Ort, hatte er sich unter seinem neuen Namen Lothar Pawlowski einquartiert. Der neue deutsche Pass, den er bei der Anmeldung vorgelegt hatte, wurde ohne Probleme akzeptiert. Auch die 40.000 Euro Bargeld, die er im hauseigenen Safe deponierte, erregten keinen Verdacht. Im Gegenteil: Er wurde als zahlungskräftiger Geschäftsmann mit offenen Armen empfangen.

Gleich am nächsten Morgen war er bei der PKO Bank vorstellig geworden und hatte ein Girokonto eröffnet, wo er 150.000 Euro, was knapp 700.000

Kapitel 30

Zloty entspricht, als Einlage einzahlte. Gleichzeitig hatte er ein Festgeldkonto mit 250.000 Euro eingerichtet, das ihm immerhin einen Zinssatz von 2,8 % einbringen würde. Eine Rendite, die in Deutschland schon lange nicht mehr erzielt werden konnte. Auch bei drei weiteren Banken war er im Laufe des Tages eingekehrt und hatte dort ebenfalls sein Bargeld untergebracht. Überall freute man sich, mit Herrn Pawlowski aus Deutschland einen offensichtlich betuchten neuen Kunden gewonnen zu haben.

Was ihm zu seinem Glück fehlte, war jetzt nur noch eine geschäftliche Investitionsmöglichkeit, die ihm auf Dauer ein gutes Leben garantierte. Und privat wünschte er sich natürlich auch eine Frau, die mit ihm sein künftiges Glück teilen würde.

Immer wieder musste er dabei an Anna denken, die er seit Monaten nicht mehr gesehen und gesprochen hatte. Wäre sie wohl bereit, mit ihm sein neues Leben in Polen zu teilen? Er war sich sicher: Selbst wenn sie sich ein gemeinsames Leben mit einem Herrn Pawlowski nicht vorstellen konnte; sie würde seine neue Identität ganz sicher niemandem offenbaren.

Lothar beschloss, mit ihr vorsichtig Kontakt aufzunehmen. Unter ihrer alten Nummer, die Pawlowski alias Krogmann natürlich auch in sein neues polnisches Handy eingespeichert hatte, war

Kapitel 30

sie nicht zu erreichen. Offensichtlich hatte sich Anna ein neues Smartphone zugelegt.

Am nächsten Morgen fuhr er zunächst zum Rathaus, um für seinen Wagen polnische Kennzeichen zu erwerben. Anschließend machte er sich auf den Weg ins 20 Kilometer entfernte Torun. Dorthin, wo er bis vor einigen Monaten regelmäßig sein Holz ersteigert und sich mit Anna getroffen hatte. Auf dem Weg hatte er immer wieder darüber nachgedacht, wie er sich ihr nähern sollte.

Direkt zum Versteigerungskontor zu fahren, erschien ihm zu gefährlich. Dort würde man ihn, der etliche Male bei Versteigerungsterminen als Lothar Krogmann dabei war, eventuell wiedererkennen.

Nein, sicherer wäre es, zu ihrer Wohnung zu fahren. Dort würde er notfalls warten, bis er sie allein antreffen konnte. Krogmann alias Pawlowski erinnerte sich nur ganz schwach an die Wohnung; ein Appartement in einem neuen Vierfamilienhaus im Süden Toruns. Er war nur ein einziges Mal dort gewesen. Die Wohnung selbst hatte er niemals betreten. Er hatte Anna dort nur mit dem Auto hingebracht und vor der Tür abgesetzt.

Trotz seines guten Orientierungssinns brauchte er ein paar Minuten, bis er sicher war, das richtige Haus gefunden zu haben. Er stieg aus seinem Wagen und ging zur Haustür. Doch an den

Kapitel 30

Türschildern suchte er vergeblich den Namen Skorzak.

Hatte er sich womöglich doch im Haus geirrt? Nein, das musste die richtige Adresse sein. Er konnte sich noch schwach an den auffälligen gelben Metallzaun erinnern, mit dem das Grundstück eingefriedet war.

Also war Anna hier ausgezogen. Es gab keine andere Erklärung. Was nun? Er setzte sich in seinen Wagen und dachte eine Weile darüber nach.

Nach einer Weile sah er eine junge Frau mit einem Kinderwagen, die aus dem Haus trat. Kurzentschlossen stieg er aus und ging zu ihr.

„Entschuldigen sie bitte. Mein Name ist Pawlowski. Ich bin auf der Suche nach einer alten Freundin von mir, die hier einmal gewohnt hat. Ihr Name ist Anna Skorzak. Offensichtlich wohnt sie hier nicht mehr. Können sie mir sagen, wo sie geblieben ist?"

Die junge Frau musterte ihn kritisch und kam wohl zu der Überzeugung, dass sie seinen Worten Glauben schenken dürfe.

„Ach, die Anna. Ja, sie ist vor zwei Monaten weggezogen. Sie hat wohl die große Liebe gefunden und hat alle Zelte hier in Torun hinter sich abgebrochen", antwortete die junge Frau.

„Wissen Sie, wohin sie gezogen ist? Ich würde sie gern wiedersehen."

Kapitel 30

„Das tut mir leid. Ich kenne ihre neue Adresse nicht und habe auch keine Telefonnummer. Sie hat mir nach ihrem Auszug vor einem knappen halben Jahr nur noch einmal geschrieben und mir einen Haustürschlüssel geschickt, den sie wohl versehentlich mitgenommen hatte. Aber auf dem Brief stand kein Absender. Nur, dass sie jetzt in der Nähe von Sopot direkt an der Ostsee wohnt, hatte sie im Brief erwähnt. Ich habe sie sehr beneidet."

Die junge Frau hatte zwischenzeitlich ihr Baby aus dem Kinderwagen gehoben und hielt es auf dem Arm. „Sie hat wohl das große Los gezogen. Ihr Mann muss ziemlich vermögend sein. Sie haben ein tolles Haus, direkt am Meer. Sie hat mir damals ein Foto mitgeschickt."

Krogmann alias Pawlowski wurde neugierig. „Haben sie das Foto noch? Könnten sie es mir zeigen?"

„Na klar. Warten Sie, ich hole es kurz. Es hängt an der Pinnwand in unserer Küche."

Nach einer Minute kam sie mit dem Baby auf dem Arm und dem Foto in der Hand wieder zur Haustür.

„Hier schauen Sie. Sie sieht so glücklich aus, nicht wahr?"

Krogmann nahm das Foto in die Hand, betrachtete es und wurde von einer Sekunde auf die andere blass wie eine weiße Wand. Auf dem Bild

Kapitel 30

sah er eine strahlende Anna, die offensichtlich bestens gelaunt in die Kamera lächelte.

Und im Hintergrund war deutlich ihr neues Haus zu erkennen. Kein Zweifel: Seine Strandvilla Sylt!

Es dauerte einige Sekunden bis er seine Fassung ganz allmählich wiedererlangte. Dabei fiel es wie Schuppen von seinen Augen: Ihr hatte er den ganzen Schlamassel mit der Erpressung zu verdanken! Aber wie konnte das sein?

Die junge Frau mit ihrem Baby riss ihn aus seiner Erstarrung.

„Was ist mit Ihnen? Geht es Ihnen nicht gut?" fragte sie besorgt.

Krogmann alias Pawlowski hob seinen Kopf und sah sie an.

„Nein, es geht schon wieder. Ich war nur einen Moment in Gedanken. Ich habe Anna schon so lange nicht mehr gesehen und das Foto hat mich daran erinnert, wie wunderschön sie ist", gab er ihr zur Antwort.

„Ja, das ist sie! Ich habe sie immer wegen ihres blendenden Aussehens und ihrer tollen Figur beneidet. Anna könnte sich glatt beim Wettbewerb um die Miss Polen bewerben und hätte sicherlich gute Chancen."

Kapitel 30

Krogmann lächelte. „Da haben Sie wohl recht. Eine Bitte: Dürfte ich wohl mit meinem Handy das Bild abfotografieren? Es ist so ein tolles Foto!"

Die junge Frau nickte und Krogmann holte sein Handy aus der Tasche.

„Sie haben mir sehr geholfen, vielen Dank. Ich muss jetzt aber weiter", sagte er, nachdem er der Frau die Fotografie wieder zurückgegeben hatte. Er drehte sich um und ging zu seinem Auto, startete den Motor und fuhr los.

Nach ein paar hundert Meter bog er auf einen kleinen Parkplatz ab und blieb stehen.

In seinem Kopf kreisten die Gedanken. War das möglich? Hatte Anna ihn tatsächlich erpresst?

Er schaute wie gebannt auf das Display seines Handys und vergrößerte das Foto mit Anna und dem Haus im Hintergrund. Nein, er irrte sich nicht! Was er dort im Hintergrund sah, war die Strandvilla Sylt, das Nobelhaus aus dem aktuellen Katalog seiner Firma. Er erkannte es an dem aufwendigen Walmdach und den Sprossenfenstern. Und natürlich an der kupfernen Wetterfahne mit dem springenden Pferd auf dem Dach, die als besonderes Extra bei der Luxusvariante des Hauses mitgeliefert wurde.

Wie hatte sie das nur angestellt? Wie war Anna an die Fotos vom Unfallort gekommen, mit denen er erpresst wurde?

Kapitel 30

Sie war doch nicht dabei, als es passierte! In Gedanken ließ er die Unfallnacht noch einmal Revue passieren. Dabei erinnerte er sich an Annas Anruf kurz nach dem Unfall. Er hatte seine Aktenmappe mit den Geschäftspapieren im Hotel vergessen. Anna hatte die Unterlagen gefunden und ihn in dem Telefonat darüber informiert.

Und sie hatten vereinbart, dass Anna ihm die Unterlagen per Post ins Büro schicken sollte. Was sie auch getan hatte. Richtig, er erinnerte sich, genau so war es!

Hatte er in dem Telefongespräch mit Anna den Unfall mit dem Wildschwein erwähnt? Und womöglich auch, wo genau er passiert war? Er konnte sich beim besten Willen nicht mehr daran erinnern. Aber möglich war es. So und nicht anders musste es gewesen sein. Aber wie hatte Anna denn die genaue Unfallstelle finden können? Wer, wenn nicht sie, hätte sonst die Fotos machen können? In seinem Kopf drehte sich alles!

Er musste zu ihr und sie zur Rede stellen! „Einen Lothar Krogmann haut man nicht ungestraft übers Ohr. Sie hat mich belogen und betrogen. Wie kommt sie sonst zu dem Haus? Bislang wurde kein einziges Haus dieses Typs nach Polen exportiert. Das konnte kein Zufall sein! Sie muss es gewesen sein! Das wird sie büßen! Diese falsche Schlange und ihr neuer Lover werden noch ihr blaues Wunder erleben. Und sie werden spüren, was es

Kapitel 30

heißt, einen Lothar Krogmann zum Feind zu haben!"

Wenn er sie jedoch jetzt zur Rede stellen würde, käme womöglich seine neue Identität in Gefahr. Er musste trotz aller Wut vorsichtig sein.

Aber erst einmal musste er sie finden. Die junge Frau mit dem Baby hatte gesagt, dass Anna nach Sopot gezogen war. Auch wenn er die genaue Adresse nicht kannte: Eine nagelneue Villa direkt am Meer musste zu finden sein. Alles weitere würde sich finden.

Er beschloss, auf der Stelle nach Sopot zu fahren. Mit etwas Glück konnte er die 180 Kilometer bis Sopot in zwei Stunden schaffen. Vielleicht würde er noch heute seine verschwundene Strandvilla Sylt finden.

Mit gehöriger Wut im Bauch und durchdrehenden Reifen fuhr er los.

Er kannte sich in Torun aus und nutzte eine Abkürzung, um schnellstmöglich auf die A 1 Richtung Danzig zu gelangen.

Die schmale Landstraße zur Autobahn führte durch ein kleines Waldgebiet. Mit Tempo 140 näherte er sich bereits der rund drei Kilometer entfernten Autobahnauffahrt, als ganz plötzlich eine Wildschweinrotte aus dem dichten Gehölz auf die Fahrbahn lief.

Kapitel 30

Im letzten Moment riss er noch das Steuer herum, touchierte aber eines der Wildschweine. Er sah noch den mächtigen Stamm der alten Eiche auf sich zukommen. Auch den ohrenbetäubenden Knall konnte er noch wahrnehmen. Dann wurde es vor seinen Augen schwarz!

Kapitel 31 - Epilog

Das plötzliche Verschwinden von Lothar Krogmann, wenige Tage vor dem Prozessbeginn gegen ihn, sprach sich natürlich in Warendorf und Umgebung in Windeseile herum.

Markus hatte zufällig davon erfahren, als er im Warendorfer Amtsgericht die Termine der nächsten Wochen beim Amts- und Landgericht nachfragen wollte. Die Tür zum Zimmer des Rechtspflegers stand offen, der für die Organisation der anstehenden Verhandlungen verantwortlich war, als dieser davon erfuhr. Krogmann hatte es wohl versäumt, sich ordnungsgemäß bei der Polizeiwache Warendorf zu melden. Nur unter dieser Voraussetzung war Krogmann auf Betreiben seines Anwalts überhaupt noch auf freien Fuß gesetzt worden.

Die Fahndung nach ihm war erfolglos geblieben.

Krogmann war wie vom Erdboden verschwunden. Markus hatte selbstverständlich in seiner Tageszeitung darüber berichtet und dazu aufgerufen, eventuelle Hinweise über Krogmanns Aufenthalt der Polizei mitzuteilen. Bislang ebenfalls ohne Erfolg.

In der Woche nach Krogmanns Verschwinden war das Doppelkopfspielen ausgefallen. Franz

Kapitel 31 - Epilog

Hülsmann hatte sich eine schwere Erkältung mit Husten und Fieber eingefangen und sich deshalb bei seinen Kartenspielfreunden abgemeldet.

Und auch Markus hatte abgesagt. Er hatte kurzentschlossen mit seiner Ines ein Wohnmobil gemietet und war mit ihr für ein paar Tage an die Mosel gefahren.

Aber am heutigen Abend sollten, wie üblich an einem Dienstag, mal wieder die Karten umgedreht werden. Zudem hatte man vereinbart, an diesem Abend nur bis um neun Uhr zu spielen, danach wollte man gemeinsam essen.

Seit geraumer Zeit bot Porten neben seinen berühmten Münsterländer Snacks wie trockenen Mettendchen und den einzigartigen Brotbällchen, auch eine kleine aber feine Speisekarte mit heimischen, saisonalen Gerichten an.

Von Zeit zu Zeit ließen sich die „Dokobrüder" diese schmecken und beendeten ihr Kartenspiel dafür ein wenig früher. Was nicht ausschließ, zur späteren Stunde doch noch mal die Karten wieder herauszuholen.

Zöpfchen saß schon seit Öffnung des urigen Lokals um sechs Uhr an Portens Theke und nippte an seinem Pils. Er war bereits seit einigen Monaten mit Lisbeth zusammen und glücklich. Seinen kleinen Friseursalon hatte Zöpfchen heute ein paar Minuten früher geschlossen. Da kurz vor

Kapitel 31 - Epilog

Toresschluss kein Kunde mehr zu erwarten war, hatte er heute seine Lebensgefährtin auf den Weg zu ihrer Arbeit begleitet.

Als Paul Anders und Franz Hülsmann gemeinsam das Lokal betraten, rutschte Zöpfchen vom Barhocker am Tresen herunter und setzte sich zu seinen Freunden an ihren Stammtisch.

„Hallo ihr beiden, lange nicht mehr gesehen!" begrüßte Zöpfchen seine Kumpels mit einem Schulterklopfen.

„Na, Zöpfchen, haben sich deine Kunden allmählich auch damit abgefunden, dass dein Wahrzeichen verschwunden ist?" fragte Franz.

„Wieso, was meinst du?" Zöpfchen schaute ihn fragend an.

„Na, dein Zöpfchen natürlich", erwiderte Franz.

„Ach so, den Zopf meinst du. Darüber spricht kein Mensch mehr. Aber meinen Spitznamen werde ich deshalb wohl doch nicht los. Auch ohne nennen mich alle weiter so."

Die Pendeltür an Portens Haupteingang ging auf und auch die noch fehlenden Doppelkopfbrüder Felix Burger und Markus Pieper traten ein, die sich kurz zuvor auf der Freckenhorster Straße getroffen hatten.

„Mensch Leute, guten Abend. Endlich mal alle wieder vollzählig beisammen. Schön Euch zu

Kapitel 31 - Epilog

sehen", begrüßte Felix die drei bereits am Stammtisch sitzenden Freunde. Markus klopfte als Willkommensgruß nur kurz auf den Tisch und nickte allen freundlich zu.

Auch Lisbeth gesellte sich gleich dazu. „Fünf Pilschen, wie immer?" fragte sie in die Runde.

„Warum fragst du? Du kennst uns doch", erwiderte Markus und schaute Lisbeth freundlich an. „Oder muss dein Liebster Wasser trinken, damit er heute Nacht für dich noch fit ist?" ergänzte er neckend.

„Mein Liebster ist immer fit, auch wenn er ein paar Pilschen intus hat", erwiderte Lisbeth schlagfertig und streichelte Zöpfchen dabei über den Kopf.

„Hört, hört! Das werde ich später meiner Ingrid berichten. Die sagte mir immer: Franz, sauf nicht wieder so viel! Zöpfchen; ich werde richtig neidisch", meinte Franz.

Lisbeth ließ sich auf keine weitere Debatte ein und verschwand in Richtung Tresen, um die Getränke zu ordern.

Paul hatte indes bereits das Kartenspiel genommen und war bereits fleißig dabei, zu mischen.

Doch Felix hob seine Hand und deutete ihm an, kurz innezuhalten. „Paul, einen Moment noch. Ich

Kapitel 31 - Epilog

muss Euch was sagen, was ich gerade erst im Büro erfahren habe."

„Spuck's aus und mach es nicht so spannend", forderte Zöpfchen.

„Ihr wisst ja, dass der Krogmann vor knapp zwei Wochen untergetaucht ist. Gestern hat man ihn endlich entdeckt: Er ist tot!" berichtete Felix.

„Was ist passiert? Nun sag schon und lass dir nicht jedes Wort aus der Nase ziehen!" forderte Markus ihn auf, weiter zu sprechen.

Lisbeth war gerade mit den Getränken an den Tisch gekommen. „Nun erzähl schon, mich interessiert das auch!"

„Ja, der Krogmann hatte wohl bereits vorgestern am Ortsrand von Torun in Polen einen Autounfall und ist dabei ums Leben gekommen. Die polnische Polizei hatte anfangs Probleme, ihn zu identifizieren. Denn er hatte gefälschte Papiere auf den Namen Lothar Pawlowski dabei", berichtete Felix. „Aber man fand in seiner Hosentasche eine Keycard von einem Hotel in Cichochinek. Und dort hat man dann im Safe seiner Hotelsuite Papiere und Unterlagen eines Lothar Krogmann aus Deutschland gefunden. Die polnische Polizei hat dann über Interpol Kontakt zu den deutschen Kollegen aufgenommen. Schnell hat sich dann die richtige Identität dieses Pawlowski herausgestellt, weil Krogmann ja mit Foto zur Fahndung

Kapitel 31 - Epilog

ausgeschrieben war. Unsere Kreispolizeibehörde hat davon am späten Nachmittag erfahren."

„Felix, woher weißt du das? Haben deine Kollegen von der Pressestelle der Polizei dazu schon eine Info herausgegeben? Das ist doch eine Top-Meldung," wollte Markus wissen.

„Der Landrat hat mich kurz vor Feierabend angerufen und mich informiert. Und ja, die Pressestelle der Polizei war da schon dabei, eine Sofortmeldung zu formulieren."

„Wartet mal kurz. Ich rufe mal schnell bei meinem Chef vom Dienst an und erkundige mich, ob wir die Info bekommen haben. Das muss auf jeden Fall noch mit in die morgige Ausgabe unserer Zeitung." Markus war aufgesprungen und hatte bereits auf seinem Handy eine Nummer gewählt.

Nach nicht einmal einer Minute saß er ganz offensichtlich erleichtert wieder am Tisch. „Alles o.k. Wir haben die Sofortmeldung der Polizei zu Krogmanns Tod vor einer halben Stunde bekommen und noch als letzte Topinfo auf der morgigen Titelseite unserer Zeitung. Ausführlicher Bericht folgt. Felix, du kannst weitersprechen", sagte Markus.

Zöpfchen blickte Markus an. „Mensch Markus, ihr seid ja ganz schön auf Zack, das muss ich sagen", sagte Zöpfchen anerkennend, der Markus immer wieder damit neckte, dass er manche Dinge

Kapitel 31 - Epilog

in seinem Friseursalon eher wusste, als seine Zeitung.

Bei solchen Gelegenheiten zog er ihn immer auf mit seinem Standardspruch: „Nichts ist so alt wie das Emsecho von morgen".

„Also viel mehr weiß ich bislang auch nicht. Nur noch eine Sache, die absolut makaber ist. Wisst ihr, was die Unfallursache war?" Felix schaute in die Runde.

Alle am Tisch schüttelten ihre Köpfe und schauten Felix erwartungsvoll an.

„Nun, Krogmann war wohl viel zu schnell unterwegs, als Wildschweine die Straße kreuzten. Er wollte wohl noch ausweichen, hat aber eins erwischt und ist dann von der Fahrbahn abgekommen und gegen einen Baum gekracht. Er war auf der Stelle tot."

„Ja, ja, die Wildschweine sind ihm offensichtlich zum Verhängnis geworden. Das gibt es doch nicht!" war Franz Hülsmanns erste Reaktion.

In der folgenden Stunde ließen die Freunde noch einmal den „Fall Krogmann mit dem toten Keiler" Revue passieren, zu dessen Aufklärung sie maßgeblich beigetragen hatten. Alle waren sich einig: Krogmanns verhängnisvolle Täuschung war schuld daran, dass es schließlich so enden musste mit ihm.

Kapitel 31 - Epilog

Paul Anders schließlich beendete die Diskussion über den „Krogmann Fall". „Übrigens, ich hätte da eine Geschichte, über die wir uns ebenfalls mal Gedanken machen könnten. Es ist eigentlich etwas ganz Tolles. Aber ich habe dabei irgendwie ein komisches Gefühl im Magen!"

„Du und ein komisches Gefühl im Magen? Als Mann Gottes will das was heißen! Was ist denn los?" wollte Zöpfchen wissen.

„Habt ihr schon mal einen 500 Euro Schein in der Hand gehabt?" fragte Paul in die Runde.

„Nein, ich heiße doch nicht Onassis. Meine Kunden zahlen meistens mit einem Zehner oder Zwanziger und Klimpergeld. Und soweit ich weiß, wird der 500-Euro-Schein doch auch schon seit einiger Zeit gar nicht mehr ausgegeben", reagierte Zöpfchen wie fast immer als erster.

„Ich habe mal bei einem Gebrauchtwagenverkauf vor ein paar Jahren einen 500er vom Autohändler bekommen. Ich hatte damals ein total unsicheres Gefühl dabei, denn ich hatte so einen Schein nie zuvor gesehen. Aber er war echt – ich weiß noch, wie erleichtert ich war, als ich aus der Bank kam", wusste Markus zu berichten.

„Was ist denn nun mit dem 500-Euro-Schein?" brachte Felix die Diskussion wieder auf den Punkt.

„Wir haben in den letzten drei Wochen fünf solcher Scheine im Klingelbeutel gehabt. Krass,

Kapitel 31 - Epilog

oder?" fragte Paul.

„Stimmt, das ist krass. Der Sache sollte man mal auf den Grund gehen", meinte Franz.

Bevor die Freunde weiter darüber nachsinnen konnten, kam Porten höchstpersönlich an ihren Tisch.

„Euer Essen ist fertig. Wollt ihr hier an eurem Stammtisch oder hinten im Speiseraum essen?"

„Ich glaube, wir bleiben hier, oder?" antwortete Zöpfchen. „Was gibt`s denn?"

Porten war erstaunt. „Habt ihr denn nicht gelesen, was wir heute als Tagesgericht haben? Es gibt Wildschwein!"

Die Freunde schauten sich an – dann brach ein lautes Gelächter aus. Porten schüttelte irritiert den Kopf. „Was gibt's denn da zu lachen?"

Ende

Anmerkung des Autors

Die Ideen zu diesem Roman schwirrten schon lange in meinem Kopf herum. Aber erst in den Wochen des Corona-Lockdowns fand ich Zeit und Muße, die Gedanken zu ordnen und sie niederzuschreiben.

Je weiter ich mich in die Welt meiner Protagonisten hineinversetzte, umso mehr Spaß machte mir mein erstes Buchprojekt. Mit dem Tedition-Verlag fand ich zudem schnell und unkompliziert einen Partner für die Veröffentlichung. Nach all diesen positiven Erfahrungen habe ich mir vorgenommen, weitere Geschichten rund um die fünf Doppelkopffreunde zu schreiben. Ein zweiter Roman ist schon in Arbeit!

Ich hoffe, mein „Erstling" hat euch gefallen. Wenn ja, sagt es weiter – wenn nein, schweigt gnädig und widmet euch bitte wieder anderen Dingen zu.

Ein großes Dankeschön möchte ich insbesondere meinen ehemaligen Arbeitskollegen Dr. Reinhard Northoff und Thomas Fromme aussprechen. Mit ihnen bin ich in meinem jetzigen Ruhestand nach wie vor freundschaftlich verbunden – sie haben als Lektoren wertvolle Hinweise gegeben und etliche Fehler aufgespürt!

Anmerkung des Autors

Danken möchte ich aber auch meiner Ehefrau Gilla, die mich nicht nur zu diesem Projekt ermuntert, sondern sich auch mit hilfreichen Anregungen beteiligt hat.

Die Personen in diesem Roman und ebenso die Handlung sind frei erfunden. Etwaige Ähnlichkeiten mit tatsächlichen Begebenheiten oder lebenden oder verstorbenen Personen wären rein zufällig.

Allerdings spielt die Handlung in einer realen Umgebung, nämlich in dem wunderschönen Warendorf im Münsterland. Auch das urige Gasthaus Porten gibt es wirklich! Es befindet sich an der Freckenhorster Straße 33 in Warendorf und heißt in Wirklichkeit „Altes Gasthaus Porten-Leve". Ich danke ausdrücklich dem Inhaber Franz-Theo Leve dafür, den Namen Porten verwenden zu dürfen.